Mein Lebensweg

Das Buch widme ich meinen gestorbenen Eltern, meinen Freunden und Bekannten, allen Lesern und Leserinnen und meinen Pflegeeltern, denen ich vergeben habe. Ich möchte durch dieses Buch zeigen, dass die Vergebung in sich selbst eine Macht ist.

KOUAME TIEMOKO

Mein Lebensweg

Wahre Geschichte

Bibliographische Information der Deutschen Bibliothek:
Die Deutsche Nationionalbibliothek verzeichnet diese Publikation in der
Deutschen Nationalbibliographie; detaillierte bibliographische Daten sind im
Internet über dnb.dnb.de abrufbar.

© 2023 Kouame Tiemoko
Umschlagdesign, Satz, Herstellung und Verlag:
BoD – Books on Demand, Norderstedt
ISBN 978-3-7578-3208-7

Inhalt

Vorwort

Der Protagonist musste sein Leben in einer hoffnungslosen Atmosphäre beginnen. Er hat sowohl schöne als auch schlechte Momente erlebt, von denen er in einem autobiografischen Roman erzählt. Der Autor berichtet von sich selbst und gibt vor allem ein Zeugnis von seinem starken Glauben an Jesus Christus als Beschützer und Wegweiser. Es gibt an manchen Stellen des Buchs Trümpfe, Hürden und Jammervolles. Er fragt sich, warum er so viel leiden musste, um sein Leben zu bewältigen. Die Prüfungen im Leben haben ihn gestärkt und ihm geholfen, seinen Glauben zu vertiefen. »Mein Lebensweg« ist die erste Soloveröffentlichung des Autors. Das Buch ist eine wahre Erzählung und enthält viele Fakten. Die Namen von manchen Personen sind aber fiktiv, damit diese anonym bleiben können. Er war Co-Autor von »Dans les méandres du paradis« und »génération covidée«, die auf Französisch in seiner Heimat veröffentlicht wurden.
Tiemoko Kouame

Kapitel I:
Meine Geburt und das Leben in Yamoussokro

»Witwen und Waisen in ihrer Not zu helfen und sich vom gottlosen Treiben dieser
Welt nicht verführen zu lassen – das ist wirkliche Frömmigkeit, mit der man Gott, dem
Vater, dient.« – Jakobus 1,27

Ich bin in Bouafle in einem Entbindungshaus am Nachmittag geboren worden.
Meine Geburt löste bei meinem Vater eine große Freude aus, denn sein Gebet
war in Erfüllung gegangen. Er lebte mit meiner Mutter zusammen und wünschte
sich von ganzem Herzen, ein Kind zu haben. Ich bin in dem gleichen Zeitraum
wie meine Cousine Annick zur Welt gekommen, die einen Monat nach meiner Geburt geboren wurde. Wegen einiger Ähnlichkeiten zwischen uns beiden
glaubten manche Leute, dass wir Zwillinge seien.

Ich verbrachte einen Teil meiner Kindheit in Bouafle. Mein Vater war Juwelier
von Beruf und meine Mutter war Palmölverkäuferin. Die Arbeit meines Vaters
war profitabel. Meine Mutter verdiente im Gegensatz dazu sehr wenig, aber wir
konnten damit durchschnittlich leben. Ich war noch klein und ignorierte einige
Realitäten des Lebens.

In der gleichen Stadt wohnte mein Onkel, der Lehrer an der Grundschule war.
Er war ein gläubiger Christ. Nach seiner Taufe wurde er zu einem der Leiter der
Kirche berufen. Er war ein sehr geordneter Mann, langmütig und fleißig. Er
ging einmal in der Woche auf die Jagd und brachte Wildtiere nach Hause, die
die Familie wochenlang ernähren konnten. Er wohnte in einem Haus, dessen
Bau er selbst finanziert hatte. Er war zielgerichtet und sparsam.

Die Stadt Bouafle liegt in der Region La Marahoue und wird vom zweitgrößten
Fluss der Elfenbeinküste durchströmt, dem Bandama. Der Comoe ist der größte
Fluss. Diese Stadt ist für ihre Ruhe und ihren Frieden bekannt. Sie gilt wegen
ihrer Lage als Transitort für die nach Gagnoa, eine Nachbarstadt, und andere
Städte in der Umgebung Reisenden.

Mein Vater und meine Mutter mochten es, in dieser Stadt zu leben. Einige
Jahre später entschied mein Vater allerdings, sein eigenes Geschäft zu öffnen. Er
gründete seine eigene Schmuckwerkstatt. Mithilfe einiger Mitarbeiter, die schon
lange im Bereich des Schmucks arbeiteten, konnte er einen zu vermietenden
Laden in einer der Nachbarstädte finden, nämlich Yamoussokro, der politischen

Hauptstadt der Elfenbeinküste. Infolgedessen zogen wir nach Yamoussokro um und wohnten inDioulabougou, einem ärmeren Viertel von Yamoussokro. Der Arbeitsort meines Vaters lag ungefähr zehn Kilometer von unserem Wohnort entfernt. Er befand sich in der Nähe der Residenz von Félix Houphouët-Boigny, dem damaligen Präsidenten der Elfenbeinküste. Vor der Residenz des Präsidenten war ein See, der unter der Bezeichnung Lac Caiman bekannt war. Dort lebten viele Kaimane, um die sich ein paar Züchter kümmerten. Neben dem See war ein Restaurant, wo man europäisch essen konnte. Es gab Brot mit Käse, Wurst und Salat.

Das Hauptgericht in diesem Restaurant, das von Libanesen geführt wurde, war Chawarma.

Mein Vater mochte es, mit seinen französischen Freunden in diesem Restaurant zu essen, die zum Zwecke des Tourismus öfter in die Elfenbeinküste kamen. Die französischen Touristen kauften Gold bei meinem Vater, der viel im Kontakt mit den Goldgräbern war. Als er mit seinen Freunden die touristischen Stellen besichtigen ging, nahm er mich in seine Arme. Wir besichtigten die Basilika Félix Houphouët-Boigny. Félix Houphouët-Boigny gründete dieses Bauwerk, nachdem er vom Fetischismus zum Christentum bekehrt worden war. Sein christlicher Glaube war ihm so wichtig, dass er seiner Religion diese Basilika gewidmet hat. Das ist weltweit die zweitgrößte Basilika nach der von Rom in Italien.

Ich mochte es, mit meinem Vater auf die Arbeit zu gehen, denn ich war ihm näher als meine kleine Schwester, die mehr Zeit mit meiner Mutter verbrachte. Ich liebte meine Mutter aber genauso wie meinen Vater. Sie waren für mich wunderbare Eltern und ich bedankte mich bei Gott, dass er mir so liebevolle, zärtliche und freundliche Eltern gegeben hatte.

Wir lebten gemeinsam mit zwei Cousins von der Seite meines Vaters, nämlich André und Richard, die sehr höflich waren und meine Eltern respektierten. Ich mochte es, mit meiner Schwester im Sand zu spielen, die sehr hübsch und öfter sehr laut war, und tat dies oft.

Ich beherrschte nur Dioula, eine Volkssprache, die sich durch den Handel in der Elfenbeinküste verbreitet hatte. Das ist eine Sprache, die damals von den zugewanderten Völkern im Norden der Elfenbeinküste gesprochen wurde und von ihnen bis heute gesprochen wird.

In meiner Kindheit war ich sehr naiv und ignorant, was den Ursprung der Menschheit betrifft. Ich konnte mir nicht vorstellen, dass die Menschen durch eine Paarung zwischen einem Mann und einer Frau in die Welt kamen. Für mich wurden Menschen auf dem Markt gekauft, so wie Kleider und Nahrung. Der einzige Unterschied zwischen den Verkaufsartikeln und den Menschen war meiner Vostellung nach, dass die Menschen in Vitrinen zum Verkauf ausgestellt würden. Das waren meine kindlichen Ideen, denn ich war noch ganz klein. Zum Feierabend ließ mich mein Vater manchmal das Wort »Sissai« hören, was Hähnchenfleisch bedeutet. Hörte ich das Wort, hieß es, dass wir bei dem Verkäufer von Hähnchenfleisch vorbeigehen sollten, dessen Laden nicht weit weg von der Schmuckwerkstatt meines Vaters lag. Das Hähnchen wurde meistens vor unseren Augen geschlachtet. Die Federn wurden mithilfe von brühendem Wasser entfernt. Das ganze Hähnchen wurde in eine Tüte verpackt. Wenn wir nach Hause kamen, kochte meine Mutter damit eine köstliche Suppe, die wir entweder mit Reis oder mit Attiéké[1] aßen.

Ich schlief auf demselben Bett wie meine Eltern, meistens in der Mitte zwischen meiner Mutter und meinem Vater. Meine Cousins schliefen in dem anderen Zimmer, denn das Haus verfügte über zwei Zimmer, ein Wohnzimmer, eine gemeinsame Küche und eine Dusche. Wenn wir Gäste bekamen, schliefen meine Cousins im Wohnzimmer und machten den Gästen Platz. Wir führten trotzdem ein sehr bescheidenes, aber zufriedenes Leben.

Mein Vater war nicht zu streng, obwohl er viel Alkohol trank und rauchte. Zu dieser Zeit waren die Zigarettenmarken wie »Malboro«, »Dunhill« und »Craven A« sehr bekannt und wurden viel konsumiert. Er trank die bekannteste Alkoholmarke des Landes, nämlich »Bock«, und kostete sein Leben aus. Er sagte mir öfter: »Eric, das Leben ist kurz, lass es uns genießen.« Er nahm mich immer mit, wenn er spazieren ging oder Freunde besuchen wollte. Auf dem Weg machten wir stets eine Pause in einem Lokal, wo man zugleich Essen und alkoholisierte Getränke bekommen konnte. Mein Vater bestellte immer eine Flasche Bier und versäumte es nie, der Kellnerin zu sagen, dass sie zwei Gläser bringen sollte, das heißt ein Glas für ihn und ein anderes für mich. Ich trank, ohne zu realisieren, was für einen Effekt das auf den Organismus haben konnte. Ich war einfach zu dem schönen Geschmack hingezogen.

Mein Vater war ein netter und offener Mensch. Er mochte eine gut gemachte Arbeit und faulenzte nie. Als Chef in seiner eigenen Schmuckwerkstatt gab er sich große Mühe, seinen Angestellten und Auszubildenden gute Arbeitsbedingungen zu verschaffen. Er hatte jedoch auch ein cholerisches Temperament,

---

1 Attiéké ist eine Beilage aus Maniok und eine beliebte und traditionelle Speise in der Elfenbeinküste

das er nicht zu verbergen vermochte. Andererseits war er auch langmütig und öfter melancholisch. Er war ein großer Fußballfan und seine Lieblingsmannschaft war »Africa Sport National«, eine lokale Fußballmannschaft, die öfter den nationalen Pokal während des nationalen Fußballturniers gewann. Mein Vater unterstützte diese Mannschaft unabhängig von den Ergebnissen. Er war ein treuer Fan. Wenn seine Mannschaft gewann, war er immer überglücklich und versprach, den Sieg zu feiern. Die Dribblings zum Beispiel von Tehi Joel, einem der besten Offensivspieler der Mannschaft, machten ihm Spaß und vor allem war er stolz auf ihn. Er betrachtete sich als Muslim, weil er zur Moschee ging, allerdings unregelmäßig. Infolgedessen bekam er den Spitznamen Yusuf[2]. Die meisten seiner Freunde und Arbeitskollegen mochten es, ihn einfach so zu nennen. Im Laufe der Zeit ging mein Vater jedoch nicht mehr in die Moschee, glaubte noch mehr daran, dass das Leben ihm geben konnte, was er brauchte, und lebte vor allem von Liebe und Brüderlichkeit und von den Tugenden wie Geduld, Respekt und Demut. Für ihn konnte das genügen, um dem Hass, dem Neid und der Bosheit der Menschen zu entkommen. Er war nicht streitsüchtig und vermied schlechte Gesellschaft. Mein Vater glaubte fest an eine bessere Zukunft und träumte davon, Millionär zu werden. Aus diesem Grunde spielte er viel Lotto, obwohl er meist nicht das Glück hatte, höhere Geldsummen zu gewinnen. Er gab nie auf und konnte bis 20 000 FCFA (die Währung in der Elfenbeinküste) oder circa 31 Euro gewinnen.

Was meine Mutter betrifft, war sie schlau, loyal und an die Bräuche gebunden. Meine Mutter mochte die Ordnung, die Aufrichtigkeit und sie war fleißig. Neben ihrem Job als Palmölverkäuferin verkaufte sie Gemüse und Trockenfische und verdiente damit viel Geld.

Auf dem Markt Dioulabougou war sie bekannt für ihre Ausdauer und ihren Fleiß. Dank dieser Aktivität konnte sich meine Mutter um sich selbst kümmern und sogar meinen Vater öfter finanziell unterstützen, wenn dieser mit finanziellen Schwierigkeiten konfrontiert war. Während der feierlichen Anlässe wie Weihnachten und Silvester hatten wir, vor allem Sylvie, meine Schwester, die noch sehr klein war, und ich, die schönste Kleidung in unserem Viertel an.

Es war mir eine Ehre und Freude, bei meinen Eltern zu sein. Ich war meinem Vater näher, der mich immer auf seinem Motorrad mit zur Arbeit nahm. So

---

2   Yusuf ist ein arabischer und türkischer männlicher Vorname hebräischer Herkunft, analog zu Josef. Yusuf ist einer der Propheten im Koran und entspricht dem biblischen Stammvater Josef.

konnte ich nebenbei auch lernen, wie man Schmuck fabrizierte. Es gelang mir, Ketten, Armbänder, Ringe und Armkettchen zu basteln. Seine Kunden waren ihm treu und loyal.

Sylvie schlief von nun an auf dem Bett mit meinen Eltern und ich schlief auf einer Matte, die auf dem Boden lag. Ich war nicht neidisch und verstand, dass ich größer wurde. Ich war fünf Jahre alt und sollte daher lernen, allein zu schlafen. Ich hatte Träume, in denen ich flog, und ich fand das interessant. Öfter kamen aber Träume, in denen ich mich irgendwo im Busch oder an einem verlassenen Ort befand und urinierte. Wenn ich aufwachte, war meine Hose nass. Das war immer so, aber ich sprach mit niemandem darüber. Ich verstand nicht ganz, was los war. Meine Eltern wussten zwar, dass ich Pipi auf der Matte machte, aber ich erzählte ihnen nicht von den Träumen. Sie verstanden mich und hatten mit mir Geduld. Was mich betrifft, war ich eher beunruhigt, denn ich hatte auch Albträume, in denen merkwürdige Dinge geschahen. Gestalten, deren Identität schwer zu erkennen war, liefen hinter mir her, bis ich erschöpft war und an einem Ort ankam, wo der Weg nicht mehr weiterging. Ich stand plötzlich von der Matte auf und war erschrocken. Ich war regelmäßig krank und streitsüchtig. Wenn ich mich gestritten hatte und geschlagen worden war, kam ich weinend nach Hause. Manchmal schlug ich meinen Gegner und rühmte mich des Siegs.

Wir wohnten auf einem gemeinsamen Hof und hatten gute Beziehungen zu unseren Nachbarn. Unsere direkte Nachbarin hieß Sarah. Sie besuchte eine evangelische Kirche und bemerkte, dass ich mich gern prügelte und streitsüchtig war. Sie lud mich mit der Zustimmung meiner Eltern in die Kirche ein. Am Anfang lehnte ich es ab, in die Kirche mitzugehen. Ich ließ mich aber allmählich von ihr überzeugen und ging mit ihr zusammen in die Kirche. Meine Eltern hatten nichts gegen die Religion und waren sehr offene Menschen. Als ich die Kirche betrat, entdeckte ich eine andere Welt, wo Leute sangen und beteten. Ich war vor allem neugierig und wollte es genauso wie sie machen. Ein Lied fiel mir auf, nämlich »Jesus est mon ami, mon ami de tous les jours«, oder ins Deutsche übersetzt »Jesus ist mein Freund, mein Alltagsfreund«. Nach dem Gottesdienst spürte ich eine besondere innerliche Freude und wollte jeden Sonntag wieder in die Kirche gehen. Ich hörte nicht damit auf, die kirchlichen Lieder, die ich gehört hatte, zu Hause zu singen. Ich hörte aber langsam damit auf, Albträume zu haben und Pipi auf der Matratze zu machen. Ich prügelte mich nun nur noch selten und passte sehr gut auf mich selbst auf, wenn meine Eltern nicht zu Hause waren. Ich war das beliebteste Kind, denn ich bekam alles, was ich von meinen

Eltern wünschte. Die Mitbewohner auf dem gemeinsamen Hof mochten mich in ihre Arme nehmen, denn ich war für sie ein hübsches Kind.

Es kam die Einschulung. Mein Vater kam nach Absprache mit meiner Mutter zu dem Entschluss, mich direkt, das heißt, ohne dass ich erst in den Kindergarten gegangen wäre, in die erste Klasse an der Grundschule »Epp Djoulabougou« einzuschulen. Sowieso war ich schon alt genug und konnte nicht erst in den Kindergarten gehen. Ich war in der ersten Klasse sieben Jahre alt und konnte kaum Französisch sprechen, weil ich mich mit meinen Eltern immer auf Dioula unterhielt. Immerhin konnte ich ein paar Wörter sagen, es war mir aber schwierig, fließend zu sprechen. Diese Situation störte mich sehr, denn die anderen Schüler, die direkt vom Kindergarten kamen, konnten schon besser Französisch als ich. Wenn sie mich ansprachen, antwortete ich meist auf Dioula. Zu Hause war ich sehr oft unruhig und in der Schule eher ruhig und vor allem ängstlich.

Am ersten Schultag sollte sich jeder kurz mit dem Namen, Vornamen, Wohnort und Geburtsdatum vorstellen. Es gelang mir, problemlos an der Vorstellrunde teilzunehmen, ohne dass man merkte, dass ich nur sehr wenig Französisch konnte. Als ich nach Hause kam, erzählte ich meinen Eltern mit Freude, was in der Schule passiert war. Ich war froh, endlich in die Schule gehen zu können. Ich war froh, eine neue Umgebung zu entdecken und neue Bekanntschaften zu schließen. Das war eine andere Welt als das, was ich täglich erlebte. Ich hatte eine neue Schultasche, Schiefertafel, einen neuen Kugelschreiber, einen Bleistift, ein Radiergummi, ein Schreibheft, ein Zeichenheft, ein Lesebuch, ein Mathematikheft und ein Übungsheft, was die Gesamtheit meiner Lernmittel in der ersten Klasse darstellte. Ich war damit sehr zufrieden und auf meinen Vater sehr stolz, weil er mir all dieses Schulmaterial gekauft hatte. Ich war mir aber auch bewusst, vor welcher Herausforderung ich stand, nämlich die Klassenarbeiten bestehen und beste Noten erhalten, um in die nächsthöhere Klasse zu gehen. Die nächsten Schultage wurden ernster und unterschieden sich von den ersten Schultagen, die eher locker waren, weil wir noch nicht mit dem Schulprogramm der ersten Klasse begonnen hatten. Wir fingen mit dem Formenzeichnen an, den Kurven, Geraden und den durchbrochenen Linien. Es gelang mir gut, die Kurven zu zeichnen. Allerdings hatte ich Schwierigkeiten bei den restlichen Formen. Herr Etienne, unser Klassenlehrer, ging schrittweise durch die Gänge und beobachtete, was wir zeichneten. Alle, denen es gelang, die Formen auf die Schiefertafel zu bringen, konnten den Peitschenhieben entkommen. Er hatte eine Peitsche in der Hand, die er selbst geflochten hatte. Er kam auf mich zu und sagte:

- »Zeig mir sofort, was du bisher geschafft hast!«
- »Hier, Herr Etienne«, sagte ich mit einer ängstlichen Stimme.

Ich konnte danach ein lautes Geräusch auf meinem Rücken hören. Ich bekam fünf Peitschenhiebe aufgrund der nicht ordentlich gezeichneten Formen. Ich weinte bitterlich und glaubte, jemand könnte etwas daran ändern. Der Klassenlehrer wurde zu meiner Schulzeit zwar verehrt. Ich entschied aber, meinen Eltern davon zu erzählen. Ich wollte nie wieder in die Schule gehen. Ich wollte lieber in der Schmuckwerkstatt meines Vaters das Schmuckgeschäft lernen. Als ich also nach Hause kam, berichtete ich meinen Eltern, wie alles passiert war. Mein Vater fing ein raues Gespräch mit mir an:

- »Wer hat dich geschlagen?«
- »Mein Klassenlehrer. Er hat mich mit der Peitsche geschlagen. Ich will nicht mehr in die Schule gehen.«
- »Was!«, schrie mein Vater mit einer lauten Stimme.
- »Ich sage, ich will nicht mehr …«

Bevor ich den Satz vollendet hatte, wurde mein Vater zornig und zog seinen Hosengürtel aus. Er schlug mich damit. Ich war untröstlich und weinte. Ich fand das ungerecht, denn ich wollte eigentlich in die Schule gehen, aber hatte Angst vor der Peitsche meines Klassenlehrers. Ich fühlte mich unverstanden. Ich konnte jedoch nur gehorchen. Ich hatte meinen Vater sehr lieb und verstand ihn. Er hatte so viel Geld ausgegeben, damit ich in die Schule ging. Es wäre für ihn eine Geldverschwendung, vor allem aber eine Schande, wenn sein Sohn sich weigerte, in die Schule zu gehen.

Er befahl mir zusätzlich, meine Schulsachen zu holen, und er brachte mir selbst das Lesen, Schreiben und Rechnen bei. Wir wiederholten zusammen die Formen, die ich in der Klasse nicht geschafft hatte. Ich entsagte der Idee, nicht in die Schule zu gehen, und fing an, stark zu arbeiten, um die Peitsche meines Klassenlehrers zu vermeiden. Mein Vater war mit seinem Beruf a l s Juwelier sehr beschäftigt und konnte nicht immer zeitlich verfügbar sein, um mit mir zu üben. Er stellte für mich einen Hauslehrer an, bei dem ich einmal in der Woche übte.

Nach und nach wurde ich in der Schule besser. Ich konnte damit auch meinen Vater besser kennenlernen. Er war nicht nur ein sanfter und netter Mann, sondern auch streng, wenn es um das Lernen ging. Ich konnte endlich Spaß an der Schule haben. Mein Vater bereute etwas später, dass er mit mir so streng gewesen war, und versprach, mich nie wieder zu verprügeln. Er wollte mir ein neues Fahrrad besorgen, wenn ich die erste Klasse schaffen würde. Ich übte häufig allein zu Hause, weil der Hauslehrer öfter fehlte. Ich gab mir große Mühe, meine Lektionen nach der Schule zu lernen, damit ich nicht schnell vergaß, was wir in der Schule durchgenommen hatten. Damit konnte ich einen Vorsprung auf die anderen Schüler erlangen. Die letzte Klassenarbeit des Jahres war die bedeutendste. Die sollte ich unbedingt bestehen, um in die zweite Klasse zu gehen. Mein Niveau in der Klasse war nun ermutigender als vorher. Ich wurde selten geschlagen.

Mein Vater war öfter mit finanziellen Problemen konfrontiert, wenn das Geschäft nicht gut lief. Wenn er an seine französischen Freunde Goldstückchen verkaufte, hatte er zwar immer viel Geld dabei. Das Leben wurde im Allgemeinen aber schwieriger, weil mein Vater nicht mehr wie vorher Geld verdiente. Der Hauslehrer musste seinen Vertrag kündigen, weil er nicht regelmäßig seinen Lohn bekam. Ich musste nun allein zu Hause üben.

Es kamen die Osterferien. Mein Vater nahm den Vorschlag meiner Mutter an, ins Dorf zu reisen, um an der traditionellen Zeremonie der Initiierten teilzunehmen. Darunter muss man dies verstehen: Die volljährigen Mädchen nehmen mit der Zustimmung ihrer Eltern an einer Ausbildung im Wald teil, wo sie in selbst gebauten Hütten schlafen. Während dieser traditionsorientierten Ausbildung werden sie beschnitten. Die Klitoris, die bei den Frauen den Spaß beim Geschlechtsverkehr verursacht, wird entfernt und auch die Schamlippen und die Genitalien werden manchmal abgeschnitten. Sie lernen im Wald zum Beispiel, wie sie sich als Jungfrau bis zur Ehe erhalten können, und vor allem die gute Verhaltensweise in der Gesellschaft, um nicht in die Lebensfallen zu geraten. Vor unserer Reise ins Dorf sagte mein Vater unseren Nachbarn Bescheid, damit sie auf unsere Katze und die Wohnung aufpassten.

Wir nahmen an einem Wochenende einen Reisebus nach Man. Man ist eine Großstadt im westlichen Teil der Elfenbeinküste. Der Reisebus sollte über Dakouipleu, das Dorf meiner Mutter, fahren. Ich war zugleich freudig und neugierig. Das war für mich die erste Reise ins Dorf. Ich konnte während der Reise die schöne Landschaft mit Bäumen, Elefantengras und Wildtieren, die vor uns auf den Weg liefen, beobachten. Wir mussten beim Zollamt zu einer Kontrolle anhalten und die Ausweispapiere wurden begutachtet. Das Gepäck wurde stets kontrolliert, um gegen illegalen Drogenhandel zu kämpfen. Das war zu der Zeit des damaligen Präsidenten der Elfenbeinküste, als die Elfenbeinküste ein Gastland für viele Geflüchtete und Migranten war, die wegen des Bürgerkrieges in Liberia auf der Suche nach einem sicheren Ort waren. Da die Elfenbeinküste im

Westen an Liberia grenzt, migrierten alle Geflüchteten in den westlichen Teil unseres Landes. Sie wurden von den Regierungsorganisationen alle gut empfangen und die Aktionen der humanitären Hilfe waren fürs Land ein großer Vorteil. Die Elfenbeinküste war außerdem zu dieser Zeit mit den politischen Protestbewegungen der Oppositionsparteien konfrontiert, die ein Mehrparteiensystem forderten. Diese Situation beeinflussten einige Ethnien der Bevölkerung des Westens stark, hauptsächlich die Wai, die für die Oppositionsparteien waren. Sie versperrten die Hauptstraßen mit Baumstämmen und riesigen Steinen. Alle Autos, die dort vorüberfahren mussten, blieben an diesem Tag stundenlang stehen.

Wir saßen an Bord eines Reisebusses namens STIF, ein Bus einer bekannten Reisegesellschaft der Elfenbeinküste, die eine direkte Konkurrenz der Reisegesellschaft UTEBE war. Es war Mittag, wir hatten großen Hunger. Es gab kein Restaurant in der Nähe. Das nächste Dorf, wo man etwas zum Essen kaufen konnte, lag von uns fünf Kilometer entfernt. Wir schafften es, in ungefähr einer Stunde zu Fuß bis zum Dorf zu laufen. Ich war noch klein und wurde beim Laufen schnell müde. Mein Vater nahm mich auf seinen Arm und meine Mutter trug Sylvie, meine kleine Schwester, auf dem Rücken. Wir fanden ein Restaurant, aufgebaut aus Ton, Holzstangen, Bambusstäben und Lianen, mit einem Strohdach. Das Essen war unter prekären hygienischen Bedingungen zubereitet. Die Straßen in dem Dorf waren nicht asphaltiert und sie waren sehr staubig. Wir waren hungrig und wollten nur etwas essen. Nach mehreren Stunden waren die Straßen endlich frei und wir konnten mit dem Reisebus weiterfahren.

Wir kamen bei Sonnenuntergang erschöpft im Dorf meiner Mutter an und wurden auf warme und herzliche Weise von den Dorfbewohnern empfangen. Pascaline, eine meiner Cousinen, nahm unser Gepäck und brachte es ins Gastzimmer. Meine Oma kochte uns eine traditionelle Mahlzeit, die uns sehr gut schmeckte. Eine großartige und vor allem sehr laute Stimmung herrschte im Dorf. In den Gassen fand man die Kinder im Sand spielend und plaudernd.

Sylvie war noch klein und saß immer auf dem Schoss meiner Mutter. Meine Eltern unterhielten sich mit Oma und Opa. Sie waren ganz neugierig und stellten viele Fragen über unsere Reise, die ermüdend und vor allem abenteuerlich gewesen war.

Es begann nun die Zeremonie der Initiierten. Meine Tante schenkte meinen Großeltern ein Schaf und mein Vater gab ihnen etwas Geld. Es wurde für mehr als fünfzig Gäste gekocht. Man hörte überall Trommelrhythmen, Gesänge und Tanzschritte von den Initiierten, die in einer ordentlichen Reihe gingen. Unter den Initiierten waren meine zwei Stiefschwestern. Meine Mutter hatte mit einem anderen Mann zwei Kinder gehabt, bevor sie meinen Vater kennenlernte. Meine Mutter hatte mir einmal von ihnen erzählt und ich war ganz gespannt, sie kennenlernen zu können. In kleineren Tanzschritten gingen die Initiierten in einer Reihe. Sie waren bis zu den Nieren mit einem Lendenschurz bekleidet und die oberen Körperteile waren nackt. Ihre Körper waren mit Öl eingerieben und sie tanzten barfuß.

Ich nahm zum ersten Mal an einer solchen Zeremonie teil und war darauf sehr neugierig. Diese Zeremonie war auch ein Wiedersehen aller Familienmitglieder, die das Dorf aufgrund ihres Studiums verlassen hatten, um in der Stadt zu wohnen. Viele davon blieben nach dem Studium in der Stadt und suchten nach einer Arbeit. Unter den Stadtbewohnern waren einige Prominente, die ihr Bestes gaben, um bei der Zeremonie im Dorf dabei zu sein. Die Stimmung im Dorf war festlich. Die Feier war ein Höhepunkt des kulturellen Lebens. Die Jugendlichen schenkten den Initiierten etwas zu trinken, um in ihre Nähe zu kommen. Das war für sie eine Strategie, um nach ihren Wunschfrauen zu suchen.

Nach der Zeremonie mussten meine Stiefschwestern das Dorf verlassen, weil sie in die Schule gehen sollten, und die nächste Schule befand sich in der nahen Großstadt. Meine Eltern und ich profitierten von dem Anlass, um die Stadt Man zu besichtigen. Man ist die Hauptstadt der Region 18 Montanges. Es gibt in dieser Region viele Berge und der höchste Berg heißt Mont Nimba. Man ist die fünftgrößte Stadt der Elfenbeinküste. Die Stadt befindet sich etwa zwölf Kilometer von dem Dorf entfernt. Wir nahmen ein öffentliches Verkehrsmittel. Das war ein Kleintransporter mit Fenstern und mit bis zu neun Sitzplätzen, einschließlich Fahrersitz. Der Busfahrer wollte viel Geld verdienen. Aus diesem Grunde hatte er in einer Sitzreihe noch einige Sitzplätze erstellt, sodass es keinen Platz für die Passagiere gab, die ein- und aussteigen wollten. Man musste alle Passagiere stören, damit einer aussteigen konnte.

Die Stadt Man war voll von Menschen. Die Fußgänger strömten von überall her. Auf den Bürgersteigen befanden sich Obst- und Gemüsehändler. Man hörte das Geschrei der Wanderkaufleute, die ihre Waren mit Sicherheit und Eleganz anpriesen. Leute gingen hin und her wie in einer Hauptstraße von Peking. Man konnte auf den Gesichtern Freude und Frieden lesen. Einer der Gründe für die große Anzahl von Einwohnern in dieser Region der Elfenbeinküste bestand in der letzten Migrationswelle aus Liberia und Sierra Leone, wo Bürgerkrieg herrschte. Die Menschen fanden Zuflucht in Man und den Nachbarstädten.

Sie konnten zwar fließend Englisch, mussten aber für ihre schnelle Integration Französisch lernen.

Wir kauften ein. Mein Vater kaufte für jeden von uns traditionelle Anzüge als Andenken. Nach dem Einkaufen statteten wir ein paar Bekannten einen Besuch ab. Wir konnten von der Ferne die Bergkette beobachten. Auch Mont Nimba, der höchste Berg der Elfenbeinküste, war zu sehen, der einen großen Wald beherbergt. Er sah wunderschön aus und machte Lust auf eine Wanderung. Da die Zeit drängte, konnten wir nicht viele Sehenswürdigkeiten besichtigen. Dann machten wir uns auf den Rückweg nach Yamoussokro. Wir fuhren mit einem brandneuen Bus von dem Reiseunternehmen UTB. Die Schule sollte für mich wieder beginnen. Die Osterferien gingen zu Ende. Mein Vater musste auch weiter seine Aufgaben als Chef seiner Juwelierwerkstatt erledigen.

Als wir wieder in Yamoussokro waren, dachte ich an alle Ereignisse zurück, die ich während meiner Ferien erlebt hatte, was in mir eine starke Sehnsucht hinterließ. Ich hatte Lust darauf, ins Dorf zurückzukehren und erneut die schönen Momente zu erleben, die leider so schnell vergangen waren. Ich wollte meine Cousine Pascaline, meine großen Halbschwestern und alle Leute, die ich kennengelernt hatte, wiedersehen. Am Dorfeingang befand sich ein See, der einen schönen Blick auf das ganze Dorf freigab. An dieses Bild dachte ich ständig. Ich spürte in mir so eine Leere, dass ich Zeit brauchte, um mich wieder einzuleben. In der Schule, genauer im Klassenraum, war ich oft geistesabwesend, weil meine Gedanken woanders waren. Ich wollte wieder reisen. Ich wollte vor der Realität flüchten und neue Abenteuer erleben. Zu Hause plauderte ich häufig mit Sarah, unserer direkten Nachbarin, und es tat mir gut. Wir gingen zusammen in die Kirche, wenn sie mich einlud. Sie sollte oft auf ihrer Einladung bestehen, damit ich in die Kirche mitging. Ich faulenzte gerne, wenn es darum ging, in die Kirche zu gehen. Für mich war Jesus im Leib irgendwo und hörte uns ihn anbeten und preisen. Ich glaubte nicht an schlechte Geister, weil ich in meinen kindlichen Vorstellungen lebte. Für mich war das Leben nur schön. Ich war zufrieden, jeden Sonntag in der Kirche sein zu können. Ich sang immer das gleiche Lied, nämlich »Jesus ist mein Freund und mein Alltagsfreund«. Da das Lied mir langweilig wurde, sang ich ein zusätzliches Lied, nämlich »Eeeeh Yaweh eeeeeh Yaweh Zounagnon, eeeeeeh Yaweh eeeeh Yaweh Zounagnon«, was bedeutet: »Eeeeh Gott, du bist gut. Eeeeeeh Gott, du bist gut«. Das ist ein Lied auf Bété, eine lokale Sprache der mittelwestlichen Region der Elfenbeinküste. Ich konnte das Lied immer wieder singen, ohne müde zu werden. Das war für mich ein wunderschöner Moment, jedes Mal wenn ich mich in der Kirche befand. Nach der Kirche machte ich meine Streifzüge durch das Viertel und spielte. Ich mochte es, Fußball barfuß auf einem staubigen Spielfeld zu spielen. Meine Mutter wusch meine Kleider immer mit der Hand und machte mir oft Vorwürfe, weil ich häufig meine Kleider verschmutzte. Die Vorwürfe fielen leider auf abgelenkte Ohren, sodass ich meine Kleider trotzdem weiter verschmutzte. Das Schuljahr kam zu seinem Ende. Die Schüler mussten eine Prüfung ablegen, um in die nächste Klasse zu gehen. Ich träumte von dem Versprechen meines Vaters, der mir ein Fahrrad schenken wollte, falls ich die Abschlussprüfung bestünde. Ich lernte allein meine Lektionen und wiederholte alle Aufgaben, die ich in der Klasse mit dem Lehrer gemacht hatte. Mein Vater übte mit mir oft das Lesen und Schreiben. Ich wollte dieses Fahrrad bekommen. Am Tag der Prüfung war ich selbstsicher, weil ich genug rekapituliert hatte.

Eine Woche nach der Prüfung wurden die Ergebnisse bekannt gegeben und ich hatte die Prüfung mit einer guten Bewertung bestanden. Ich gehörte zu den besten Schülern der Klasse. Ich hatte es mir verdient, aber ich hatte diese gute Bewertung auch dank dem Druck meines Klassenlehrers und dem Charakter meines Vaters erhalten. Er hatte nicht auf meine Beschwerden über meinen Klassenlehrer gehört, sondern war mit dessen Benehmen einverstanden. Das hatte mir viel geholfen, die Prüfung zu bestehen. Nun musste ich auf das Versprechen meines Vaters zurückkommen. Ich war ihm hinterher und erinnerte ihn immer daran, dass er mir ein Fahrrad versprochen hatte. Er sagte mir stets, dass ich noch warten müsse und er es nicht vergessen habe. Die Sommerferien gingen sehr schnell vorbei und das Versprechen schien ein leeres Wort zu sein. Trotzdem hoffte ich immer noch darauf.

Ich ging regelmäßig mit meinem Vater auf die Arbeit. Ich lernte bei ihm das Juweliergeschäft. Ich hatte ein Sparschwein, wo ich das Trinkgeld von den Kunden und die Münze, die mir mein Vater gab, sparte. Ich arbeitete auch mit meinem Cousin namens Legro zusammen, der bei meinem Vater ein Lehrling war. Ich war oft neidisch auf ihn, weil er von meinem Vater ein Gehalt bekam. Ich wollte wie er sein und fand es langweilig, in die Schule zu gehen. Wenn das Geld in meinem Sparschwein eine höhere Summe erreichte, gab ich es meiner Mutter und sie kaufte mir damit neue Kleidung und Schuhe. Sie kümmerte sich gut darum und war auf mich stolz. Trotz meines kindlichen Verhaltens sah meine Mutter in mir oft einen Erwachsenen, weil ich sehr sparsam war.

Ich kannte schon einigermaßen den Wert des Geldes, aber es war mir oft schwierig, die Münzen zu unterscheiden. Für mich waren die größeren Münzen wertvoller als die kleinen. 50 fcfa zum Beispiel sind von der Fläche her kleiner als 25 fcfa. Ich verwechselte das immer und meine Mutter musste mir immer sagen, dass der Wert einer Münze das war, was darauf in Zahlen markiert war. Mir war eine Sache aber sicher: Geld war ein Tauschmittel.

Was meine Erziehung betraf, wurde ich von meinen Eltern sehr gut versorgt, weil sie in meine Schulausbildung viel investiert hatten und für mich das Beste wollten. Sie wollten zum Beispiel, dass ich eines Tages zu den hohen Beamten des Landes gehörte und ihnen finanziell helfen könnte. Ich wollte meine Eltern würdevoll vertreten. Ich liebte meine Eltern und war auf sie sehr stolz. Mein Vater war nicht reich, aber ebenfalls ein sehr stolzer Mann. Er war darauf stolz, einen Sohn zu haben, denn nach einer anonymen Umfrage hatte er sich vom ganzen Herzen einen Sohn gewünscht. Ich war für meinen Vater ein Schatz. Er ließ mich nie aus den Augen.

Was das versprochene Fahrrad betraf, hatte ich vergeblich gewartet. Er entschuldigte sich später bei mir und machte mir eine neue Versprechung. Das Fahrrad würde ich bekommen, wenn ich ein Jahr später für das neue Schuljahr in die nächste Klasse ginge. Diese nächste Klasse war CE1 oder das dritte Jahr an der Grundschule. In dieser Klasse lernen die Schüler in Großbuchstaben zu schreiben. Sie lernen keine Formzeichen mehr, sondern lange Sätze zu schreiben. Man muss auch in der Lage sein, die großen Zahlen zu schreiben und die Kardinalzahlen von den Ordnungszahlen zu unterscheiden. Man soll seine Lektionen ohne den Beistand des Lehrers von der Tafel abschreiben können. In dieser Klasse beginnt man auch mit dem Geschichtsunterricht und der Landeskunde sowie der Einführung in die Rechtschreibung.

Die Klasse CP2 oder das zweite Jahr an der Grundschule war die Fortsetzung der ersten Klasse. Man sollte in CP2 die Vorkenntnisse vertiefen. Wir mussten die komplizierten Silben und Laute lernen. Wir erfuhren, dass diese Klasse von dem Schuldirektor selbst gehalten werde und er strenger als der Klassenlehrer der ersten Klasse oder CEP1 sei. Ich hatte große Angst und fragte mich, wie das Schuljahr aussehen würde. Ich wollte unbedingt die zweite Klasse schaffen, um endlich das Fahrrad zu bekommen.

Meine Mutter machte den Haushalt und verkaufte immer noch auf dem Markt Palmöl. Ihr Palmöl bestellte sie direkt vom Dorf. Wenn jemand zu Besuch in die Stadt reisen sollte, nahm er die Ölkannen mit und brachte sie zu meiner Mutter. Das alles war für meine Mutter sehr anstrengend, denn sie musste sich außer dem Haushalt um mich und meine Schwester kümmern. Meine Schwester und ich waren noch klein und brauchten ihre ständige Aufmerksamkeit. Ich war acht Jahre alt und meine Mutter duschte mich und meine Schwester weiterhin unter freiem Himmel in einem Wasserbecken. Aufgrund ihrer vielen Aufgaben nahm mein Vater ihren Vorschlag an, gemäß dem meine Cousine Pascaline für eine bestimmte Zeit bei uns einziehen sollte, um ihr bei dem Haushalt zu helfen. Wir waren alle froh, Pascaline bei uns zu Hause zu empfangen. Ich war besonders glücklich, sie wiedersehen zu können, denn ich hatte sie während meiner Ferien im Dorf kennengelernt. Sie war dieselbe Person geblieben, mit ihrer dunkelbraunen Hautfarbe. Ihre geflochtenen Haare fielen auf ihren Rücken. Sie hatte natürliche Haare. Sie hatte eine normale Nase und ihre Zähne waren mit Süßholz immer ganz weiß geputzt. Sie war nicht groß und hatte eine normale Form. Sie war gehorsam und sehr fleißig. Sie half meiner Mutter viel im Haushalt. Meine Mutter konnte sich aufgrund ihrer Anwesenheit oft lange ausruhen. Wir waren eine sehr glückliche Familie, trotz der schwierigen finanziellen Situation. Für mich war es das Paradies auf der Erde.

Das Sterben war ein Tabuthema. In meiner kindlichen Vorstellung lebte der Mensch ewig und mir schien, es gäbe keinen Tod. Wenn ich krank war, dachte ich nie an den Tod. Ich war immer optimistisch und positiv. Tatsächlich war ich ignorant hinsichtlich der Sterblichkeit des menschlichen Wesens. Dass der Mensch durch eine Mutter in die Welt kommt, für einen Zeitraum lebt und dann stirbt, war mir unbekannt. Ich war gänzlich in einer kindlichen Welt eingeschlossen.

Pascaline half meiner Mutter eine Zeit lang und kehrte darauf zum Dorf zurück. Sie bekam von meinem Vater Taschengeld und viele Geschenke, nämlich Kleider und Schuhe. Ihre Unterstützung gefiel meiner Familie und besonders mir. Sie war zu uns allen sehr nett und offen.

Nach dem Besuch bei uns besuchte Pascaline meinen Onkel in Bouafle. Sie stritt sich mit meinem Onkel, der ihr eine Ohrfeige gegeben hatte. Dabei hatte er kein schlechtes Vorhaben. Leider passierte etwas Unerwartetes. Ihre Augen waren geschwollen. Mein Onkel brachte sie eilig zum Augenarzt. Er verschrieb ihr Schmerztabletten. Danach schien alles wieder gut zu gehen. Sie klagte allerdings immer über Augenschmerzen. Schließlich wurde sie blind und der Arzt selbst konnte nicht diagnostizieren, was genau los war. Eine einfache Ohrfeige reichte doch nicht, dass jemand blind wurde, zumal ihre Augen nicht berührt worden waren. Die Informationen erhielten wir von meinem Onkel selbst, der von der Situation auch sehr berührt und erstaunt war. Hatte sie vielleicht eine Augenkrankheit, die sie vor uns allen versteckt hatte? Davon wusste bisher niemand. Sie besuchte eine Kirche und verrichtete alle möglichen Gebete, ohne eine positive Wendung herbeizuführen.

Ich konnte es kaum glauben. Pascaline war blind geworden. Ich fing an, mir viele Gedanken darüber zu machen, und stellte mir ständig die gleiche Frage: Warum? Ich konnte mich daran erinnern, dass mein Vater mich oft geschlagen und ich deswegen keinen Arzt gebraucht hatte. Die Schmerzen gingen schnell vorbei. Pascaline war doch eine nette Person und verdiente das nicht. Sie musste nun mit dieser Beeinträchtigung ihr Leben lang zurechtkommen. Ich hatte den Eindruck, jemand vom Dorf hätte sie verflucht, denn mein Großvater war eine bemerkenswerte Person, das Dorfoberhaupt, und oft in Hexerei involviert. In der Tradition war die Hexerei damals im Dorf etwas Normales und Nötiges, um Dorfoberhaupt zu werden. Ich hörte oft von der Hexerei, hatte aber niemals daran geglaubt. Ich fing nun langsam an, mir Gedanken darüber zu machen, denn mein Onkel war zwar sehr streng, aber konnte nicht jemanden schlagen, bis er blind wurde. Er war ein charaktervoller Mensch, aber hatte ein gutes Herz. Darüber konnte sich niemand beschweren, obwohl er nicht von allen Familienmitgliedern gemocht wurde. Er kam oft nicht mit meiner Tante zurecht, weil er damals der Einzige war, der seine Schulausbildung erfolgreich abgeschlossen hatte und arbeitete. Einige Familienmitglieder waren auf ihn neidisch. Mein Onkel war ein Christ und besuchte regelmäßig eine evangelische Kirche. Er war selbst emotional von der Situation tief berührt und konnte sich nicht vorstellen, dass der Streit mit Pascaline so enden würde. Das Übel war schon angerichtet, aber dahinter steckte trotzdem noch etwas. Die Angst war bei allen stark präsent, aber das Leben ging trotzdem weiter.

In der Schule begann sich meine Leistung zu verschlechtern. Ich war nicht mehr so gut wie in der ersten Klasse. Ich wusste, ich musste wieder stark arbeiten. Mein Schuldirektor verprügelte uns immer, wenn wir etwas nicht schafften. Er hatte mit uns keine Geduld. Er zwang uns seine Regeln auf. Wir mussten gute Noten erhalten oder uns auf die Peitsche vorbereiten. Ich wünschte mir oft andere pädagogische Methoden als die Nutzung der Peitsche. Die Peitsche hatte uns alle abhängig gemacht. Wir hatten nur Angst vor der Peitsche. Ansonsten faulenzten wir und lernten kaum unsere Lektionen. Um die körperliche Strafe zu vermeiden, brachte ich meinem Schuldirektor oft Geschenke. Ich schenkte ihm häufig Yamswurzeln, die mein Vater von seinem Bruder bekam, der in Zata wohnte, einer kleinen Stadt in der Nähe von Yamoussokro. Wir erhielten von seinem Bruder in der Erntezeit regelmäßig Yamswurzeln, weil er ein Feld davon besaß. Um sich ihm dankbar zu zeigen, besuchten mein Vater und ich ihn oft und brachten ihm Dankbarkeitsgeschenke. Ich schenkte meinem Schuldirektor nicht nur Yamswurzel, sondern auch Gemüse. Mein Schuldirektor verkaufte in der Klasse oft Kuchen, die von seiner Frau gebacken wurden. Wenn wir alle Kuchen kauften, konnten wir zum Beispiel trotz nicht geschaffter Aufgaben die Peitsche vermeiden. Die Münzen, die uns unsere Eltern gaben, um während der Pause auf dem Schulmarkt etwas zum Essen zu kaufen, nutzten wir, um die Kuchen unseres Schuldirektors zu erwerben. Mein Schuldirektor war oft sehr glücklich, wenn er sämtliche Kuchen verkauft hatte. Außer der Vermeidung der Peitsche für alle war der Tag zudem für alle Schüler seiner Klasse schulfrei. Allerdings durften wir unseren Eltern nichts davon erzählen. Wir mussten sagen, dass der Lehrer krank sei, deswegen sei der Tag schulfrei.

Dieses Verhalten meines Schuldirektors hatte uns alle verwöhnt, denn wir gerieten ins Faulenzen und ignorierten die Konsequenzen, die sich auf unsere Schulleistung auswirken konnten. Die Hälfte der Klasse wiederholte das zweite Grundschuljahr und ich war leider unter diesen Schülern, die die Klasse wiederholten. Aber ich machte mir nichts daraus und wollte meistens nur spielen. Mein Vater aber war sehr wütend und machte mir große Vorwürfe. Ich entschied mich, im nächsten Schuljahr hart zu arbeiten und mich nicht ablenken zu lassen.

Die Sommerferien fingen mit einer schlechten Nachricht an. Mein Großvater seitens meiner Mutter kündigte uns den Tod meiner Großmutter an. Meine Mutter entschied mit der Zustimmung und finanziellen Hilfe meines Vaters, an der Beerdigungsfeier teilzunehmen. Sie war daran gewöhnt, mich mitzunehmen, wenn sie auf Reise gehen sollte. Ich war aber aufgewachsen und kein Baby mehr. Sie entschied, mit meiner Schwester Sylvie ins Dorf zu reisen. Sylvie war noch klein und musste keine Fahrkosten zahlen. Es reichte aus, wenn sie auf dem Schoss meiner Mutter säße. Mein Vater lehnte es ab, dass meine Mutter mit meiner Schwester ins Dorf reiste. Er war heftig dagegen. Ich konnte beide hören, als sie sich unterhielten:

- »Du reist allein ins Dorf. Du lässt Sylvie bei mir.«
- »Nein«, antwortete meine Mutter wütend. Sie sprach weiter: »Ich möchte, dass sie sich nicht allein fühlt. Du musst dich noch um Eric kümmern. Das kann für dich zu viel sein.«
- »Ich denke, du fängst langsam an, den Verstand zu verlieren, denn ich glaube, es ist nicht wichtig, dass Sylvie bei der Beerdigungsfeier dabei ist.«

Meine Mutter mochte es, meinen Vater mit seinem Spitznamen zu rufen. Der Spitzname Yusuf wurde ihm aufgrund seiner muslimischen Glaubensrichtung gegeben. Bevor er anfing, wieder zu trinken und zu rauchen, war er ein Muslim. Meine Mutter redete weiter:

- »Yusuf! Yusuf! Ich denke, du übertreibst langsam. Sylvie ist auch meine Tochter.«
- Mein Vater antwortete: »Hör jetzt auf zu labern. Du reist häufig mit ihr. Aber diesmal nicht. Ich will ich nicht, dass sie an der Beerdigungsfeier teilnimmt. Du kannst mit Eric reisen. Warum willst du unbedingt mit Sylvie ins Dorf fahren?«
- »Du vergisst, dass Eric kein Baby mehr ist und ich für ihn die Fahrkosten zahlen muss. Du musst mich verstehen. Ich schaffe es finanziell nicht, die Fahrkosten für uns beide zu übernehmen.«

Während ihrer Diskussion betete ich im Herzen, dass meine Mutter mich mit-nehmen würde, denn ich mochte es, zu reisen.

Wir hatten zu Hause eine weiße Katze, die wir Miaum genannt hatten. Sie war nett und wir mochten es, mit ihr zu spielen. Einige Tage vor der geplanten Reise meiner Mutter mit Sylvie ins Dorf lief diese Katze von zu Hause weg. Oft stand sie vor dem Hofeingang und guckte uns mit einem traurigen Blick an. Wenn wir versuchten, ihr näher zu kommen, rannte sie weg. Dieses Verhalten wiederholte sie stets. Sie zog im Gebüsch hin und her und jagte die Mäuse. Sie war zu einer Wildkatze geworden. Sie kam nie wieder nach Hause zurück. Dieses Verhalten erstaunte uns alle. Wir hatten uns ständig gefragt, warum die Katze sich so benahm, aber waren nie auf den Gedanken gekommen, dass sie versuchte, uns vor einer Gefahr zu warnen. Meine Mutter bestand darauf, mit Sylvie ins Dorf zu reisen, und überzeugte meinen Vater endlich davon. Sylvie war meine einzige kleine Schwester und ich mochte sie sehr. Ich war auch damit einverstanden, dass sie mit meiner Mutter zusammen reiste, aber gleichzeitig ein bisschen neidisch auf sie, weil ich mir gewünscht hatte, dass ich mit meiner Mutter ins Dorf fahren könnte. Ich konnte nachher selbst verstehen, dass ich jetzt groß geworden war. Sylvie war oft laut, provokativ, frech und spielerisch. Ich mochte sie einfach so und fühlte mich nie allein, wenn sie da war. Ich mochte es auch oft, sie zu provozieren, und wenn sie aufgeregt war, bat ich immer um Verzeihung, trotz meines Ältestenrechts. In Afrika haben die älteren Personen immer recht. Die jüngeren Personen müssen die älteren Leute respektieren. Der gegenseitige Respekt zählt für die Gleichaltrigen. Meine kleine Schwester wurde von meinem Vater wie eine keine Prinzessin behandelt, denn sie bekam immer alles, was sie wollte.

Meine Mutter packte ihren Koffer und den von Sylvie. Ich vermisste die bei-den schon, denn das war das erste Mal, dass ich so ein starkes Gefühl für beide spürte, vor allem etwas sehr Liebevolles. Mein Vater liebte meine Mutter sehr.

Das konnte ich in seinem Blick lesen. Er hatte so lange darauf gewartet, eine Frau zu finden. Er hatte schon um ihre Hand angehalten und beide waren verlobt. Nun wollte er heiraten, sobald sich seine finanzielle Lage verbessern würde. Er wollte vor der Hochzeit erst viel sparen. Ich konnte meinen Vater verstehen, denn in Afrika muss der Mann viel mehr finanzielle Ausgeben als die Frau übernehmen. So ist es Tradition.

Als meine Mutter und meine kleine Schwester ins Dorf gereist waren, blieb ich bei meinem Vater. Trotzdem fühlte ich mich allein, denn mein Vater war mit seinem Beruf sehr beschäftigt und hatte nicht immer Zeit für mich. Oft nahm er mich mit auf die Arbeit. Aber es klappte nicht immer, denn mein Cousin Legro war sein Lehrling und die beiden mussten stets zusammen auf die Arbeit gehen. Manchmal ging Legro allein auf die Arbeit, falls er von meinem Vater Geld für die Fahrkosten bekam. Roger, einer von meinen Cousins, der bei uns unter der Vormundschaft meines Vaters wohnte, erhielt von meinem Vater ab und zu etwas Geld, wenn er auf finanzielle Hilfe angewiesen war. Er ging auf ein Gymnasium, nämlich das »Lycée classique de Yamoussokro«, eines der berühmtesten Gymnasien der Elfenbeinküste. Er hatte fast keine Zeit, denn er bereitete sein Abitur vor. Ich bat oft um seine Hilfe, wenn ich Schulaufgaben erledigen sollte. Er zögerte nicht damit, darauf einen Blick zu werfen, und erklärte mir die Leitgedanken der Aufgaben. Ich war auf ihn nicht böse, weil er nebenbei auch seine Abiturprüfung vorbereiten musste.

Mein Vater hatte ein neues Mofa gekauft. Er nahm mich oft auf dem Mofa mit und wir besuchten seine Arbeitskollegen. Er hatte jedes Wochenende frei und arbeitete von Montag bis Freitag, außer in dringenden Fällen, wenn nämlich die Kunden so schnell wie möglich ihren Schmuck reparieren lassen wollten. Dann musste er zusätzlich am Samstag arbeiten.

Mein Vater war kein treuer Muslim. Trotzdem feierten wir auch das Ramadanfest[3] und »Tabaski« oder das islamische Opferfest mit, da wir in einem Viertel wohnten, wo die Mehrheit der Einwohner muslimischer Religion war. Wir respektierten ganz genau die Daten dieser Veranstaltungen. Zwei Wochen davor legte mein Vater Geld beiseite, mit dem er ein Schaf kaufte. Meine Mutter bereitete köstliche Mahlzeiten zu und teilte sie mit unserer Nachbarschaft. Wir bekamen hingegen Essen von unseren Nachbarn. Es herrschte eine Solidarität in dem Viertel. Der Friede, das Miteinander und das Zusammenleben gehörten zu den Grundsätzen. Es kam trotzdem oft zu Streitigkeiten, die jedoch schnell gelöst waren.

---

3   Das Ramadanfest ist für gläubige Muslime ein sehr wichtiger Festtag

Meine Mutter kam endlich von ihrer Reise zurück, nach einer Woche im Dorf. Zu unserem Erstaunen wurde sie von meiner Tante begleitet und Sylvie war nicht dabei. Ich sagte mir, Sylvie müsse irgendwo bei der Verwandtschaft geblieben sein, sie werde dann später dazukommen. Meine Mutter richtete sich folgendermaßen an mich:

– »Guten Morgen, Eric!«
– »Guten Morgen, Mama! Willkommen zurück!«

Ich umarmte sie sofort, nahm ihren Koffer und brachte ihn ins Schlafzimmer. Was meine Tante betraf, hatte sie eine Handtasche dabei und gab mir ein Zeichen, dass sie nur kurz bleiben wollte, denn sie musste ihre beiden Söhne besuchen, die in Yamoussokro bei ihrem Onkel wohnten.

Der Vater ihrer Kinder war ein Zollbeamter. Die beiden lebten zusammen. Ihr Mann hatte viel Geld und hatte ihr alles geschenkt, was sie sich gewünscht hatte. Sie wollte zum Beispiel ihr eigenes Geschäft eröffnen, was für ihren Mann gar kein Problem gewesen war. Sie bekam mit ihm drei Kinder, nämlich zwei Söhne und eine Tochter. Ihr Mann war nun allerdings schwer krank und lag mehrere Monate im Krankenhausbett. Sie besuchte ihn oft. Er ging nicht mehr zur Arbeit und seine finanziellen Reserven waren fast aufgebraucht. Seine Frau war fremdgegangen und hatte sich sogar in denjenigen verliebt. Als er das erfuhr, war er tief enttäuscht und hoffte nicht mehr darauf, dass er wieder gesund würde, denn er liebte meine Tante sehr und hatte ihr alles gegeben, was sie wollte. Er starb infolgedessen. Da seine beiden Söhne, die er mit meiner Tante gehabt hatte, auf ein Gymnasium gingen, mussten sie zu ihrem Onkel in die Stadt ziehen. Meine Mutter redete weiter:

– »Wo ist dein Vater?«
– »Er muss noch bei der Arbeit sein. Er ist bald wieder da.«

Weil ich schon lange bemerkt hatte, dass Sylvie nicht dabei war, fragte ich, wo Sylvie geblieben sei. Sie antwortete mir, dass Sylvie bei einer ihrer Schwestern geblieben sei und bald wieder da sein werde. Es fühlte sich in Ordnung an. Das erleichterte mich, denn ich wollte sie wiedersehen.

Ich hatte sie die ganze Zeit vermisst. Ich konnte mich an ihr kleines Gesicht und ihr Lächeln erinnern. Für mich war alles richtig, was mir meine Mutter erzählt hatte: Bald würde ich Sylvie wieder umarmen können. Plötzlich hörte ich das Schnurren von einem Mofa. Mein Vater war wieder da und war offenbar ungeduldig, meine Schwester wiederzusehen. Plötzlich brach meine Mutter in Tränen aus, als sie meinen Vater sah. Erstaunt wandte er sich ihr mit sehr lauter Stimme zu:

– »Yvonne! Yvonne, was ist los? Warum weinst du? Wo ist meine Tochter?«

Meine Mutter war untröstlich und weinte weiter. Die Tränen strömten über ihr Gesicht. Sie schrie mit ihrer ganzen Stärke:

– »Hätte ich nur gewusst ... hätte ich nur gewusst ... Es tut mir leid. Ich habe nicht auf dich gehört. Ich bereue mein Verhalten. Bitte vergib mir!«

Mein Vater konnte kaum glauben, was meine Mutter ihm erzählte. Er meinte, Sylvie sei vielleicht nur krank und liege auf dem Bett im Krankenhaus und meine Mutter brauche Geld, damit der Arzt sie behandeln könne, denn für ihn war es unbegreiflich, dass Sylvie etwas Schlimmes passiert war.

– »Du musst dich beruhigen, Yvonne. Ich muss noch Geld dabei haben. Das ist kein Problem. Das kriegen wir schon. Sag mir, in welchem Krankenhaus sie ist, und ich werde gleich zu ihr gehen und ihre Behandlung bezahlen.«
– »Verzeih mir, Yusuf. Du hattest recht.«
– »Ich weiß«, sagte mein Vater und redete weiter: »Ich möchte nur wissen, wo sie ist. Das ist meine einzige Tochter. Ich habe sie die ganze Zeit vermisst. Nun musst du mir sagen, was genau los ist.«

Während die beiden diskutierten, konnte ich Sylvie in meinen Gedanken weiter sehen. Ich war optimistisch und glaubte noch daran, dass sie zurückkommen würde. Das musste ein Missverständnis sein. Ich konnte mich noch an die Zeiten erinnern, als wir beide im Sand mit den leeren Milchdosen spielten. Ich erinnerte mich noch daran, dass ich ihr einmal eine ihrer Dosen abgenommen und sie geweint hatte. Ich hatte es kurz danach bereut und mich bei ihr entschuldigt und ihre Dose zurückgegeben. Ich wartete noch auf die Rückkehr von Sylvie. Meine Mutter ergriff das Wort und sagte uns diesmal die Wahrheit:

– »Ich habe bisher versucht, es euch zu erklären, aber augenscheinlich versteht ihr mich nicht. Nach einigen Tagen im Dorf fing Sylvie an, hohes Fieber zu haben. Ihre Temperatur stieg rasch. Sie brach plötzlich zusammen und war bewusstlos. Wir brachten sie eilig ins Krankenhaus. Einmal im Krankenhaus fing ihr Körper an, sich zu verkrampfen. Der Arzt machte alle möglichen Untersuchungen und konnte herausfinden, dass Sylvie an Hirnhautentzündung litt. Die Krankheit geht aktuell im ganzen Land um und es gibt noch keinen Impfstoff dagegen. Er versuchte trotzdem Sylvie zu retten, die sich weiter verkrampfte. Sie konnte nicht mehr ihre Handgelenke bewegen und ihren Mund öffnen. Ihre Augen verengten sich. Ihr Augenweiß war sichtbarer. Der schwarze Augenrand verschwand langsam. Ihre Körpertemperatur stieg weiter. Sie seufzte einmal und hörte damit auf zu atmen. Der Arzt hat sie nicht retten können. Sylvie ist nicht mehr.«

– »Yvonne! Sag mir bitte, dass du scherzt. Sylvie ist nicht gestorben. Daran kann ich nicht glauben. In diesem Fall will ich ihre Leiche sehen.«

– »Wir haben sie schon beerdigt.«

– »Kannst du verstehen, wie verletzend das ist? Du hast mich sehr enttäuscht. Du hättest mich trotzdem darüber informieren sollen. Ich bin der Vater. Du kannst nicht meine Tochter begraben, ohne dass ich darüber informiert bin. Du bringst mir meine Tochter oder du packst deine Sachen und gehst zu deinen Eltern. Ich liebe dich nicht mehr. Du bist eine böse Frau.«

– »Verzeih mir! Verzeih mir! Wohin sollte ich gehen? Hätte ich es nur gewusst, wäre Sylvie bei dir geblieben. Wie konnte ich dich darüber informieren, wo wir doch kein Festnetz zu Hause haben. An diesem Tag fuhr niemand in die Stadt und du weißt, das Dorf liegt etwa sechs Stunden von Yamoussokro entfernt.«

Mein Vater war untröstlich und weinte bitterlich. Meine Tante war noch da. Sie war noch nicht zu ihren Söhnen gegangen. Sie eilte auf meinen Vater zu und versuchte ihn zu beruhigen. Mein Vater hätte selbst die Beerdigung seiner Tochter organisieren müssen. Er hätte zum letzten Mal die Leiche seiner Tochter sehen können. Er wollte nur bei der Beerdigung dabei sein. Er wollte meine Schwester zum letzten Mal umarmen können. Er war böse auf meine Mutter, die trotz allem darauf bestanden hatte, mit Sylvie ins Dorf zu reisen.

Sylvie war gestorben. Wir würden sie nie wiedersehen. Der Tod hatte Sylvie besiegt. Die ganze Familie trauerte und beweinte Sylvie. Niemand hatte das kommen sehen. Ich brach in Tränen aus, als ich realisierte, dass Sylvie nie wieder kommen würde. Ich konnte realisieren, wie schmerzhaft das war, einen geliebten Menschen zu verlieren. Auf naive Weise glaubte ich dennoch daran, dass sie wiederkommen würde. Ich konnte merken, etwas war nicht klar, aber ich war noch zu klein, um über Erwachsenendinge zu sprechen. Was hatte passieren müssen, damit mein Vater von der Beerdigung seiner eigenen Tochter ausgeschlossen wurde? Mein Vater war als ein liebevoller Mensch, als nett und gütig bekannt. Vielleicht trug er die Lasten von jemand anderem. All diese Fragen stellte ich mir ständig, ohne eine einzige Antwort zu erhalten.

Was meine Mutter betraf, begründete sie ihr schlechtes Verhalten damit, dass sie Angst vor der Reaktion meines Vaters hatte. Sie hätte trotzdem meinen Vater anrufen müssen, um ihn darüber zu informieren. Alles war jedoch so schnell gegangen, dass sie keine Zeit hatte, mit meinem Vater zu telefonieren. Ich konnte sie einigermaßen verstehen, denn damals gab es kein Handy. Es gab nur Festnetz und das Abonnement war so teuer, dass niemand sich das leisten konnte, außer den reichen Einwohnern. Aber sie hätte trotzdem die Leiche meiner Schwester im Leichenschauhaus bewahren und meinem Vater einen Brief schicken können. Vielleicht war sie nicht rechtzeitig auf die Idee gekommen. Etwas war sicher und deutlich: Sylvie war tot und sie gehörte nicht mehr zu unserer Welt. An diesem Tag bereute mein Vater sehr, dass er sich mit meiner Mutter verlobt hatte. Mein Vater nahm mich auf seinem Mofa mit und wir machten eine Runde in der Stadt, damit wir beide zur Ruhe kommen konnten. Auf seinem Gesicht strömten die Tränen weiter. Ich konnte es kaum aushalten und weinte auch mit. Er wollte einfach von zu Hause weggehen. Er wollte mich nach irgendwohin mitnehmen, dahin, wo er seine Ruhe haben konnte. Er wollte einfach meine Mutter verlassen und sie allein im Haus zurücklassen.

Nach einigen Wochen Trauer vergab endlich mein Vater meiner Mutter und die beiden versöhnten sich wieder. Ich aber weinte im Geheimen weiter um meine Schwester. Wir mussten alle lernen, ohne Sylvie zu leben. Das ist das Gesetz des Lebens. Wer lebt, wird eines Tages sterben. Das ist der Weg für alle menschlichen Wesen.

Das Leben nahm seinen Lauf. Es war schon das Ende des Schuljahres. Ich hatte meine Abschlussprüfung sehr gut bestanden. Ich war unter den besten Schülern der Klasse. Ich ging in die nächste Klasse. Ich erinnerte meinen Vater an sein Versprechen. Er wollte mir ein neues Rad kaufen, falls ich die Abschlussprüfung bestünde. Nach dem Tod meiner Schwester war mein Vater aber nicht mehr die gleiche Person. Er war viel nachdenklicher und dies hatte eine schlechte Auswirkung auf ihn. Er trank viel mehr Alkohol und rauchte mehr Zigaretten als vorher. Er war oft krank und seine finanziellen Reserven waren aufgebraucht. Er war mit finanziellen Schwierigkeiten konfrontiert. Das Unglück bewohnte nun unser Haus.

In dieser Situation engagierte sich mein Vater für ein landwirtschaftliches Projekt. Er hatte ein Stück Land bekommen, worauf er Mais, Yams und Gemüse anbauen wollte. Damit wollte er seine finanzielle Lage verbessern. Wir gingen jeden Samstag aufs Feld, um das Unkraut entweder per Hand oder mit der Hacke zu jäten.

Meine Mutter war von dieser Situation zwar ebenfalls überrascht, aber auch sie fing an, nach Lösungen zu suchen. Sie konsultierte die Wahrsager, die ihr empfahlen, einen Hahn und Kola als Opfer zu geben. Sie sollte in den Wald gehen und die Vorfahren anrufen, um ihnen das Opfer zu präsentieren. Danach musste sie die Kolanüsse hinlegen und den Hahn loslassen, ohne ihn zu töten. Sie sollte zusätzlich alle Wünsche, die ihr auf dem Herzen lagen, formulieren. Diese Wünsche sollten in den nächsten Wochen in Erfüllung gehen. Meine Mutter betete für eine bessere finanzielle Lage für meinen Vater. Sie betete auch für das Wohlbefinden der Familie. Am Tage, an dem meine Mutter in den Wald ging, war ich mit dabei, denn sie wollte nicht allein hingehen. Ich war daneben und konnte alles erleben. Ich konnte den Hahn in das Gebüsch gehen sehen. Trotzdem machte ich mir viele kindliche Vorstellungen. Ich sagte mir, der Hahn könnte sehr gut in einen Topf für eine leckere Suppe passen, statt als Nahrungsmittel für die Raubtiere zu dienen. Sie konnten doch die anderen Tiere jagen. Es war nicht nötig, ihnen etwas zum Essen zu bringen. Wer weiß, vielleicht konnte der Hahn alle Angriffe überleben.

Unsere prekäre Lebenssituation wurde trotzdem noch schlimmer. Ich wurde regelmäßig schwer krank. Mein Vater transportierte mich immer zum Krankenhaus. Ich war abgemagert und verlor den Appetit. Trotz meiner Krankheit hörte ich nie damit auf, meine verstorbene Schwester zu beweinen. Ich war dem Tode näher. Ich fragte mich: War ich jetzt dran, nachdem Sylvie gestorben war? Ich war unglücklich. Ich hatte oft Malaria, Durchfall, gelbes Fieber und Zahnschmerzen. Ich litt viel und hatte immer Albträume. Ich konnte kaum schlafen. Da meine Abwesenheit in der Kirche bemerkt wurde, betete Sarah für mich. Mein Vater kaufte alle möglichen Medikamente, denn er hatte schon ein Kind verloren. Er wollte mich nicht auch noch verlieren. Nach mehreren Wochen Krankenstand wurde ich erstaunlicherweise immer wieder gesund. Der Arzt staunte oft über meine Widerstandsfähigkeit. Bei alledem wünschte ich mir schnlich, dass meine Schwester bei mir sein könnte.

Eines Tages hatte ich starke Zahnschmerzen. Ich konnte kaum schlafen, blieb fast die ganze Nacht wach und weinte vor Leid. Nach drei Tagen war meine linke Wange stark geschwollen. Mein Vater transportierte mich eilig zum militärischen Krankenhaus von Yamoussokro, denn nach einer Umfrage zählte dieses Krankenhaus zu den besten der Stadt. Er bezahlte die Behandlung und der linke untere Eckzahn wurde gezogen. Danach war ich selten krank.

Mein Cousin Roger bestand seine Abiturprüfung sehr gut und ging an die Universität Cocody, um weiter zu studieren. Er sollte deswegen in die wirtschaftliche Hauptstadt umziehen, dorthin, wo sich die Universität Cocody befindet. Vor seinem Umzug feierte mein Vater seinen Erfolg im Abitur. Es gab an diesem Tag viel zum Essen und Trinken. Wir jubelten und tanzten dabei. Trotz seiner erbärmlichen finanziellen Situation hatte mein Vater die Abschiedsfeier erfolgreich organisiert. Mein Cousin erhielt zusätzlich Geschenke und Geld von meinem Vater. Ich war auf meinen Vater sehr stolz. Er war ein barmherziger Mensch.

Der Geldmangel in der Familie verstärkte sich jedoch. Das Geschäft meines Vaters lief nicht mehr gut. Verwandte überbrachten ihm zu dieser Zeit die Nachricht, dass seine Mutter ihn wieder sehen wollte. Das war eine gute Nachricht für mich, denn ich würde meine Großmutter seitens meines Vaters wiedersehen. Ich hatte sie schon einmal getroffen. Da war ich aber noch klein gewesen und konnte mich nicht daran erinnern. Ich wollte diese Gelegenheit nicht verpassen. Mein Vater teilte uns die Nachricht mit und versprach, mit der Familie ins Dorf zu reisen, um meine Oma zu besuchen.

Meine Mutter verkaufte immer noch Gemüse und Palmöl auf dem Markt. Sie musste meinem Vater nun finanziell viel mehr helfen. Sie musste sich um das Essen kümmern und oft bei der Zahlung der Miete helfen. Wir aßen nicht mehr anständig und mussten mit wenig zufrieden sein. Ich hielt die Augen immer auf, wenn es Veranstaltungen wie Foodsharing gab. Das Prinzip war einfach, ich sollte immer meinen Teller in der Hand halten und mich in die Reihe stellen. Foodsharing war in meinem Viertel gemeinhin unter der Bezeichnung »Saraka« bekannt, was »geben, opfern« bedeutet. Das ist auf Dioula. Bei »Saraka« waren die Kinder privilegiert. Wir aßen uns satt und bedankten uns bei den Organisatoren.

Da der Fernseher zu Hause kaputt war, schauten wir nicht mehr die Übertragungen von unseren Lieblingssendungen wie »Tempo«, »C'est midi« und »tele foot«. Wenn zum Beispiel ein Videoclip von Aicha Kone, Alpha Blondy, Zikei oder petit Denis im Fernseher übertragen wurde, rannten wir, die anderen Kinder und ich, deren Eltern sich keine Fernseher leisten konnten, zu den Nachbarn. Wir mochten es, zu Djeneba zu gehen, die eine der zwei Frauen von dem Wohnungsvermieter war. Sie hatte einen großen Fernseher, den ihr ihr Mann nach der traditionellen Hochzeit gekauft hatte. Sie war sehr nett und gastfreundlich.

Mein Vater war sehr stolz und blieb lieber zu Hause und las seine Zeitung dabei. Meine Mutter war immer zu Besuch bei Bekannten und Verwandten. Sie war besonders oft bei Agnes, einer ihrer Cousinen von der Großfamilie. Agnes war mit einem Automechaniker verlobt. Ich konnte die schwierige Lebenssituation meiner Eltern sehen, aber war machtlos.

Mein Vater war seinem Verhalten treu, nämlich weiterhin nett, barmherzig, altruistisch und gütig. Er entschied, dass wir meine Oma besuchten, die ihn wieder sehen wollte. Da meine Oma sehr alt geworden war, wollte mein Vater ihr diesen Gefallen tun. Er verkaufte sein Mofa und nutzte das Geld, um Geschenke für meine Oma zu kaufen und damit die Reise zu organisieren. Er nutzte die Gelegenheit, um meinen Cousin Legro zu meiner Oma zu bringen, weil er es finanziell nicht schaffte, seine Ausbildung weiter zu finanzieren.

Ich mochte meinen Cousin Legro sehr und wir beide kamen gut miteinander zurecht. Trotzdem kam es manchmal zu Streitigkeiten. Ich war oft sehr provokativ und wollte mich immer durchsetzen. Ich war der einzige Sohn und mein Vater liebte mich sehr. Ich übertrieb es oft und respektierte nicht das Ältestenrecht. Eines Tages stritten wir uns, dabei schlug Legro mich auf die Lippe. Ich blutete. Meine Mutter bestrafte ihn und machte ihm große Vorwürfe. Er entschuldigte sich bei mir und wir waren wieder Kumpel. Seitdem respektierte ich ihn und wir gingen oft zusammen spazieren. Ich mochte in meiner Freizeit Fußball spielen. Gab es in dem Viertel ein Fußballturnier, nahm ich immer daran teil. Legro war auch mit dabei. Wir stritten uns nicht mehr. Stattdessen war er immer an meiner Seite, wenn wir Ärger mit anderen Kindern des Viertels bekamen. Wir lernten außerdem bei Moussa, uns zu verteidigen. Moussa war der jüngere Sohn des Wohnungsvermieters. Er besaß einen schwarzen Gürtel in Karate. Er brachte uns viele Kampftechniken bei. Wir bildeten eine Kampfgruppe in unserem Viertel und wollten damit die anderen Kinder von anderen Vierteln vor eine Herausforderung stellen.

Zudem wollte ich die Ballett- und Tanzaufführungen besuchen, die nach talentierten Tänzern suchten. Also lernte ich das Tanzen, aber ich war nicht sehr gut. Da die komplizierten Tanzschritte für mich schwierig auszuführen waren, wurde meine Stelle jemand anderem gegeben, weil die Organisatoren im Rahmen des Finales des Ballettwettbewerbs dringend begabte Tänzer brauchten. Ich konnte sie verstehen und vermied es, mich zu beschweren. Für mich war die Gemeinschaft am stärksten. Unsere Tanzgruppe war im Finale Krongewinnerin des Wettbewerbs. Ich war sehr zufrieden, denn ich hatte das gemeinsame Interesse über alles andere gestellt.

Ich ging mit Legro und anderen Kindern aus dem Viertel sehr weit vom Wohnort spazieren. Wenn wir unterwegs einen Teich, einen Sumpf oder einen kleinen Fluss sahen, schwammen wir, ohne an die mit mangelnder Hygiene verbundene Gefahr von diesen Gewässern zu denken. Wir gingen sogar das große Risiko ein, am Kaiman-See zu schwimmen, obwohl wir täglich schlechte Nachrichten über diesen See hörten, die Kaimane griffen nämlich oft die Menschen an und fraßen sie auf. Wir hatten immer viel Glück und waren sicher und gesund. Meine Kindheit war abenteuerlich, oft weit weg von der Aufmerksamkeit der Eltern, die viel zu tun hatten. Das Leben hatte uns nichts geschenkt. Wir mussten alles verdienen. Wenn ich nicht in die Schule ging, das heißt während der Schulferien, schulfreien Zeiten und Feiertage, war ich oft auf mich selbst angewiesen.

Mein Vater reparierte endlich den Fernseher wieder, dank dem Besuch der mit ihm befreundeten französischen Touristen, die ihm bei jedem Besuch Goldstücke abkauften. Mit dem Geld konnte er außerdem seine Pflichten als Familienoberhaupt erfüllen. Mein Vater fühlte sich nun finanziell bereit, die Reise zu meiner Oma ins Dorf durchzuführen.

Diese Reise war sehr anstrengend. Die Straße war staubig und nicht asphaltiert. Wir kamen bei Einbruch der Dunkelheit in Koumadanou, dem Dorf meines Vaters, an. Das war zur Zeit der Flut des Flusses Comoe (der längste Fluss der Elfenbeinküste), in der die Fische Mangelware waren. Die Fischer fingen kaum Fische. Man musste tagelang Fallen aus Lianen und Palmbaumästen in den Fluss legen, um vielleicht einige Kreuzwelse, Krabben und Karpfen zu fangen. Mein Vater brachte meiner Oma Küchenutensilien, Kleider und Geld mit. Sie war überglücklich und sprach Segnungen für sein Leben.

Im Dorf lief ich umher, als hätte ich schon lange da gewohnt. Ich hatte mich schon mit anderen befreundet und lernte viele gleichaltrige Kinder kennen. Ich lernte außerdem die Mitglieder der Großfamilie kennen, nämlich Onkel, Cousinen und Tanten. Aber ich verbrachte meine Zeit gerne mit Legro, da ich ihn schon kannte und jahrelang mit ihm zusammengelebt hatte. Ich genoss außerdem die Gesellschaft von einem anderen Cousin, den ich im Dorf kennengelernt hatte. Er war zu mir sehr nett und ich fand ihn sympathisch.

Merkwürdigerweise fühlten wir uns voneinander angezogen und hatten Gefühle, die über die Grenzen der Verwandtschaft hinausgingen. Wir schliefen auf dem gleichen Strohbett. Oft küssten wir uns, streichelten wir uns und probierten vieles körperlich miteinander aus. Ich war damals erst acht Jahre alt. Ich war noch zu jung für ein solches Verhalten. Und das war Inzest. Ich bereute es später und überzeugte meinen Cousin, damit aufzuhören. Ich drohte ihm sogar damit, meinen Eltern davon zu erzählen.

Mein Onkel nahm mich oft zum Fischen mit und zeigte mir, wie man Fische fing. Er nahm mich in dem Kanu mit und paddelte durch die Orte, wo er Fallen gelegt hatte, um zu prüfen, ob er etwas gefangen hatte. Wenn wir Fische fingen, brachten wir sie meiner Oma, die damit eine leckere scharfe, würzige Sauce kochte, die auf Agni als Mankouzoue bezeichnet wurde. Agni ist eine lokale Sprache der Elfenbeinküste und wird von der Volksgruppe Akan gesprochen. Diese Volksgruppe wanderte etwa im 15. Jahrhundert vom Osten in die Elfenbeinküste ein, nachdem das Reich Ghana komplett zerstört worden war. Ich lernte die Sprache Agni bei meinem Onkel und meiner Oma, die mir als Anfänger die Begrüßungen beibrachten.

Das Dorf meines Vaters lag neben einem großen Wald und am Rand des Flusses Comoe. Im Dorf lebten die Einheimischen und Fremden friedlich zusammen. Die Dorfbewohner lebten von der Landwirtschaft, Fischerei und dem Handel. Für die Sanierung und das Roden landwirtschaftlicher Böden nutzten die Einheimischen oft die Fremden aus, indem sie ihnen für die Tage harter Arbeit sehr wenig Geld gaben. Es gab in dem Dorf sowohl Muslime als auch Christen. Zu den jeweiligen Gebetszeiten lud der Muezzin die Gläubigen ein, sich des Allerhöchsten zu erinnern. Um die Stunde des Gebets konnte man das Glöckchen der Kirche klingeln hören. Viele Einwohner blieben auch noch der Tradition und den Bräuchen fest verbunden. Meine Oma war konfessionslos und interessierte sich viel mehr für die Tradition und die Bräuche.

Meine Eltern und ich verbrachten eine unvergessliche, glückliche Zeit im Dorf. Unser Besuch kam an sein Ende und wir machten uns auf den Weg zurück nach Yamoussokro. Das war auch gleichzeitig der Schulbeginn. Ich war nun in CE1 oder dem dritten Schuljahr an der Grundschule. Diese Klasse war herausfordernd, denn es gab viel Neues zu lernen. Das Lernen des Schreibens, des Zählens und des Lesens war fast vorbei. Nun mussten wir langsam damit anfangen, sie wieder zu verwenden.

Einige Tage vor dem Wiederbeginn der Schule trafen wir in Yamoussokro ein. Mein Vater fing wieder mit der Arbeit an. Meine Mutter ging auch ihrer Beschäftigung als Verkäuferin nach. Ich musste nun allein zu Hause bleiben, weil Legro im Dorf bei meiner Oma geblieben war, wie mein Vater es geplant hatte. Ich fühlte mich oft einsam und mir war sehr langweilig. Ich musste allein oder mit anderen Kindern des Viertels spielen. Ich war diesmal Sarah näher und ging sonntags wieder mit ihr in die Kirche. Die Lieder von der Kirche zu singen machte mir großen Spaß und ich sang oft allein in meiner Freizeit, damit ich mich nicht langweilte. Dass die Kirche uns hilft, uns zu verbessern und uns geistig zu ernähren, davon wusste ich nichts. Ich hatte einfach Spaß daran mitzugehen.

Frau Djeneba war unsere neue Klassenlehrerin in der CE1. Die ehemaligen Schüler erzählten uns von ihr. Sie sagten, sie sei sehr streng und verlange, dass man die Hausaufgaben korrekt (das heißt mit wenigen Fehlern) mache. Sie bestrafe alle Schüler, die zum Beispiel nicht nur ihre Hausaufgaben nicht machten, sondern zudem auch noch unhöflich seien und schlechte Noten in der Klasse hätten. All diese Informationen über unsere neue Klassenlehrerin stießen auf taube Ohren. Ich lernte sie erst kennen, als wir draußen im Sand auf dem Schulhof Saltos machten, während die meisten Schüler in der Klasse waren. Wir realisierten gar nicht, dass ein falsch eingeschätzter Salto auf dem Drahtseil uns das Genick brechen konnte. Die Klassenlehrerin hatte gefragt, wo die anderen Schüler seien. Die anwesenden Schüler hatten ihr erzählt, dass wir draußen im Sand gefährliche Sprünge machten. Die Klassenlehrerin hatte kein weiteres Wort mehr gesagt. Bei unserer Rückkehr in die Klasse fanden wir erstaunlicherweise die Klassenlehrerin im Unterricht. Sie holte uns und stellte uns vor die anderen Schüler. Wir mussten unsere Füße an die Wand stellen und unsere Hände auf den Boden. Wir durften uns nicht bewegen. Jeder von uns bekam zehn Peitschenhiebe auf den Rücken. Ich wand mich vor Schmerzen und weinte herzzerreißend. Ich bewahrte diese körperliche Strafe als Geheimnis, denn es meinen Eltern zu erzählen hätte nur noch mehr Strafe bedeutet. Mein Vater wollte nicht hören, dass ich mich in der Schule schlecht benommen hatte. Für ihn waren Disziplin und Gehorsam von großer Bedeutung.

Zu Hause half ich freiwillig meiner Mutter bei dem Haushalt. Ich brachte den Müll weg. Ich fegte mit dem Besen das Wohnzimmer, die Schlafzimmer und die Terrasse. Ich räumte die Küche auf und spülte die Teller mit der Hand. Wenn meine Mutter vom Markt zurückkam, merkte sie, dass ich schon den Haushalt gemacht hatte. Sie belohnte mich mit einer Münze, womit ich mir im Lebensmittelladen ein Stück Brot mit Ölaufstrich kaufte. Ich mochte es immer, Brot mit Ölaufstrich zu essen, trotz des hohen Cholesterinwerts. Zu einem Zeitpunkt hörte meine Mutter damit auf, mich mit Münzen zu belohnen, weil ihr Geschäft nicht gut lief. Seit unserer Rückkehr von dem Dorf meines Vaters verschlechterte sich unsere Finanzlage trotz aller Segnungen meiner Oma für unsere Familie. Meine Mutter legte ihr Geld unter dem Bett in ein Sparschwein. Wenn sie nicht da war oder auf einem hölzernen Schemel draußen auf der Terrasse saß und der

Schatz unbeaufsichtigt war, klaute ich von ihrem Sparschwein mit einem Metallstück ein paar Münzen, um mir ein Stück Brot mit Ölaufstrich zu kaufen. Als sie das bemerkte und mich zur Rede stellte, bestritt ich die Tatsachen. Sie ließ die Sache zunächst auf sich beruhen und führte eine geheime Untersuchung durch. Sie entdeckte, dass ich daran schuld war, als sie mich auf frischer Tat erwischt hatte. Sie schlug mich mehrmals mit der Hand auf den Rücken. Ich lief weg und wollte nicht mehr nach Hause zurückkommen. Kurz danach entschuldigte ich mich aber bei ihr und schwor mir, nie wieder Geld zu klauen. Sogar wenn ich künftig Geld auf der Straße fand, gab ich es meiner Mutter, die immer fragte, wem das Geld gehörte, und es demjenigen weiterreichte. Ich lernte eine Lektion: Ich durfte nicht nehmen, was mir nicht gehörte, weil das ein Diebstahl war. Wenn ich hungrig war, verhungerte ich lieber, als Geld zu klauen. Ich behielt diese Lektion im Kopf und beherzigte sie immer wieder, bis ich mit ein paar Klassenkameraden bei einem Sparziergang Maiskolben von einem fremden Feld klaute. Ich hatte mir gesagt, dass es diesmal kein Geld war, und ich nahm an dem Diebstahl teil. Ich riss einen Maiskolben ab. Ich brachte den Maiskolben nach Hause und meine Mutter fragte, wer mir den Maiskolben geschenkt habe. Ich erzählte ihr, dass ich den von einem fremden Feld gepflückt hatte. Erstaunlicherweise schlug mich meine Mutter nicht, sondern sagte mir einfach, ich solle den Maiskolben zurückbringen, dorthin, wo ich ihn genommen hatte. Gesagt, getan. Ich brachte den Maiskolben zurück, legte ihn auf den Boden im Feld und entschuldigte mich, obwohl der Besitzer des Feldes nicht da war. Niemand hörte mich, aber Gott empfing meine Entschuldigung. Ich strengte mich an, mich nicht mehr von meinen Klassenkameraden ablenken zu lassen.

In der Schule erbrachte ich schlechtere Leistungen. Mein Vater entschied, einen Aushilfslehrer anzustellen. Wir übten zweimal pro Woche. Auch er bekam seinen Lohn aber nicht regelmäßig und es gab zwei Monate Zahlungsrückstände. Mein Vater beschloss, dass er aufhören sollte, mit mir zu üben. Mein Vater war ein ehrlicher Mann und wollte immer die Arbeiter entlohnen. Aufgrund seiner finanziellen Lage verstand ich meinen Vater und musste lernen, selbstständig zu üben. Ich hatte jedoch mittlerweile gute Noten in der Klasse. Ich war ein guter Schüler und bekam Komplimente seitens meiner Klassenlehrerin.

Mein Vater war auf mich stolz. Er bekam immer meine Schulzeugnisse, die er mit Freude unterzeichnete. Er bereute es nicht, mich eingeschult zu haben. Er tat sein Bestes, um finanziell über die Runden zu kommen. Er war eine verantwortungsvolle Person.

Mein Vater wurde allerdings plötzlich schwer krank. Nach einer ärztlichen

Untersuchung wurde bei ihm ankylosierende Spondilytis diagnostiziert – Morbus Bechterew. Das ist eine entzündliche Erkrankung, bei der die Wirbelsäule und der Brustkorb betroffen sind. Oft ist auch das Becken beeinträchtigt. Damit sich die Krankheit nicht verschlimmerte, musste mein Vater der Behandlung sorgfältig folgen und alle vorgeschriebenen Medikamente kaufen. Trotzdem wurde sein Gesundheitszustand beunruhigender. Er war zu Hause und kämpfte mit der Krankheit.

Daouda war der Mitbegründer der Schmuckwerkstatt und der zweite Geschäftsführer nach meinem Vater. Er durfte das Geschäft weiter führen, weil mein Vater für lange Zeit krankgeschrieben war. Daouda war ein frommer Muslim, ein Nichtraucher und trank keine alkoholisierten Getränke. Er war das Gegenteil von meinem Vater, der es trotz aller Anstrengungen nicht schaffte, damit aufzuhören, Zigaretten zu rauchen und Alkohol zu trinken. Der Arzt hatte ihm jedoch empfohlen, unbedingt damit aufzuhören, denn das beschädigte seine Gesundheit. Mein Vater vertraute Daouda sehr, der alle Gewinne bewahren durfte, bis mein Vater wieder gesund würde. Wenn mein Vater Geld brauchte, bekam er seinen Anteil am Gewinn von Daouda. Nach mehreren Wochen Behandlung fing mein Vater langsam damit an, wieder zu genesen. Er verdankte seine allmählich wiederhergestellte Gesundheit auch der traditionellen Medizin, denn mein Vater nahm oft traditionelle Medikamente wie Kräuter und Baumrinde ein. Er kochte die Mischung in einem Topf und ließ sie abkühlen. Er trank jeden Tag einen Becher davon. Er hörte endlich komplett damit auf, Zigaretten zu rauchen, und konnte langsam wieder auf die Arbeit gehen. Er war mit Daouda sehr zufrieden, der als zweiter Geschäftsführer während seiner Abwesenheit die Werkstatt ordentlich führte. Er wollte unter der Beratung von Daouda Muslim werden, aber er verschob es immer auf morgen.

Als mein Vater wieder komplett gesund war, ging er ganz normal auf die Arbeit und er ließ sich von einem seiner Bekannten bemerken, der auf ihn neidisch war, weil er fleißige Mitarbeiter hatte, die unter seiner Führung Hervorragendes leisteten. Dank ihnen zählte die Werkstatt meines Vaters zu den bekanntesten in dem Gebiet. Mein Vater mochte es, sich neue Kleidung und Schuhe zu kaufen. Sein Kleiderschrank war voll von neuen Sachen, die er soeben erworben hatte. Eines Tages waren wir alle tief eingeschlafen, als jemand einbrach. Alle seine neuen Kleidungsstücke und Schuhe waren verschwunden. Wir bemerkten später, dass der Einbrecher das Fenster unbemerkt zerstört, mit einer langen Stange den Kleiderschrank aufgebrochen und allmählich alle Kleidung und Schuhe geholt hatte. Das war ein Kleiderschrank ohne Schlüssel. Als mein Vater das sah, war er sprachlos. Er war sehr traurig und enttäuscht. Ich konnte ihn nicht ansehen. Sein Gesichtsausdruck war emotional so berührend, dass ich hätte weinen müssen. Mein Vater konnte sich nicht enthalten und fing selbst zu weinen an. Ich weinte schließlich auch mit. Was hatten wir dem Himmel getan, um ein solches Schicksal zu verdienen? Die Antwort darauf war die Stille.

Mein Vater war trotzdem immer noch offen, nett und liebevoll. Er schaffte es nicht mehr, dieses Verhalten zu ändern. Mein Vater war vielleicht ein Stein im positiven Sinne. Er war so allen seinen Bekannten vertraut und wurde deswegen von vielen Leuten geschätzt und von seinen Feinden gehasst.

Meine Mutter stand neben ihm und setzte sich plötzlich auf den Boden, legte ihre beiden Hände auf ihren Kopf und weinte dabei. Aber tief im Herzen waren wir optimistisch, dass er seine Sachen wieder finden würde.

Einige Wochen später sah mein Vater einen Erwachsenen auf dem Bürgersteig, der auf ein Taxi zu warten schien. Mein Vater erkannte ihn dadurch als den Einbrecher, dass er seine Kleidung anhatte. Er kam ihm näher. Als der Typ ihn gesehen hatte, wollte er die Flucht ergreifen, dann aber wurde er von Passanten festgehalten, nachdem mein Vater »ohhhh Hilfe, Dieb, ohhhh Hilfe, Dieb« geschrien hatte. Mein Vater drohte, die Polizei zu verständigen, wenn er ihm nicht zeigte, wo er den Rest seiner Kleidung und die Schuhe versteckt hatte. Der Einbrecher zitterte und hatte Angst. Er ging mit meinem Vater zu sich nach Hause und gab einige Kleidungsstücke wieder zurück. Den größten Teil davon hatte er aber schon verkauft. Die Schaulustigen baten gemeinsam mit dem Einbrecher bei meinem Vater um Entschuldigung und plädierten dafür, dass mein Vater ihm vergab, was er nach mehreren Stunden Überlegung akzeptierte. Darauf umarmte er den Dieb. Er schenkte ihm sogar die Kleidung und die Schuhe, die dieser schon verkauft hatte. Was noch merkwürdiger war, endlich erkannte er den Dieb vom Gesicht her wieder. Er war einer seiner Bekannten.

Das Leben nahm seinen normalen Lauf. Wir waren wieder glücklich. Das Geschäft meines Vaters lief besser als vorher. Er hatte viele Kunden und machte täglich hohen Gewinn. Zum Feierabend vergaß er nie, eine ganze Hirschkuh bei einem Metzger zu kaufen und nach Hause zu bringen. Meine Mutter bereitete mit einem Teil eine leckere Suppe, räucherte den Rest des Fleisches und konservierte es für die nächsten Tage.

Ich bekam außerdem mehr Taschengeld und ging damit gern ins Kino. Ich mochte es, Actionfilme zu schauen. Meine Lieblingsschauspieler waren Bruce Lee, Jean-Claude van Damme, Cynthia Rothrock und Rambo. Ich war immer im Kino, wenn ein Film mit einem dieser Schauspieler im Kino lief. Deswegen ging ich nun selten zur Kirche und verbrachte lieber die ganze Zeit im Kino. Ich machte mit ein paar Freunden auch längere Sparziergänge von dem Viertel Djoulabougou bis zum Stadtzentrum. Wir machten oft Pause vor der Residenz von Félix Houphouët-Boigny, dem ersten Staatspräsidenten der Elfenbeinküste. Zu dieser Zeit war er noch an der Macht und beim Volk sehr beliebt. Er war außerdem eine der Hauptfiguren bei der Abschaffung der Zwangsarbeit, der Gründer der politischen Partei PDCI-RDA und hat zur politischen Unabhängigkeit der Elfenbeinküste und einiger weiterer afrikanischer Länder beigetragen. Unter seiner Regierungsführung hatte die Elfenbeinküste in den 50er-Jahren das Wunder der ivorischen Wirtschaft erfahren. Die Elfenbeinküste lag in den Weltstatistiken der Wirtschaft vor Japan, das soeben teils von den Atombomben zerstört worden war. Dieses Wunder verwandelte sich jedoch in einen Albtraum, als die wirtschaftliche Entwicklung nicht mit dem schnellen Bevölkerungswachstum einherging. Man musste viele staatliche Unternehmen privatisieren, die angesichts des Niedergangs der Wirtschaft ihre Verantwortung nicht mehr tragen konnten. Der Übergang von einer totalitären Partei zum Mehrparteiensystem war eine schwierige Zeit für die Elfenbeinküste. Dieser war jedoch nach vielen Protestaktionen wie zum Beispiel Demonstrationen, Mobilisierungskampagnen und Boykotten möglich. Mein Vater gehörte der Partei PDCI-RDA an. Er war kein aktives Mitglied, aber ging immer wählen. Vor der Residenz von Félix Houphouët-Boigny befand sich der Kaiman-See. Wir standen oft neben dem Zaun um den See und warfen ein paar Brotstückchen zu den Kaimanen, die herauskamen und sie fraßen. Danach sammelten wir am Straßenrand und in den Mülldeponien die leeren Tomaten und Milchdosen, Eisendraht und Gummi. Mit diesen Materialien bauten wir Spielzeugautos.

Zu Hause bemerkte ich ein ungewöhnliches Verhalten meines Vaters, der spät in der Nacht betrunken nach Hause kam und oft woanders übernachtete. Er aß selten das Essen meiner Mutter und war wiederholt zu Hause abwesend. Er stritt sich oft mit meiner Mutter. Eines Tages zankten sie sich wieder und ich konnte an der Tür Folgendes erlauschen:

– »Yusuf, du hast dich total verändert. Nach mehreren Jahren Zusammenleben muss ich feststellen, dass du nun ein neues Verhalten hast.«
– »Ich fange langsam an, von deinen blöden Bemerkungen die Nase voll zu haben.«
– »Was meinst du damit? Außerdem, wer war diese Frau, mit der du dich letztes Mal so lange unterhalten hast?«
– »Bist du nun eifersüchtig? Das war eine Bekannte. Mehr ist es nicht.«

Wenn die Diskussionen eskalierten, kämpfte mein Vater mit meiner Mutter. Am darauffolgenden Tag zeigte mir mein Vater immer die Körperteile, wo meine Mutter ihn gekratzt und gebissen hatte. Sie versöhnten sich für ein paar Monate und gerieten später erneut in Streit. Es war klar, dass mein Vater vor meiner Mutter etwas versteckte. Vielleicht liebte er meine Mutter nicht mehr. Ich fing auch an, keine Lust auf diese Streitereien mehr zu haben, und war oft bei einem meiner Onkel seitens meines Vaters, der nicht weit von uns in dem gleichen Viertel wohnte. Ich verbrachte viel Zeit bei ihm, fühlte mich zunächst aber verlegen, weil ich nicht daran gewöhnt war, allein einen Besuch abzustatten. Er war über die Probleme zwischen meiner Mutter und meinem Vater informiert. Er versuchte in seiner Art als Moderator zu intervenieren, was mit Gottes Hilfe auch klappte. Mein Vater gab zu, dass er sie mit einer anderen Frau betrog, und bat bei meiner Mutter um Entschuldigung. Meine Mutter wiederum bat bei ihm dafür um Verzeihung, dass sie ihn gekratzt und gebissen hatte.

Auf der Arbeit hatte mein Vater zu dieser Zeit nur wenige Kunden. Er machte daher wenig Gewinn pro Tag. Er hatte bei der Mietzahlung einige Monate Rückstände. Der Vermieter gab uns mehrmals eine Abmahnung. Aber mein Vater fand immer eine Rechtfertigung. Da der Vermieter dieses neue Verhalten meines Vaters kaum aushalten konnte, gab er uns eine Umzugsfrist. Verpassten wir sie, würde er uns rauswerfen müssen. Wir mussten so bald wie möglich eine neue, günstigere Wohnung finden. Wir suchten aber vergeblich nach einer Wohnung. Paradoxerweise wohnte mein Onkel daneben in einer Villa mit eigenem Hof, Garten, großer Terrasse, zwei Wohnzimmern und vier Schlafzimmern. Er hatte auch nur eine kleine Familie, wollte aber niemand anderen dazunehmen. Meine Großeltern seitens meines Vaters waren nicht arm. Sie hatten viel Geld, waren aber leider sehr reserviert. Sie hätten meinem Vater finanziell helfen können, seine Mietrückstände auszugleichen, aber wollten das nicht, weil für sie mein Vater als Erwachsener in der Lage sein musste, sich um seine Familie zu kümmern. Meine Eltern gaben ihr Bestes, um eine neue Wohnung zu finden. Zum Glück stießen wir auf eine Zwei-Zimmer-Wohnung mit einem gemeinsamen Hof, gemeinsamer Dusche und gemeinsamen Toiletten. Die Miete war günstig und bezahlbar. Die neue Wohnung war nicht so weit weg von der alten. Wir zogen ein und bedankten uns bei allen, die uns bei der Suche mitgeholfen hatten.

Wir lebten uns schnell an dem neuen Wohnort ein, der lebhaft und sehr laut war, wegen der Kinder, die ihre Zeit damit verbrachten, auf dem Hof Murmeln und Käsekästchen zu spielen. Ich lernte schnell Kinder aus der Nachbarschaft kennen, die sich darüber freuten, mich zu treffen. Wir spielten oft zusammen Murmeln. Ich hatte eine Sammlung von hundert Murmeln, obwohl ich am Anfang nur fünf Murmeln gehabt hatte. Ich hatte sie während der Spiele als Sieger nach und nach gesammelt. Die Atmosphäre an dem neuen Wohnort war entspannter. Ich fühlte mich trotzdem oft einsam, denn Sarah war nicht mehr meine Nachbarin. Ich ging infolgedessen nicht mehr in die Kirche mit. Ich sang nun selten die kirchlichen Lieder. Ich faulenzte und betete fast nicht mehr.

Ich war in der Schule jedoch sehr fleißig. Die Grundschule Djoulabougou war für ihre Schüleranzahl und Größe sehr bekannt. Sie verfügte über eine größere Anzahl an Schülern im Vergleich zu den anderen Grundschulen in der Umgebung. Sie war die größte Schule der Gegend.

Damals hörte man vom Phänomen »Torino«. Man musste darunter eine Gruppe von nicht identifizierten Personen verstehen, deren Ziel darin bestand, Kinder als menschliches Opfer zu entführen. Dieses Phänomen war zu einem Ritual geworden. Man hörte im Radio immer wieder die Nachrichten über Kinder, die von dieser Gruppe entführt worden waren. Aus diesem Grunde holten die Eltern selbst ihre Kinder von der Schule ab. Was mich anging, musste ich allein oder mit ein paar Schulkameraden nach Hause gehen, weil meine Eltern immer beschäftigt waren. Sie brachten mich oft zur Schule, als ich noch in der CEP1 war, also im ersten Jahr an der Grundschule. Immerhin rieten sie mir, wie ich mich am besten verhalten sollte, nämlich etwa, dass ich vor der Überquerung der Straße nach rechts und links schauen musste. Die älteren Leute sollte ich respektieren und vor allem Provokationen vermeiden. Ich musste ihnen immer Bescheid sagen, wenn etwas passiert war. Ich sollte mich von niemandem ablenken lassen. All diese Tipps halfen mir, trotz meines Kindesalters selbstständig zu sein.

Das Schuljahr verging so schnell, dass man es nicht merkte. Ich hatte selten schlechte Noten. Bei der Verkündigung der Schulergebnisse ging ich mit sehr guten Noten ins nächste Schuljahr. Die Schule organisierte eine Abschiedsfeier. Die Schüler ließen ihre Schuluniformen zu Hause und waren in ihren schönsten Outfits erschienen. An diesem Tag konnte ich die Aufführungen von einigen Schülern erleben, die freiwillig einen Sketch über das Thema »die Schule heute« zeigten. Die Schülerinnen tanzten Ballett mit einem wunderschönen Lied auf Baoule (lokale Sprache aus dem Zentrum der Elfenbeinküste). Ich hörte sie das Lied singen:

Allainga eehhhhhh
Yamien so ma oh
Alainga ehhhhhh
Yamien so ohhhhh
Alainga lainga komi ohhh
Ehhhh eeeee eeee
Alainga lainga lainga komi ohhhhh
Alin so ma ehhh

Ich wurde von dem Lied emotional getroffen und hatte schon Sehnsucht, obwohl ich nur wenig von dem verstanden hatte, was es bedeutete. Mir war der Rhythmus noch auffälliger und die Melodie schöner zu hören. Das war ein Abschiedslied und »Yamien« bedeutet Gott. Ich wollte nicht mehr in die Schulferien gehen. Ich musste es aber so annehmen, denn in allen Sachen gibt es einen Anfang und ein Ende. Das war das Ende des dritten Schuljahres oder der CE1. Ich ging in die CE2 oder in das vierte Jahr an der Grundschule.

Einmal zu Hause freuten sich meine Eltern und gratulierten mir zur bestandenen Prüfung. Sie ermutigten mich, so weiterzumachen.

Lucie war die Tochter unserer Nachbarin. Ich fing an, ihr näher zu sein. Wir spielten immer zusammen. Ich schaute aber auch oft allein Fernsehen. Ich war zehn Jahre alt und schaute Filme, in denen Leute sich küssten. Ich hatte oft Lust darauf, das Gleiche mit Lucie nachzuahmen. Wir hielten uns oft die Hände und ich küsste sie auf die Lippen. Ich fing an, Liebesgefühle für sie zu haben. Ich erzählte meiner Mutter davon, die mir sagte, ich sei noch minderjährig und müsse erst aufwachsen, die Schulausbildung abschließen und arbeiten. Danach könne ich mich für solche Sachen interessieren. Ich gehorchte meiner Mutter und schwor mir, mit Lucie nie wieder die Grenzen zu überschreiten.

Meine Mutter plante eine Reise zu meinem Onkel in Bouafle. Ich erinnerte mich daran, dass wir einmal ihrer Großschwester in Guiglo (eine Stadt im Westen der Elfenbeinküste) einen Besuch abgestattet hatten. Zu dieser Zeit war Sylvie noch am Leben gewesen. Das hatte viel Spaß gemacht. Diesmal wollte sie mit mir nach Bouafle reisen. In diesem Zeitraum wurde mein Vater wieder schwer krank. Ihm taten diesmal sein Kopf und seine Augen weh. Er konnte deswegen kaum schlafen und ging regelmäßig zum Arzt, der ihn untersuchte. Er konnte meinem Vater nicht genau sagen, welche bakteriellen Erreger seiner Erkrankung zugrunde lagen. Er unterschrieb ihm Rezepte. Trotzdem beschwerte sich mein Vater weiter über die gleichen Schmerzen. Er ging vergeblich zu einem traditionellen Heiler. Er ging zum Augenarzt, der ihm nach der Untersuchung empfahl, seine Augen operieren zu lassen. Nach der Operation trug mein Vater schwarze Brillen, mit denen er kaum sehen konnte. Er wurde physisch, emotional und geistig sehr schwach. Ich war noch ein Kind und glaubte nicht an spirituelle Sachen. Vielleicht hatte das alles etwas damit zu tun? Das musste man noch prüfen. Ich war in meiner kindlichen Welt eingeschlossen. Mein Vater litt an dieser Erkrankung bitter. Meine Mutter war verzweifelt und dem Gesundheitszustand meines Vaters gegenüber pessimistisch. Wir suchten überall nach einer schnellen Lösung, was aber nicht viel brachte. Mein Vater konnte nicht mehr auf die Arbeit gehen. Er war wieder für eine längere Zeit krankgeschrieben.

Viel später konnte mein Vater zum Glück wieder ohne Brille gut sehen, aber er klagte immer noch über hohes Fieber und starke Kopfschmerzen. Sein Kollege Daouda, der der zweite Geschäftsführer seiner Werkstatt war, hatte sein eigenes Geschäft eröffnet. Er mochte nicht mehr für meinen Vater arbeiten, weil er auch sein eigener Chef sein wollte. Er hatte viel bei meinem Vater gelernt. Er war zu meinem Vater als Lehrling gekommen, danach Mitarbeiter und endlich zweiter Geschäftsführer geworden. Er war jahrelang meinem Vater treu geblieben und hatte für ihn gearbeitet. Aber er verließ diesen in der Zeit, wo er ihn brauchte, weil er schwer krank war. Mein Vater musste leider bis auf Weiteres seine Werkstatt zumachen. Wir lebten nun von den Ersparnissen, bis sie aufgebraucht waren.

Nun war die Hölle auf Erden. Das Überleben wurde doppelt schwer für uns. Ich konnte einfach nicht das ganze Unglück verstehen, das uns traf. Ein Unglück kann zwar manchmal die Quelle eines großen Glücks sein, aber bei uns brachte das Unglück nur immer ein größeres Unglück. Mein Vater rief meine Großmutter an und erzählte ihr von seiner Situation. Sie empfahl ihm, ins Dorf zu kommen, um sich mit traditioneller Medizin zu pflegen. Die traditionelle Medizin im Dorf war für ihre Wirksamkeit anerkannt, weil sie schon vielen Patienten geholfen hatte, zu genesen. Nachdem mein Vater lange darüber nachgedacht hatte, nahm er endlich den Vorschlag seiner Mutter an. Er konnte ohnehin nicht anders. Er war am Boden. Er nahm bei einem Freund von ihm einen Minikredit auf. Mit dem Geld organisierte er die Reise ins Dorf.

Da der Weg zum Dorf sehr lang und anstrengend war, entschied meine Mutter, dass wir in Abengourou (eine Stadt im Osten der Elfenbeinküste) einen längeren Zwischenstopp machten. In dem Zeitraum konnten wir bei meiner Tante übernachten, die nun zusammen mit dem Mann wohnte, mit dem sie fremdgegangen war. Ihr Mann war deswegen im Krankenhaus nach einem Wutanfall gestorben.

Ihr neuer Freund war Umweltpolizist. Er war damals stellvertretender Direktor eines großen Holzunternehmens und hatte in diesem Rahmen zum ersten Mal einen Urlaub in Bordeaux (Frankreich) mit dem Direktor des Unternehmens verbracht. Der Direktor des Unternehmens war ein Franzose, der fast sein ganzes Leben in Frankreich gelebt hatte und in der Elfenbeinküste im Rahmen der Entwicklung und der auswärtigen Angelegenheiten war. Meine Tante und ihr Freund schienen gut miteinander zurechtzukommen.

Wir trafen bei meiner Tante spät am Abend ein. Sie empfingen uns und gaben uns etwas zu essen und trinken. Mein Vater hatte wegen seiner Erkrankung keinen Appetit. Er unterhielt sich mit dem neuen Freund meiner Tante. Die beiden sprachen über mich:

- »Wie geht es dir, mein Schwager?«, fragte der Freund meiner Tante.
- »Mir geht es sehr schlecht. Ich bin daher sehr pessimistisch. Ich denke viel an meinen Sohn Eric. Was wird er sein, ohne mich an seiner Seite? Er muss weiter in die Schule gehen.«

Ich musste nun die Klasse CE2 oder das vierte Jahr an der Grundschule absolvieren. Mein Vater wollte, dass ich in die Schule ging. Er hatte mir einiges zum Beruf des Juweliers beigebracht, aber wollte nicht, dass ich Juwelier wurde. Er wollte, dass ich etwas anderes als er machte. Die beiden Schwager setzten ihre Unterhaltung fort:

- »Beruhige dich, Schwager. Ich glaube, alles wird wieder besser sein.«
- »Darf ich dich um einen Gefallen bitten?«
- »Ja, gerne.«
- »Falls mir das Unvermeidliche passierte, adoptiere bitte meinen Sohn. Du kannst sogar seinen Namen ändern, wenn du willst. Ich möchte für ihn das Beste. Ich könnte ihn ins Dorf bringen, aber ich finde es besser, dass er in der Stadt bleibt, um in die Schule gehen zu können. Ich liebe ihn sehr, aber ich kämpfe derzeit mit dem Tod.«

Der Freund meiner Tante konnte seine Tränen nicht behalten. Er fing an, zu weinen. Mein Vater konnte kaum sprechen, weil die Erkrankung seinen ganzen Körper befallen hatte. Er war abgemagert und konnte kaum ein- und ausatmen. Mein Vater, der mich mit sich nahm, egal wohin er ging und was er machte, wollte, dass ich bei jemand anderem blieb. Derjenige, der immer lächelte und

45

einen guten Geist verspürte, egal was passierte. Derjenige, der mich immer bei meinem Spitznamen Ricki rief und mir sagte: »Nimm dir ein Glas und trink das Bier mit mir mit. Das Leben ist schön.« Derjenige, dessen muslimische Freunde ihn gemeinsam Yusuf genannt hatten, was in der Bibel mit Josef übersetzt ist. Der barmherzige, nette und offene Mann war blass und erlitt Qualen. Er kämpfte, um die Krankheit zu überleben.

Nachdem mein Vater sich mit dem Freund meiner Tante unterhalten hatte, stellte er mir die Frage, ob ich mit ihm ins Dorf reisen wolle. Das bejahte ich, denn ich wollte trotz der vorliegenden Situation bei meinem Vater sein. Ich wollte ihn nicht verlassen und glaubte noch daran, dass er von dieser Erkrankung wieder genesen könnte. Wir fuhren letztendlich ins Dorf und stiegen in einen Transportwagen, häufig »Badjan« genannt, der die Strecke von Abendgourou bis nach Koumandanou fuhr. Nach mehreren Stunden Fahrt auf einer staubigen Straße kamen wir endlich im Dorf an und wurden von den Dorfbewohnern herzlich empfangen, die uns etwas zum Trinken und Essen gaben. Danach fragten sie uns nach Neuigkeiten. Meine Tante ergriff das Wort und sagte, dass wir wegen der traditionellen Behandlung meines Vaters da waren. Meine Oma hieß uns willkommen und zeigte uns das Zimmer für die Gäste. Meine Tante und meine Mutter schliefen in einem anderen Zimmer und ich schlief in dem gleichen Zimmer wie mein Vater auf einer Matte, die auf dem Boden lag. Mein Vater schlief auf einem Strohbett. Das Haus war aus Bambusstäben, Lehm, Stroh und Baumstämmen gebaut. Ein solches Haus konnte einem Sturm nicht standhalten. Das Haus war sehr alt und es gab an bestimmten Orten winzige Ameisen. Die hygienischen Bedingungen waren nicht gut.

Meine Mutter und meine Tante assistierten meiner Oma und einer traditionellen Ärztin, die sich um die Behandlung meines Vaters kümmerten. Meine Mutter duschte meinen Vater täglich, weil er selbst es nicht machen konnte. Meine Großmutter machte mit einer Rasierklinge kleine Risse auf dem ganzen Körper meines Vaters und tat eine Paste aus einer Mischung medizinischer Pflanzen hinein. Die Gesundheit meines Vaters verschlimmerte sich während der Behandlung. Er erbrach alles, was er aß. Man konnte fast nur sein Augenweiß sehen.

Nach einigen Tagen im Dorf entschieden meine Tante und meine Mutter nach Abengourou zu reisen, um zwei Tage danach zurückzukommen. Meine Mutter bestimmte, dass ich mit ihnen nach Abengourou reisen sollte. Ich leistete dagegen keinen Widerstand. Mein Vater zeigte keine Hoffnung auf Genesung. Er schlief nun allein in dem Zimmer. Einmal in Abengourou befahlen mir meine Mutter und meine Tante in Abengourou zu bleiben. Die beiden kamen wie versprochen wieder ins Dorf und blieben bei meinem Vater für die Fortsetzung der Behandlung. Ich fühlte mich allein, weit entfernt von meiner Mutter und meinem Vater, der viel an mich gedacht hatte und nur das Beste für mich wollte. Ich fühlte mich fremd und verlegen, weil ich daran gewöhnt war, immer bei meinen Eltern zu sein. Ich musste diese schwierige Zeit aushalten. Ich versuchte, mich in der neuen Familie einzuleben, und glaubte immer noch daran, dass mein Vater wieder genesen könnte und wir nach Yamoussokro zurückkehren würden.

In der neuen Familie gab es ein Kommunikationshindernis, denn ich kommunizierte mit meinen Eltern lieber auf Dioula als auf Französisch. Ich konnte nicht lange reden, ohne dass ich bei Dioula endete. Die Tochter des Freundes meiner Tante lächelte mir stets zu. Sie hatte einen kariösen Schneidezahn und ich konnte nicht umhin zu lachen, sobald sie mir zulächelte. Sie zollte mir Bewunderung, denn sie war ruhig und schelmisch.

Mine Mutter und meine Tante kamen vom Dorf zurück. Ich erwartete eine gute Nachricht von ihnen. Meine Mutter kam jedoch in Tränen auf mich zu. Sie verkündete mir Folgendes auf Dioula: »Riki i fachai sa la.« »Yusuf sala«, wiederholte sie. Das bedeutet übersetzt: »Eric, dein Vater ist gestorben.« Darauf antwortete ich auch auf Dioula: »Amenan kai di?«, was bedeutet: »Was wird aus uns sein?«. Ich brach in Tränen aus. Das war ja diesmal zu weit gegangen. Nach meiner Schwester war nun mein Vater für immer fortgegangen. Mein Vater war meine einzige Unterstützung. Er war immer für mich da gewesen. Ich hatte alle Tränen geweint, die ich hatte. Ich war untröstlich. Ich war ratlos und klagte innerlich Gott wegen des Unglücks in meiner Familie an. Für mich war Gott zu mir ungerecht. Wieso konnte er das erlauben? Wo war er die ganze Zeit?

Wenn ich mich allein in dem Kinderzimmer auf meiner Matte befand, trauerte ich immer um meinen Vater. Ich weinte und hörte nicht damit auf, zu weinen. Das Leben war für mich ungerecht. Die Natur war ungerecht. Die Welt war ungerecht. Nach dem Gerede der Leute wurde mein Vater von meiner Oma in der Hexerei als menschliches Opfer gegeben. War meine Oma eine Hexe? Hätte sie das wirklich gemacht, trotz all dem, was mein Vater für sie getan hatte? Ich konnte einfach nicht an solche Behauptungen glauben. Vielleicht wäre sie in der Lage gewesen, das zu tun, denn soweit ich darüber informiert war, musste in der Tradition jedes erstgeborene Kind als menschliches Opfer gegeben werden, um die Vorfahren zu verehren. Mein Vater war das erste Kind meiner Oma. Was hatten die Vorfahren hier aber damit zu tun, deren Leichen sich längst schon zersetzt hatten? Wäre es wahr, wozu hätte dann das Sühneopfer Jesus Christi am Kreuz gedient? Es ist dann doch ungerecht, zu töten, vor allem wenn geschrieben steht, du sollst nicht töten. Meine Großeltern väterlicherseits konnten solche Worte überhaupt nicht in Erwägung ziehen, weil sie keine Christen, sondern noch mit Aberglauben verbunden waren. Mein Vater war weder Christ noch Muslim. Er glaubte auch nicht an die Tradition, sondern nur an sich selbst. Er war ein sehr kluger, talentierter und fleißiger Juwelier. Er konnte alle Arten von Schmuck machen und traf immer hundertprozentig die Erwartungen seiner Kunden. Nach dieser persönlichen Analyse konnte ich nicht bestimmen, wie und wann meine Oma meinen Vater in der Hexerei geopfert hatte. All diese Gedanken kamen wiederum ohne eine einzige konkrete oder wahrhafte Antwort.

Etwas war aber deutlich und wahr: Ich war von nun an fast Vollwaise, weil meine Schwester als Erste gestorben war. Meine Mutter war die Einzige, die ich noch hatte. Vielleicht dazu meine beiden Halbschwestern, deren Wohnort mir jedoch unbekannt war. Ich hatte auch meine Pflegefamilie, die versuchte, mir eine neue verwandtschaftliche Liebe zu geben.

Meine Mutter war nun Witwe. Sie plante ins Dorf ihrer Eltern zu reisen, um sich von all diesen Schmerzen zu erholen. Davor wollte sie erst nach Yamoussokro fahren, um die Möbel, den Fernseher, die Küchenutensilien, die Kleidung und meine Schulsachen abzuholen und dem Vermieter den Schlüssel zu übergeben. Den Fernseher und die Möbel wollte sie verkaufen und die restlichen Sachen mitnehmen. Zu ihrer großen Überraschung kamen ihr meine Großeltern väterlicherseits zuvor und holten bei dem Vermieter den zweiten Wohnungsschlüssel ab, betraten die Wohnung und holten alle Sachen heraus. Sie verkauften sie und teilten meiner Mutter dies mit. Sie klagten meine Mutter wegen des Unglücks meines Vaters an. Sie waren mit ihr nicht zufrieden, obwohl meine Mutter an der Seite meines Vaters geblieben war, bis er starb. Sie war eine treue und fleißige Frau. Sie wünschte für meinen Vater nur das Beste. Leider hatte das Schicksal anders entschieden. Sie vermied alle Diskussionen mit meinen Großeltern.

Kapitel II:
Das Leben in Abengourou

»Denn als ich hungrig war, habt ihr mir zu essen gegeben. Als ich Durst hatte, bekam ich von euch etwas zu trinken.« – Matthäus 25,35

Mein Pflegevater hatte keine Zeit und war mit seinem Beruf sehr beschäftigt. Er gab allen Kindern regelmäßig Münzen, um sich etwas zum Frühstücken im Lebensmittelladen zu kaufen. Ich kaufte mir immer entweder Brot mit Fisch, Avocado oder Omelette und Hackfleisch. Er gab auch meiner Tante stets Geld, um Lebensmittel auf dem Straßenmarkt für das Mittagessen und Abendessen einzukaufen. Meine Tante stellte dank einem traditionellen Ofen aus Lehm selbst Zuckerbrot her.

Meine leibliche Mutter half dabei. Sie verteilte die Zuckerbrote auf einem Brett an meine Pflegeschwestern und schickte sie ins Stadtzentrum auf den Markt zum Verkaufen. Bei ihrer Rückkehr vom Markt am Abend zählte meine Tante mit ihnen das Geld, das sie verdient hatten, behielt den Gewinn in einem Sparschwein und stellte das Kapital zur Verfügung, um neue Zuckerbrote zu backen. Meine Tante machte dank der harten Arbeit meiner Pflegeschwestern und der Mithilfe meiner Mutter täglich großen Gewinn. Trotzdem beschwerte sie sich darüber, dass meine Pflegeschwestern oft nachlässig und faul seien, und machte ihnen dafür strenge Vorwürfe. Meine Mutter riet ihr, mit ihnen Geduld zu haben und sie zu ermutigen.

Ich spielte zusammen mit meinen Pflegeschwestern. Ich stellte Spielzeugautos her, mit denen wir spielten. Sie spotteten oft über mich, weil ich Französisch mit Fehlern sprach. Sie korrigierten mich regelmäßig, was mir erlaubte, mich zu verbessern. Ich lernte bei ihnen, wie man mit wenigen Fehlern Französisch sprechen konnte, obwohl ich innerlich mit dem Spotten oft nicht einverstanden war.

Meine Tante stritt sich immer mit meinem Pflegevater, der sie oft verprügelte. Ihre Augen und ihr Kopf waren häufig geschwollen. Meine Mutter intervenierte als Moderatorin und die beiden versöhnten sich nach einer gewissen Zeit, ohne miteinander zu sprechen. Im Allgemeinen machte meine Tante immer den ersten Schritt.

Mein Pflegevater wurde aufgrund der Arbeit in ein anderes Gebiet versetzt. Wir mussten deswegen nach Mbahiakro (eine kleine Stadt im Zentrum der Elfenbeinküste) umziehen. Wir stiegen in einen Umzugswagen ein, in dessen Führerhaus nicht alle von uns passten. Also saßen meine Pflegeeltern im Führerhaus und wir saßen auf der Ladefläche, zusammen mit dem Gepäck und den Möbeln. Meine Mutter war auch mit dabei. Wir fuhren oft auf einer staubigen Straße, weil der größte Teil der Strecke nach Mbahiakro nicht asphaltiert war. Wir kamen spät am Abend an und ließen uns in einer Villa mit einem Wohnzimmer, drei Schlafzimmern, eigenem Hof und einer großen Terrasse nieder.

Kapitel III:
Das Leben in Mbahiakro

»Nein, ich lasse euch nicht als hilflose Waisen zurück. Ich komme wieder zu euch.« –
Johannes 14, 18

Wir wohnten im Stadtzentrum am Rand der Hauptstraße. Unsere ersten Tage
in Mbahiakro liefen sehr gut. Ich ging mit der ganzen Familie spazieren, um die
Stadt zu besichtigen. Die meisten Straßen waren nicht asphaltiert. Dies musste
an dem Mangel an politischem Willen liegen, denn der Staat gab jährlich für
jede Stadt ein Budget, um sich um die Renovierung und den Aufbau der Stadt
zu kümmern. Die Hauptstraßen hingegen waren asphaltiert.

Meine Mutter reiste wie geplant ins Dorf und versprach mir, mich oft zu besuchen, und ich blieb allein bei meinen Pflegeeltern. Ich war ihr näher. Sylvie
gehörte dieser Welt nicht mehr an. Mein Vater genauso wenig. Ich spürte in mir
eine starke Sehnsucht, die ich niemanden bemerken ließ. Ich weinte oft, wenn
ich im Zimmer allein war. Meine Mutter war auch sehr weit von mir, denn sie
war im Dorf.

Ich wollte sie wiedersehen. Ich wollte noch bei ihr sein. Ich musste lernen,
mich in meiner neuen Familie zu integrieren.

Mein Pflegevater war ein ehemaliges Mitglied der evangelischen Kirche. Die
Sitten und Bräuche waren ihm wichtiger. Die ganze Familie saß einmal in der
Woche im Kreis um einen Hahn weißer Farbe und ein paar Kolanüsse. Nach
einigen Worten von Segnung und Schutz goss er ein bisschen Wasser auf den
Boden und wir sagten gemeinsam »Amina«. Das ist auf Yacouba, eine lokale
Sprache vom Westen der Elfenbeinküste, und bedeutet übersetzt »amen«. Meine
Pflegeeltern sprachen Yacouba, genauso wie meine Mutter. Bei »amen« heißt es,
die Vorfahren oder die Götter haben das Gebet erhört. Gleich danach wurde der
Hahn geschlachtet und meine Tante kochte damit eine leckere Suppe. Meine
Tante aß mit ihrem Freund am Tisch. Die Kinder aßen separat. Die ältesten
Mädchen aßen zusammen aus einem großen Teller. Die ältesten Jungs aßen aus
einem anderen Teller und die Kinder aßen zusammen.

Mein Pflegevater war von der Natur her sehr streng, ehrlich und aufrichtig.
Er war oft zugleich gebieterisch und demokratisch. Er hörte nicht immer auf
die Meinungen von anderen, sondern konzentrierte sich auf seine Wünsche,

Interessen und seinen Willen. Man durfte bei ihm nichts infrage stellen. Er war der Familienchef und niemand durfte ihm widersprechen, außer wenn er einen besonderen Tag hatte oder guter Laune war. Wenn er uns jedoch Geld für das Frühstück geben sollte, fragte er immer nach unserer Meinung. Er fragte, was wir gerne zum Frühstücken einkaufen möchten.

Meine Tante verkaufte nicht mehr gezuckertes Brot, sondern Pfannkuchen. Sie verkaufte sie vor dem Hof am Rand der Straße. Wir halfen ihr regelmäßig den Teig zu kneten und die Formen herzustellen. Sie verdiente damit Geld und alles schien wieder besser zu gehen. Ich hatte auf dem Hof an einer Ecke, wo die Erde fruchtbar war, einen kleinen Garten angelegt. Ich hatte in meinem Garten Mais, Okra, Tomaten, Pfeffer, Spinat und Zwiebel angebaut. Der Garten hatte die Familie oft wochenlang ernährt. Ich wurde deswegen von allen geschätzt und gemocht. Darauf war ich stolz.

Diese Harmonie in der Familie dauerte nicht lange. Bald fingen wir an, eine Hölle zu erleben, als mein Pflegevater damit begonnen hatte, unbegrenzt Alkohol zu konsumieren. Er war sehr cholerisch und sein Verhalten wurde unerträglich. Im Rahmen der Erziehung machte er allerdings keinen Unterschied und jedes Kind war ihm gleichwertig. Ich konnte sogar oft bemerken, dass er mit seinen leiblichen Kindern strenger als mit anderen Kinder war, die unter seiner Verantwortung lebten. Meine Tante hatte mehrere Kinder gehabt, bevor sie ihn kennenlernte. Mein Pflegevater hatte vorher auch mehrere Frauen und mit jeder Frau mindestens ein Kind gehabt. Meine Tante war seine vierte Frau und sie war von ihm schwanger. Von den Kindern meiner Tante wohnte ihre Tochter bei uns. Von denen meines Vaters wohnten vier bei uns zu Hause. Er war nett, mitfühlend und freundlich. Er wurde draußen von allen gemocht und war hochgeschätzt. Wenn er aber zu Hause war, hatten wir den Eindruck, dass er sich in jemand anderen verwandelte. Er mochte nur auf sich selbst hören und hasste Vorwürfe. Vor diesem Hintergrund war ihm seine Frau völlig unterworfen und durfte keine Entscheidung treffen, ohne seine Meinung anzuhören. Er kam immer betrunken nach Hause.

Eines Tages ging mein Pflegevater auf Reise und sollte in drei Tagen zurückkommen. Der Fernseher war kaputt. Aus diesem Grunde gingen wir zu unserem Nachbarn, um eine Fernsehserie zu schauen. Nach der Fernsehserie entschieden wir, ein weiteres Fernsehprogramm anzusehen, weil wir uns sonst zu Hause gelangweilt hätten. Wir waren insgesamt sechs Kinder. Meine Tante war zu Hause geblieben. Zu unserer großen Überraschung kam mein Pflegevater am gleichen Tag von seiner Reise zurück und stellte fest, dass alle Kinder abwesend waren. Er fragte meine Tante, wo wir seien. Sie erzählte ihm, dass wir bei dem Nachbarn seien und Fernsehen schauten. Er wurde wütend und erwartete geduldig unsere Rückkehr. Mein Pflegevater war sehr stolz und wollte seinen Ruf gut bewahren. Bei der Rückkehr war ich vorgelaufen und klopfte als Erster an der Tür. Eine tiefe Stimme ertönte und sagte: »Geht dahin zurück, wo ihr herkommt. Es gibt keinen Platz in meinem Haus für euch.« Ich erkannte sofort die Stimme. Das war die von meinem Pflegevater. Er schloss die Tür zweimal zu. Wir blieben ungefähr dreißig Minuten vor der Tür stehen und wollten auf diese Weise das Mitgefühl unseres Vaters erregen. Er nahm einen Stein vom Boden und warf ihn in unsere Richtung. Wir stellten fest, es gab keine andere Lösung, als draußen zu schlafen. Es war Mitternacht und die Straßen waren leer. Die Stadt Mabahiakro war auch aufgrund ihrer anhaltenden Unsicherheit bekannt. Also konnten wir nicht damit rechnen, dass jemand uns zu dieser Nachtzeit die Tür aufmachte und hineinließ, um die Nacht drinnen zu verbringen. Wir versuchten es trotzdem und fingen mit unserem Nachbarn an, bei dem wir Fernsehen geschaut hatten.

Keiner hatte uns die Tür aufgemacht. Wir gingen hin und her und wussten nicht, wo wir übernachten konnten. Auf der Suche nach einer Stelle, wo wir schlafen konnten, befanden wir uns hinter einem Haus, auf einem verdunkelten Weg. Ein Hausbewohner erschrak und schrie ganz laut: »Ohh Dieb, Ohhh Dieb!« Wir liefen in eine andere Richtung und waren verwirrt. Wir kamen endlich auf einem verlassenen Hof an. Mitten auf dem Hof befand sich ein großer Baum. Wir kletterten auf den Baum und wollten uns auf seinen Zweigen hinlegen, um die Nacht zu verbringen. Wir hatten vergessen, dass wir in der Schule gelernt hatten, wie die Pflanzen in der Nacht den Sauerstoff aufnahmen und Kohlendioxid freisetzten. Es war also ein Risiko, da zu übernachten.

Allerdings war es für uns auch nicht bequem, auf Baumzweigen zu schlafen. Wir gingen in ein Häuschen aus Lehm mit einem Strohdach. Die Tür war zum Glück offen. In dem Häuschen lagerte ein Haufen von getrockneten Pfeffersäcken. Der Wächter des Lagers kam auf uns zu. Wir erzählten ihm von unserer Situation und er erlaubte uns, da zu übernachten. Der Geruch des Pfeffers stach in Augen und Nase wie Tränengas. Wir konnten die ganze Nacht nicht schlafen. Wir beschwerten uns über den stechenden Geruch des Pfeffers. In dieser Hütte verbrachten wir dennoch die Nacht. Morgens in der Früh verließen wir die Hütte und gingen nach Hause. Zum Glück hatte meine Tante die ganze Nacht bei meinem Pflegevater für uns Bittsprache gehalten, der endlich akzeptierte, uns hineinzulassen.

Meine Tante brachte einen Jungen zur Welt, dem mein Pflegevater den Namen

Romaric gab. Er freute sich, wieder Vater zu werden. Wir feierten alle die Geburt von Romaric und freuten uns mit. Das war ein unvergesslicher Moment für die ganze Familie.

Er hatte Töchter in der Pubertät, denen er verbot, auszugehen. Die älteste schaffte es trotzdem, von einem Logger schwanger zu sein. Der Logger arbeitete für ein berühmtes Holzunternehmen der Stadt und akzeptierte, sich um die Schwangerschaft zu kümmern. Er hatte sogar vor, um ihre Hand zu bitten. Er stritt sich mit meinem Pflegevater, der meinte, meine Halbschwester müsse noch in die Schule gehen, sie sei noch sehr jung und dürfe nicht schwanger sein. Sie war sechzehn. Mein Pflegevater hatte ihre Schulgebühren bezahlt, aber sie war aufgrund ihrer schlechten Noten bei der Prüfung mehrmals durchgefallen. Mein Pflegevater hatte versprochen, ihre Ausbildung als Friseurin zu finanzieren. Er beschimpfte den Logger und warf ihn hinaus. Er schlug meiner Halbschwester vor, abzutreiben, was sie umgehend ablehnte. Sie entschied, von zu Hause wegzulaufen und zu dem Logger zu gehen. Mein Pflegevater war überhaupt nicht damit einverstanden. Sie verließ trotzdem das Haus, ohne dass es jemand merkte. Wir wussten nicht, wo sie mit ihrem Freund wohnte. Mein Pflegevater empfahl uns allen, nach ihr zu suchen und sie wieder nach Hause zu bringen. Wir suchten sie tagelang überall vergeblich. Ein Bekannter teilte uns mit, dass sie am Rand des Flusses Nzi sei und die Schmutzwäsche ihres Freundes wasche. Wir sagten unserem Vater Bescheid, der schnell zu uns kam, und wir machten uns auf den Weg zum Fluss Nzi. Wir kamen an und fanden sie vor Ort. Sie versuchte die Flucht zu ergreifen. Mein Pflegevater befahl den ältesten Kindern, sie zu fangen und sie ihm zu bringen. Er legte ihr Handschellen an. Er schlug auf sie dann mit einem Schlagstock ein. Er prügelte sie nieder unter dem neugierigen Blick der Schaulustigen, indem wir die ganze Stadt durchquerten. Einmal zu Hause kamen unsere Nachbarn zu uns und schafften es, sie aus den Händen meines Pflegevaters zu befreien und die Handschellen zu entfernen. Ich fing an, mir viele Gedanken zu machen. Ich hatte Angst und murmelte dabei. Ich konnte mir das weitere Leben bei meinem Pflegevater vorstellen.

Ich hatte aber keine Wahl und musste damit umgehen. Meine Mutter war im Dorf und versuchte, von ihren Schmerzen geheilt zu werden und ihr Leben neu zu organisieren. Sie wollte wieder mit dem Vater meiner leiblichen Halbschwester zusammen sein, was jedoch leider nicht klappte. Sie führte im Dorf ein einsames Leben und bestellte ihr eigenes Feld, wo sie Maniokwurzeln und Mais angebaut hatte.

Trotz allem musste mein Pflegevater einen Kompromiss mit dem Freund meiner Halbschwester finden. Er sollte für sie die Mitgift zahlen und sie sollte endgültig zu ihm umziehen. Wir waren keine christliche Familie, weil meine Tante genauso wie ihr Mann aus der Kirche ausgetreten war. Obwohl wir zu Hause ein traditionsgemäßes Leben führten, fühlten wir uns gar nicht geschützt. Wir lebten aufgrund des Verhaltens meines Pflegevaters mit der Angst vor der Zukunft. Ich hatte eine solche Angst vor meinem Pflegevater, dass ich mein Bestes tat, um ihn zu meiden. Meine Tante war regelmäßig von meinem Pflegevater verprügelt worden, als sie mit Romaric schwanger war. Sie war untröstlich und musste bei ihm bleiben, weil sie sich schämte, ihn zu verlassen. Ihretwegen war ihr erster Mann im Krankenhaus gestorben. Also wäre es eine große Schande gewesen, den zweiten Mann zu verlassen. Sie ging damit um und versuchte ihn dazu zu bringen, sein Verhalten zu ändern. Das war für sie herausfordernd. Sie war vierzig Jahre alt und wollte nicht noch einmal alles von vorne anfangen. Sie wollte die Chance ergreifen, ansonsten könnte sie ihr ganzes Leben lang ledig bleiben. Ihr erster Mann, den sie verlassen hatte, hatte sie vor dem Sterben verflucht. Er hatte gesagt, sie werde nie in ihrem Leben glücklich sein. Er habe ihr alles, was sie brauche, gegeben, damit sie an seiner Seite ein glückliches Leben führen könne. Nun begehe sie als Dank Ehebruch mit ihrem besten Freund, während er schwer krank sei und auf dem Krankenbett liege.

Oft kam meine Tante zu mir und gestand alles, was sie ihrem ersten Mann angetan hatte, weil sie mir vertraute, obwohl ich erst zwölf Jahre alt war.

Eines Tages stritt sich mein Pflegevater mit meiner Tante. Er verprügelte sie, bis sie ohnmächtig wurde. Wir gossen Wasser auf sie. Als sie aufstand, entschloss sie sich, sich für eine Woche zurückzuziehen. Sie entschied sich, zu meinem Onkel nach Bouafle zu reisen. An diesem Tag begleitete ich sie bis zum Bahnhof, weil sie ihr Gepäck allein nicht tragen konnte. Bei meiner Rückkehr warf mich mein Pflegevater raus. Ich war verblüfft, traumatisiert und sehnsüchtig. Ich dachte wieder an meinen Vater, der vor Kurzem gestorben war. Ich hatte gehofft, er hätte mir jemanden gefunden, der sich gut um mich kümmern würde. Ich war untröstlich und einsam. Ich weinte und fühlte mich verloren. Ich suchte vergeblich einen Ort, wo ich schlafen konnte. Ich fand endlich ein Brett auf einer Dachrinne am Rand der Hauptstraße vor unserem Haus. Ich legte das Brett auf den Boden neben der asphaltierten Straße und verbrachte unter Mückenstichen da die Nacht, ohne Decke. Es war sehr kalt und mein ganzer Körper zitterte, während ich Tränen in den Augen hatte. Wir waren in der Trockenzeit. In der Trockenzeit ist es meistens am Tag warm und in der Nacht kalt. Die Passanten sahen mich und glaubten, ich sei einer von den Verrückten, die meistens draußen schliefen. Es gibt in meiner Heimat bisher nur wenige psychiatrische Krankenhäuser. Also wohnen die meisten Verrückten auf der Straße.

Am darauffolgenden Tag in der Früh weckte mich unsere Nachbarin auf und fragte, was los sei. Ich erzählte ihr die ganze Geschichte. Sie hatte mit mir Mitleid und brachte mich zu ihr. Sie gab mir etwas zum Trinken und Essen. Sie empfahl mir, so lange bei ihr zu bleiben, bis mein Pflegevater zur Ruhe kommen würde. Meine Tante setzte ihre Reise nach Bouafle nicht mehr fort, sondern blieb bei meinem Großhalbbruder, der in der Stadt daneben eine Ausbildung als Elektroniker machte. Sie kam nach einem Tag zurück. Ich war noch bei unserer Nachbarin, die eine glaubensstarke Christin war. Sie erzählte meiner Tante, warum ich bei ihr war, und nutzte die Gelegenheit, um ihr das Evangelium zu verkünden. Die beiden baten meinen Pflegevater um Vergebung, obwohl er nicht im Recht war, damit er zur Ruhe kommen konnte. Danach schien alles wieder besser zu gehen.

Meine Hobbys waren Fußball und Spazierengehen. Ich war immer mit Koffi, meinem besten Freund, zusammen. Es gab nicht weit von unserem Wohnort einen Brunnen, aus dem mit einer Wasserpumpe geschöpft wurde. Der Brunnen gehörte den Eltern von Koffi. Koffi hatte von seinen Eltern den Auftrag erhalten, das Wasser gegen eine Münze abzugeben. Bei jeder Unterbrechung der Wasserversorgung gingen wir zum Brunnen, um Wasser zu holen. Der ganze Viertel bediente sich bei Koffi. Immer, wenn er die Abrechnung machte, bekam er ein paar Münzen von seinen Eltern geschenkt.

Damit kauften wir bei den Straßenverkäuferinnen Pfannkuchen. Während der festlichen Veranstaltungen wie Silvestertag, Geburtstagsfeier und Weihnachtsfest trank ich mit Koffi oft Alkohol. Ich war sehr jung, um Alkohol zu trinken, aber hatte schon in diesem Alter bei meiner neuen Familie viele Lebensprüfungen. Ich war nicht mehr das beliebteste Kind wie bei meinem leiblichen Vater, das bei jedem Weihnachtsfest Geschenke erhielt, sondern ein Kind wie alle anderen in einer sehr komplizierten Familie. Außerdem schickte mich mein Pflegevater immer zum Bistro, um ihm Alkohol zu kaufen. Ich musste immer probieren, um zu schauen, wie das schmeckte, bevor die Kellnerin mich bediente. Ich hatte mich verwöhnt, was für mich eine Untugend geworden war. Ich fing an, mit anderen Jugendlichen aus dem Viertel zu kämpfen, und gewann meistens meine Kämpfe. Ich kämpfte eines Tages mit einem gleichaltrigen Jugendlichen. Ich fügte ihm eine Wunde am Kopf zu. Die Eltern des Jugendlichen wollten die Polizei verständigen, doch meine Tante bat sie um Vergebung. Ich bekam von ihr strenge Vorwürfe. Da entschloss ich, nie wieder zu kämpfen. Ich hörte auf, Alkohol zu trinken, und konzentrierte mich auf mein Leben und meine Zukunft.

In der Schule lief alles gut. Ich war nun nach der Klasse CE2 oder dem vierten Jahr an der Grundschule sowie der Klasse CM1 oder dem fünften Jahr an der Grundschule in der Klasse CM2 oder dem sechsten Jahr an der Grundschule. Das war die Abschlussklasse an der Grundschule. Ich musste eine Prüfung ablegen und mit guten Noten bestehen, um zu hoffen, aufs Gymnasium gelassen zu werden.

Zu dieser Zeit wohnte bei uns auch ein Cousin, der seinen Realschulabschluss ablegen musste. Er wurde eines Tages von meinem Pflegevater nach einem Missverständnis zwischen den beiden rausgeworfen und durfte nie wieder zu uns kommen. Mein Pflegevater sagte, dass er überheblich und egoistisch sei, obwohl er selbst kein Vorbild war. Dieser Cousin schlief darauf in einer gemieteten Kammer, mit einem kleinen Bett und einer kleinen Gaslampe. Er musste neben der Schule arbeiten, um mit seinem Leben zurechtzukommen. Mit dem Geld bezahlte er seine Schulgebühren und das Essen. Seine Mutter war eine arbeitslose Witwe, die im Dorf lebte. Sie schaffte es nicht, ihm Geld zu schicken. Oft versteckte meine Tante Nahrungsmittel und Taschengeld dazu. Sie reichte sie mir und ich musste die Dinge meinem Cousin bringen, ohne dass mein Pflegevater es merkte. Ich hatte mit meinem Cousin Mitleid, obwohl ich selbst irgendwann in die gleiche Situation würde geraten können. Mein Cousin hatte bei uns noch einige Sachen. Er kam eines Tages, um seine übrigen Sachen abzuholen. Er kletterte den Zaun hoch und kam bis zum Zimmerfenster von den Jungs. Ich schlief auf dem Bett. Ich wurde von den Geräuschen erweckt. Mit einer leisen Stimme bat er mich darum, ihm seine Schulordner zu reichen, was ihm am wichtigsten war. Ich reichte ihm die Ordner. Er setzte sich erst an den Tisch auf dem Hof und prüfte, ob alles in Ordnung war. Das war in der Früh. Mein Pflegevater wurde von seinen Bewegungen geweckt. Er überraschte meine Cousin am Tisch sitzend auf dem Hof. Er holte einen Stein vom Boden und warf ihn in seine Richtung. Es gelang meinem Cousin, seine Sachen zu packen, den Zaun wieder hochzuklettern und wegzurennen. Mein Pflegevater wusste, dass ich derjenige war, der ihm seine Schulakten gereicht hatte. Er verprügelte mich, warf mich raus und ich musste den ganzen Tag draußen verbringen. Ich war bei einem Schulfreund, dessen Eltern im Stadtzentrum wohnten. Sie gaben mir zum Essen und Trinken. Am Abend kam ich nach Hause zurück und wie üblich ging meine Tante auf ihre Knie und bat meinen Pflegevater um Verzeihung, damit ich hereinkommen konnte.

Die Ergebnisse für meine Abschlussprüfung waren schon bekannt. Ich war durchgefallen und musste die Abschlussklasse wiederholen. Ich war enttäuscht und wollte gleich die Prüfung wiederholen. Ich wollte nicht auf nächstes Jahr warten. Ich weinte und war auf mich selbst böse. Ich fragte mich, was nicht gut gelaufen war. Ich war auch auf meinen Pflegevater aufgrund seines schwierigen Verhaltens böse. Ich konnte aber nicht anders und musste lernen, damit umzugehen. Mein Cousin hatte seinen Realschulabschluss sehr gut bestanden. Er verließ die Stadt und zog in die Großstadt daneben um. Dort hatte er einen Arbeitsvertrag als Arbeitskraft in einer Kaffee- und Kakaoplantage bekommen. Er machte in seiner Schulausbildung eine Pause und arbeitete hart, um Geld zu verdienen. Später erfuhren wir, dass er mit dem Geld eine Berufsausbildung finanziert hatte und Grundschullehrer geworden war.

Mein Pflegevater wurde wieder in eine andere Stadt versetzt. Das war die größte Stadt der Region und die drittgrößte der Elfenbeinküste. Bouake ist eine oft sehr bewölkte Stadt und für seine Sehenswürdigkeiten bekannt, vor allem für das Stadion Bouake, das zweitgrößte Stadion der Elfenbeinküste.

Kapitel IV:
Das Leben in Bouake

»Gepriesen sei der Herr, denn er hat meinen Hilfeschrei gehört.« – Psalm 28,6

Wir wohnten in dem Viertel Tschelekro, vorher ein Dorf, das dank der neuen geografischen Aufteilung zu einem Stadtteil gemacht wurde. Tschelekro war ein ruhiges Viertel, da es weit weg von dem Stadtzentrum lag. Wir bewohnten eine große Villa, die von den vorherigen Mietern verlassen worden war, weil sie meinten, sie sei ein Spukhaus. Das sei ein verwunschenes Haus, das von schlechten Geistern frequentiert werde. Wir glaubten erst nicht daran und wollten es selbst prüfen. Unsere ersten Tage in Tschelekro gestalteten sich interessant. Wir fühlten uns am Anfang fremd. Mein Pflegevater lernte unseren direkten Nachbarn kennen, die uns bei unserer Ankunft ganz herzlich empfangen hatten. In der Villa gab es insgesamt drei Zimmer. Es gab innerhalb zwei Zimmer und ein Zimmer außerhalb auf dem Hinterhof. Die Mädchen schliefen in dem Zimmer innerhalb und wir schliefen in dem Zimmer, das sich auf dem Hinterhof befand. Es gab kein Gastzimmer. Bekamen wir Besuch, mussten die Gäste entweder in dem Zimmer von den Mädchen oder dem von den Jungen schlafen. Wir lebten uns langsam ein.

Wir – das heißt meine Halbgeschwister und ich – besuchten die Grundschule Yaokoffikro, die etwa zwei Kilometer von zu Hause entfernt lag. Ich wiederholte die Abschlussklasse und durfte keinen Fehler mehr machen. Das war meine letzte Chance. Ich besuchte nur öffentliche Schulen, die kostenlos waren. Man zahlte keine Schulgebühren, sondern nur einmalig Anmeldegebühren. Sollte ich nochmals die Klasse wiederholen müssen, dann würde ich in eine Privatschule zu gehen und Schulgebühren zu zahlen haben. In diesem Zusammenhang musste ich nicht mit meinem Pflegevater rechnen, der oft sogar die Anmeldegebühren mit Verspätung zahlte. Meine Akten mussten von meiner ehemaligen Schule zu meiner aktuellen Schule geschickt werden. Mein Pflegevater kümmerte sich immerhin darum. Am ersten Schultag fand in den jeweiligen Klassen eine Vorstellrunde statt. Jeder sollte sich kurz vorstellen und von sich selbst erzählen. Als ich meinen vollständigen Namen gesagt hatte, brach die ganze Klasse in Gelächter aus. Sie machten sich lustig über mich, aufgrund meines langen und komplizierten Namens. Der Klassenlehrer lachte auch mit. Ich schämte mich und fühlte mich unwohl. Mein Klassenlehrer bat mich, meinen ganzen Namen an die Tafel zu schreiben. Ich hatte insgesamt vier Namen, nämlich drei Vornamen und einen Nachnamen. Als erster Sohn meines leiblichen Vaters gab er mir den Namen seines Vaters und den seiner Mutter. Mein leiblicher Vater hatte vorher noch kein Kind bekommen. Also er wollte allen dankbar sein, die ihn moralisch unterstützt hatten. Er gab mir zusätzlich den Namen von einem seiner besten Freunde. Ich war so verlegen, meinen ganzen Namen an die Tafel zu schreiben, vor allem weil mich die ganze Klasse auslachte. Ich war trotzdem stolz und dachte deswegen an meinen leiblichen Vater und flehte um seine Unterstützung auf meinem dornigen Weg. Er hatte meinem Pflegevater erlaubt, meinen Namen zu ändern und auf diese Weise eine gesetzliche Adoption durchzuführen, wenn er das wollte. Mein Pflegevater entschied, meinen Namen so zu lassen, denn für ihn hatte ich meinen Vater kennengelernt und bei ihm gewohnt, bevor er starb. Es kam also für ihn nicht infrage, meinen Namen zu ändern. Mein Pflegevater stellte für uns zum ersten Mal einen Nachhilfelehrer an, der mit uns den Unterricht von der Klasse wiederholte und grundsätzlich erklärte. Er bezahlte den Nachhilfelehrer leider nicht regelmäßig, der uns darauf auf halbem Weg verließ. Wir mussten unsere Lektionen allein lernen und selbst die Aufgaben verstehen. Die ersten Klassenarbeiten hatten sich für mich als sehr gut herausgestellt. Ich brachte sehr gute Noten nach Hause. Ich war bei jeder Klassenarbeit entweder der Erste oder unter den drei besten Schülern. Mein Klassenlehrer war auf mich sehr stolz. Er ernannte mich zum Vorbild. Meine Pflegeeltern gratulierten mir zu den Bestnoten, die ich bei den Klassenarbeiten bekam. Ich schloss die Grundschule als Bester meines Jahrgangs ab. Ich war nach der Abschlussprüfung der Beste meiner Grundschule und meines Prüfungszentrums. Ich war außerdem der Beste der Region, in der ich wohnte. Ich wurde vom Bürgermeister der Stadt Bouake als Stellvertreter des Ministers der Erziehung unter Anwesenheit meiner Pflegeeltern, meines Klassenlehrers, anderer Gäste und mancher Prominenten der Stadt Bouake belohnt. Ich erhielt eine Auszeichnung für Exzellenz und ein Päckchen, das ein französisches Wörterbuch »Le Robert«, ein Heft, eine Blocknote und Stifte beinhaltete. Ich war der Stolz meiner ganzen Familie und meines Klassenlehrers. Abgesehen davon, dass ich der beste Schüler meines Klassenlehrers war, wurde ich sein bester Freund. Ich besuchte ihn oft zu Hause. Er war alleinstehend. Er wurde auch aufgrund meiner guten Schulleistung und des hundertprozentigen Erfolgs meiner Klasse bei der Abschlussprüfung als bester Lehrer des Jahres der Grundschule ausgezeichnet. Mein Klassenlehrer Herr Jean war ein frommes Mitglied der katholischen Kirche. Ich erinnerte mich, dass wir in der Klasse jeden Morgen den Unterricht mit dem bekannten katholischen Gebet »Vater unser« anfingen. Er war ein guter Lehrer und konnte sehr gut erklären. Er war zu uns oft sehr streng, aber vor allem humorvoll. Trotzdem hatte mir das Spotten über meinen langen Namen nicht gefallen. Ich fing langsam an, von vielen Schmerzen geheilt zu werden, vor allem von denen durch den Tod meiner leiblichen Eltern. Ich war froh und glaubte noch an eine glänzende Zukunft.

Ich sollte die Klasse 6e oder das erste Jahr auf dem Gymnasium im Lycée Djubo Sounkalo absolvieren. Viele Mitschüler waren sehr erstaunt darüber, dass ich nicht auf das Lycée Saint Viateur von Bouake ging, wohin die meisten der besten Schüler geschickt wurden. Ich konnte auch nicht das Lycée Scientifique Yamoussokro besuchen, das auch als Exzellenzschule anerkannt war, weil ich mich nur in den Schulen von Bouake beworben hatte und meine Pflegeeltern wollten, dass ich in der Nähe von ihnen blieb. Nach Meinung von einigen Mitschülern wurde ich auf das Lycée Saint Viateur von Bouake nicht aufgrund meines Namens geschickt. Das Lycée Saint Viateur war eine katholische Schule und empfing nur christliche Schüler, besonders die aus der katholischen Kirche. Meine Tante fing langsam an, sich zum Christentum zu bekehren, und ging jeden Sonntag in eine evangelische Kirche. Ich ging auch mit, war aber noch nicht getauft.

Aufgrund meiner Auszeichnung als bester Schüler bekam ich jeden dritten Monat vom Staat Taschengeld. Damit kaufte ich mir neue Schuhe, Kleidung und sehr oft Schulsachen, weil ich auch in diesem Rahmen von meinem Pflegevater finanziell unterstützt wurde. Das Schuljahr auf dem Gymnasium war für mich herausfordernd, weil mein Pflegevater viel mehr als vorher Alkohol trank und immer betrunken nach Hause kam. Er stritt sich stets mit meiner Tante, verprügelte sie und warf sie oft raus.

Sie musste meinen Pflegevater immer um Vergebung bitten, indem sie auf ihre Knie ging. Mein Pflegevater benahm sich oft genauso zu den Kindern, die alle Angst vor ihm hatten. Sein erster leiblicher Sohn kam mit ihm nicht zurecht. Er hatte seine Ausbildung als Elektriker abgebrochen, weil mein Pflegevater es finanziell nicht mehr geschafft hatte, die Ausbildung weiter zu finanzieren. Er wohnte bei einem seiner Freunde, weil er sich mit meinem Pflegevater gestritten hatte und von ihm rausgeworfen worden war. Er entschied sich, nicht um Verzeihung zu bitten, um sich wieder mit ihm zu versöhnen, denn mein Pflegevater herrschte zu Hause wie ein Halbgott. Sein Sohn fing damit an, Sachen von fremden Leuten zu klauen, um überleben zu können. Zwar hatte er die Ausbildung als Elektriker abgebrochen, aber viel gelernt. Er kannte sich gut mit den Geräten aus. Er besuchte oft Bekannte und klaute ihre Geräte, die er wieder verkaufte, um Geld zu verdienen. Mein Pflegevater erzählte uns häufig, warum er so streng zu uns war. Er hatte in seinem Leben selbst viel gelitten und gar keine Unterstützung. Er musste sich im Leben allein durchschlagen, ohne etwas von jemandem zu erwarten. Sein Vater hatte zwei Frauen und mehrere Konkubinen. Er hatte viele Kinder und musste einige von ihnen auf eigene Rechnung verlassen. Mein Pflegevater war der Älteste und musste in der Lage sein, mit seinem Leben zurechtzukommen. Ich fragte mich, was das mit uns zu tun hatte, sodass wir auch mitleiden mussten. Ich war einfach in eine Katastrophe geraten. Wenn er das Haus betrat, wurden alle Kinder still, als hätten wir ein Monster gesehen. Er rühmte sich damit, sich so zu benehmen. Er war bizarrerweise manchmal sehr nett und freundlich zu den Kindern, obwohl wir uns vor ihm in Acht nahmen. Wenn er keinen Alkohol trank, war er viel besser.

Meine leibliche Mutter sollte uns besuchen. Ich war froh und freute mich sehr darauf. Nach vielen Jahren im Dorf hatte sie sich entschlossen, mich wiederzusehen. Sie war immer noch ledig, weil sie meinen Vater so geliebt hatte, dass es ihr schwierig war, mit einer neuen Beziehung anzufangen. Die Ankunft meiner Mutter fiel leider mit einem Streit zwischen meiner Tante und meinem Pflegevater zusammen. Er beschimpfte meine Tante, dass sie nicht produktiv sei. Er habe ihretwegen viele finanzielle Probleme. Meine Mutter versuchte, beide zu versöhnen, aber er warf meine Tante und meine Mutter raus. Er sortierte erstaunlicherweise zum ersten Mal seine leiblichen Kinder und die Kinder, die er adoptiert hatte, und warf auch diese raus. Betroffen waren ich und die Tochter meiner Tante. An diesem Tag war ich eingeschlafen, er weckte mich mit Schlägen auf den Kopf und ins Gesicht auf. In demselben Augenblick gab er mir einen Fußtritt und warf mich raus. Ich war traumatisiert und konnte es nicht glauben, denn trotz allem nannte er mich bei guter Laune sehr oft seinen Freund und nun war ich plötzlich zu einem richtigen Feind geworden. Ich brach in Tränen aus und dachte wieder an meinen leiblichen Vater. Ich war draußen mit meiner Tante, meiner Mutter und meiner Cousine. Es war Mitternacht. Der ganze Viertel war still und man hörte kaum Geräusche. Man konnte aufgrund der Unsicherheit nicht an eine Haustür klopfen, denn niemand machte die Tür auf. Meine Cousine verbrachte die Nacht draußen im Sand und ich schlief mit meiner Tante in der externen Küche unserer Nachbarn. In der Nacht besuchte uns ein Einbrecher und merkte, dass Menschen in der Küche lagen. Er zog sein Messer raus und befahl uns, still zu bleiben, ansonsten müsse er sich um uns kümmern. Wir blieben still, wie er das wollte. Er stand eine Zeit lang dort und schien zu überlegen. Er stahl nichts und ging weg. Wir hatten die Küchensachen von unserem Nachbarn an diesem Tag gerettet. Er glaubte, niemand schlafe in der externen Küche, die nie zugeschlossen war. Mein Pflegevater beruhigte sich und ließ uns rein. Nach einigen Tagen reiste meine leibliche Mutter zu meinem Onkel in Bouafle, wo sie bleiben wollte, um etwas zu unternehmen.

Das Gymnasium lag mehrere Kilometer von unserem Wohnort entfernt. Ich nahm ein öffentliches Verkehrsmittel, wenn ich Geld für die Fahrkosten von meinem Pflegevater bekam. Oft lief ich lieber bis zum Gymnasium, um mir mit dem Geld etwas zum Essen zu kaufen. Das Geld reichte nicht aus, um zugleich die Fahrkosten zu zahlen und während der Pause in der Schule etwas zum Essen auf dem Schulmarkt zu kaufen.

Nach einer Ruhephase zu Hause stritt sich mein Pflegevater wieder mit meiner Tante. Er hatte Geliebte draußen und ihm gefiel es nicht, wenn sie sich darüber beschwerte. Meine Tante reiste zu meinem Onkel nach Bouafle, um ihm von der Situation zu erzählen und sich zu erholen. Sie hatte meinem Pflegevater von ihrer Reise nichts erzählt. Er wurde wütend und warf mich und meine Cousine wieder raus. Meine Cousine schlief bei Verwandten, die leider aufgrund ihres Wohnraums nur eine Person unterbringen konnten, und ich schlief bei Ulrich, einem Schulfreund, dessen Vater ein ehemaliger Soldat in Rente war. Ihm war es finanziell sehr schwer. Er bekam fast jeden dritten Monat eine Rente vom Staat, die nicht reichte, um alle Kosten wie Miete, Essen, Schulgebühren für seine Kinder usw. abzudecken. Meinen Schulfreund hatte ich in der Grundschule kennengelernt. Wir hatten gemeinsam gelernt und die Abschlussprüfung an der Grundschule vorbereitet. Wir gingen oft gemeinsam in die Schule und oft zu den anderen Klassenkameraden zu Besuch. Er war mir nah. Als ich rausgeworfen wurde, erzählte ich ihm davon. Er sprach mit seinen Eltern darüber, die akzeptierten, mich bei sich zu Hause unterzubringen. Der schwierigen finanziellen Situation seiner Eltern wegen aßen wir nur einmal pro Tag und lebten in prekären hygienischen Bedingungen. Ich ging mit meinem Schulfreund zusammen zum Teich, um mit Haken und Angelruten zu fischen. Wir fingen Fische und Frösche. Damit kochten wir eine leckere Suppe, die wir mit Attieke (Nahrung aus Maniokwurzeln) aßen. Oft gingen wir zu einem anderen Schulfreund zu Besuch, dessen Eltern einen großen Hühnerstall hatten. Wir klauten ein paar frische Eier und bereiteten damit Omelette zu. Manchmal gingen wir mit einer Münze auf den Markt. Wenn wir uns zum Beispiel vor dem Tisch der Verkäuferin mit den geräucherten Fischen befanden, klaute einer ein paar Fische, während der andere sie ablenkte. Er reichte ihr eine Münze und wir steckten mehr Fische in die Tasche, als wir normalerweise mit der Münze hätten kaufen können. Trotzdem knurrte mir der Magen, aber ich versuchte mir nichts anmerken zu lassen. Mit leerem Magen ging ich in die Schule, weil mein Pflegevater gar nicht nach uns suchte, geschweige denn uns Geld für unsere Bedürfnisse gab. Oft gaben mir Unbekannte ein paar Münzen, die ich in meine Hosentasche steckte. Damit kaufte ich Lebensmittel, die ich mit Ulrich teilte. In diesem Alter war mir das Leben bitter und widerlich. In der Schule war ich immer leiser und nachdenklich. Ich sagte mir, ich sei auf der schlechten Seite des Lebens gelandet. Ich beweinte unaufhörlich meinen leiblichen Vater und meine kleine Schwester, die so früh gestorben war. Ich beweinte das Elend und die Armut meines leiblichen Vaters, der die ganze Zeit Lotterie gespielt hatte und niemals reich geworden war.

Nach einigen Wochen draußen kam meine Tante mit ihrem Großbruder zurück, der meinen Pflegevater darum gebeten hatte, sich zu beruhigen und immer in allen Sachen nach dem Frieden und der Harmonie zu suchen. Als Mitglied der evangelischen Kirche zitierte er ein paar Bibelpassagen zum Frieden und zur Versöhnung. Damit konnte er meinen Pflegevater überzeugen und meine Cousine und ich durften wieder nach Hause kommen. Mein Pflegevater bereute sein schlechtes Benehmen und entschied, mit meiner Tante zusammen in die Kirche zu gehen. Am Sonntag mussten unter dem Befehl meines Pflegevaters alle zum Gottesdienst gehen. Die Kirche war klein und hatte nur wenige Mitglieder. Sie existierte seit vielen Jahren, aber war immer noch auf dem gleichen Entwicklungsstand. Nach einer Offenbarung von einem Gastpfarrer, der bei einer Gebetsnacht predigte, gebe es in der Kirche eine alte Frau, die eine Hexe und nicht wirklich zum Christentum bekehrt sei. Danach verließen wir die Kirche, denn nach der Offenbarung sollte die Hexe in der geistigen Welt ihren Anus öffnen und die Zehnten und Spenden würden hineingehen. Nach Meinung meines Pflegevaters war diese Offenbarung so grausam, dass wir nicht in der Kirche bleiben konnten. Ob diese Offenbarung stimmte oder nicht, blieb weiterhin eine offene Frage, obwohl mehr als die Hälfte der Mitglieder die Kirche verlassen hatten. Später merkten wir, dass die Kirche von dem Gastpfarrer anfing, voll zu werden. Als wir alle das mitbekommen hatten, gingen wir wieder in die Kirche, außer meinem Pflegevater, der nichts mehr von der Kirche hören wollte. Die armen Gläubigen, die in die Kirche gekommen waren, um nach dem Heil ihrer Seelen zu suchen, gerieten leider in Verwirrung und blieben lieber zu Hause. Mein Pflegevater war ein Opfer.

Der älteste Sohn meines Pflegevaters konnte nach mehreren Monaten draußen, wo er durch Diebstahl und dunkle Geschäfte überlebt hatte, nach Hause zurückkehren, weil meine Tante meinen Pflegevater überzeugt hatte, dass er sein leibliches Kind nicht verleugnen dürfe. Pacome war nun wieder zu Hause und wir schliefen in dem Zimmer draußen auf dem Hinterhof. Er hatte regelmäßig Albträume und erzählte mir davon. Ich konnte ihn oft nicht ganz verstehen, weil ich noch ein Jugendlicher war und keine Erfahrung damit hatte, Träume zu interpretieren. Ich selbst hatte oft Albträume und nie daran gedacht, dass das etwas Anormales war. Wir fingen trotzdem beide an Angst zu haben. Wir beteten nun vor dem Schlafen, hatten aber immer noch Albträume. Meine Tante, mein Pflegevater und alle anderen Mitglieder der Familie hatten genauso Albträume. Wenn wir schliefen, hörten wir gegen Mitternacht Geräusche vom Dach und sie erschienen wie menschliche Schritte. Einmal sah mein Pflegevater am hellen Tag einen Leguan in seinem Zimmer, obwohl wir nicht neben dem Busch wohnten, sondern von anderen Häusern gut beschützt. Es sah sehr komisch aus. Mein Pflegevater tötete das Tier und verbrannte es. Wir hatten eine Katze und einen Affen zu Hause. Die Katze hatte Kätzchen zur Welt gebracht. Der Affe hatte eines von den Kätzchen gebissen und es blutete. In dem Zimmer der Jungen mochten wir das Radio anlassen, wenn wir schliefen. Beim Aufstehen wurde das Radio umgestellt, obwohl die Tür immer zugeschlossen war. Wir konnten merken, dass schlechte Geister in der Villa waren. Wir waren alle erschrocken und glaubten nun daran, dass die Villa, in der wir wohnten, ein Spukhaus war. Wir zogen in den nächsten Tagen um und wohnten nun in einer anderen Villa in einem anderen Viertel namens Ahougnassou.

Das Leben war wieder normal und mein Pflegevater entschied, sich nie wieder mit seiner Frau zu streiten und kein Kind mehr zu verprügeln. Ob das ein leeres Wort oder die Wahrheit war, musste noch geprüft werden. Mein Pflegevater war bei guter Laune humorvoll und wir wünschten uns, dass es so weiterging. Wir besuchten nun eine andere evangelische Kirche. Mein Pflegevater war wieder mit dabei und ging jeden Sonntag in den Gottesdienst. Sein Verhalten war auf jeden Fall besser als vorher. Wir fingen an, alle Schmerzen zu vergessen, und die Harmonie in der Familie war wieder da. Er bekam aufgrund seiner beruflichen Erfahrungen vom Staat mehr Geld. Damit kaufte er sich einen weißen Gebrauchtwagen von der Marke Toyota.

Am Ende des Schuljahres hatte ich sehr gute Noten in allen Klassenarbeiten bekommen und ging in die Klasse 5e oder das zweite Jahr auf dem Gymnasium. Ich war unter den besten Schülern meiner Klasse. Meine Lieblingsfächer waren Englisch, Geschichte, Landeskunde, Mathematik, Physik und Sport. Ich erinnerte mich daran, dass die Gewerkschaft der Schüler und Studenten aufgrund unbezahlten Taschengelds streikten. Trotz des Streiks wollte der Englischlehrer Unterricht halten. Fast alle Schüler waren darüber einig, den Unterricht zu boykottieren, außer einigen von ihnen. Ich gehörte zu der kleinen Gruppe, die Unterricht machen wollte. Ich mochte keine Schule schwänzen und das hatte ich, als ich klein war und meine Eltern noch am Leben waren, bei meinem leiblichen Vater gelernt. Er tolerierte keine Faulheit. Die Arbeit war ihm wichtig.

Mein Pflegevater war sehr streng, was die Erziehung betraf. Er erlaubte es uns nicht, Filme zu schauen, die unserem Alter nicht entsprachen. Einmal schaute die ganze Familie eine Fernsehserie, die schon zu unserem Alter passte. In einem Filmausschnitt küssten sich eine Frau und ein Mann. Ich saß vorne und fühlte mich verlegen. Meine Halbgeschwister saßen hinter mir und konnten schnell ins Zimmer gehen. Mein Pflegevater befahl mir mit einer lauten Stimme, ebenso sofort ins Zimmer zu gehen. Für meinen Pflegevater war die Sexualität ein Tabuthema, bis wir mit der Schulausbildung fertig wurden und anfingen, einen Beruf auszuüben. Dann durften wir uns als volljährige Leute benehmen. Solange wir noch unter seinem Dach lebten, mussten wir uns an die Regeln halten. Nach der Fernsehserie kam das Fernsehjournal. Der Journalist las die Schlagzeilen vor. Henri Konan Bedie, der aktuelle Präsident, der nach dem Tod des ersten Präsidenten an die Macht gekommen war, verabschiedete im Parlament ein Gesetz, durch welches die gebürtigen Bewohner der Elfenbeinküste vorrangig behandelt werden mussten. Das heißt, bei einer Arbeitssuche zum Beispiel mussten erst die Ivorer angestellt werden. Außerdem musste jeder, der kandidieren wollte, um Staatspräsident zu werden, von Vater und Mutter ivorisch sein. Dieses Gesetz verursachte Unruhen in der Elfenbeinküste. Es gab Demonstrationen und Spannungen innerhalb der Bevölkerung. Im Westen der Elfenbeinküste zum Beispiel gab es einen Krieg zwischen den Ausländern und Einheimischen, die ihr Land zurückforderten, was dem von dem ersten Präsidenten verabschiedeten Gesetz entgegenstand, der meinte, dass das Land dem gehöre, der es zur Geltung bringe. Die Ausländer hatten da ihr ganzes Leben verbracht und hatten Kinder und Plantagen. Sie konnten jetzt das Land nicht zurückgeben, nachdem sie es fruchtbar gemacht hatten. Nachdem viele Leute ums Leben gekommen waren, fanden sie einen Kompromiss, nämlich dass die Ausländer den Einheimischen jährliche Gebühren zahlen mussten. Trotzdem gab es weiterhin ein Misstrauen zwischen den beiden Gruppen. Die Ausländer brauchten einen Aufenthaltstitel, um legal in der Elfenbeinküste bleiben zu können. Dem Kandidaten der Partei RDR, dessen Vater aus Burkina Faso und dessen Mutter aus der Elfenbeinküste war, wurde die ivorische Staatsangehörigkeit abgelehnt. Er konnte sich nicht um das Präsidentenamt bewerben. Weil er mit dem Tode bedroht wurde, musste er ins Exil gehen. Das Land kannte viele politisch-gesellschaftliche Krisen. Die Studenten streikten aufgrund schlechter Lebensbedingungen ständig. Sie verbrannten viele parkende Autos und Busse. Sie schlugen die Fenster von manchen Autos und Bussen ein. Sie hinderten die anderen Schüler und Studenten daran, in die Schule zu gehen. Wenn ein Schüler oder Student erwischt wurde, wurde er von den Streikenden verprügelt. Die Staatsbeamten wurden nicht gut bezahlt. Die politische Atmosphäre und die gesellschaftlichen Probleme störten massiv den normalen Lebensgang und verunmöglichten ihn sogar. In den Fernsehnachrichten wurden Bilder zugunsten des Machtinhabers gezeigt. Wir erlebten eine Art Diktatur unter dem Deckmantel der Demokratie.

Auf der Suche nach größerem Wohnraum zogen wir wieder um. Außerdem gab es eine Verwandtschaft, die ihre Villa zu einem günstigen Preis vermietete. Wir wollten die Gelegenheit ergreifen. Die Villa befand sich in einem Wohnviertel von Bouake, wo die Prominenten der Stadt wohnten. Es gab überall Luxusvillen. Unsere Villa war die bescheidenste von allen Häusern in dem Viertel. Unser direkter Nachbar war der ehemalige Gesundheitsminister der Elfenbeinküste, der fast in einem Palast wohnte. Er fuhr vor unserem Haustor immer sein brandneues Auto mit abgedunkelten Fensterscheiben vorbei. Das Auto meines Vaters ging ständig kaputt. Die Reparaturkosten waren zu hoch, also kaufte er sich einen anderen blauen Toyota aus zweiter Hand. Wir gehörten zu den ärmsten Bewohnern des Viertels. Mein Pflegevater hingegen war sehr stolz und lebte oft über seine Verhältnisse. Wir hatten zwar genug zu essen, hofften aber auf eine bessere Zukunft. Neben dem Haushof befand sich ein grüner Bereich, den wir zu einem Gemüsegarten verwandelten. Das war die Idee meiner Tante. Ich half ihr dabei, den Boden zu pflügen und Okra, Feuerbohnen sowie Sojabohnen einzusäen.

Das Gymnasium befand sich nun nur 200 Meter von zu Hause entfernt. Ich musste kein Auto nehmen, um in die Schule zu gehen. Ich konnte bis 6:30 Uhr schlafen, wenn ich Unterricht um 7:00 Uhr hatte, weil ich nur fünf Minuten zu Fuß brauchte, um in die Schule zu gehen. In der Schule lief alles gut. Wir lernten unsere neuen Lehrer kennen. Sie waren alle offen und sympathisch. Jeder Lehrer gab uns seine Disziplinarprinzipien, die wir für das ganze Schuljahr beachten sollten. Ich war ein sehr schüchterner Schüler. Jedoch bewunderte ich eine Schülerin sehr, die am Eingang des Klassenraums in der ersten Reihe an der zweiten Tischbank saß. Sie war sehr gut in der Klasse und hatte die besten Noten. Nach dem ersten Vierteljahr war sie die Erste in der Klasse und ich gehörte zu den sechs besten Schülern. Ich wollte mit ihr plaudern und mich damit

mit ihr befreunden, aber ich war zu schüchtern dafür. Sie war sehr hübsch und intelligent. Sie redete sehr wenig und ging direkt allein nach Hause, wenn die Stunde aus war. Sie hatte keine Schulkameraden und war eine Einzelgängerin. Meine Schüchternheit war zu einer Beschwernis geworden. Ich überlegte und fand eine Strategie.

Ich musste in der Klasse besser als sie oder genauso gut wie sie sein, damit ich den Mut fassen konnte, sie anzusprechen. Ich lernte unaufhörlich meine Lektionen. Meine Tante verkaufte vor dem Haus Brot mit Gewürzen. Ich nutzte das aus, um etwas zu frühstücken, und stand in einer Baustelle daneben, wo niemand mich stören würde, um meinen Geschichts- und Erdkundestoff auswendig zu lernen. Was die anderen Fächer betraf, saß ich jeden Abend mit meinen Halbgeschwistern am Tisch und wir lernten zusammen. Trotzdem war ich nach dem zweiten Vierteljahr nur der Fünfte in der Klasse und Felicia war immer noch die Erste. Ich wollte ihr Geheimnis entdecken, denn ich schaffte es nicht, so gut zu sein. Es gelang mir, die Barrieren zu zerbrechen und mit ihr reden zu können. Sie war offener und freundlicher, als ich gedacht hatte. Meine Vorurteile waren falsch. Ich besuchte sie oft, um sie zu begrüßen, und spielte denjenigen, der ihr Heft ausleihen wollte, um ein paar Unterrichtsinhalte zu aktualisieren, die ich verpasst hätte. Tatsächlich hatte ich keinen Unterricht verpasst und wollte mich nur mit ihr anfreunden. Ich hatte dann herausgefunden, dass sie einen Nachhilfelehrer für sich allein hatte, der regelmäßig mit ihr lernte. Ich konnte es ohne Nachhilfestunde schaffen, unter den besten Schülern der Klasse zu sein. Also fand ich es nutzlos, mich mit ihr zu vergleichen, denn wir hatten verschiedene Ressourcen.

Jeden Sonntag fuhr mein Pflegevater mit meiner Tante in die Kirche. Er nahm drei Kinder mit, weil es nur vier Sitzplätze in seinem Auto gab, und alle anderen mussten mit öffentlichen Verkehrsmitteln fahren. Mein Pflegevater brachte noch den Sohn von dem Vermieter, Cousins, Cousinen und Tante unter. Ihm war es oft finanziell schwierig, über die Runden zu kommen, aber er versuchte immer, das Beste zu erreichen. Er bekam in der evangelischen Kirche eine Berufung. Er war Leiter der Gebetsgruppe der Erwachsenen, weil er vor dem Verlassen der Kirche getauft worden war. Zu dieser Zeit war er noch stellvertretender Direktor des Holzunternehmens. Weil er um Vergebung für seine Sünden gebetet hatte, konnte er wieder in der Kirche dienen. Wir wohnten mit meinem Pflegevater zu Hause und konnten merken, dass er noch Zeit brauchte, um andere Christen das Evangelium zu lehren. Er hatte mit seinen alten Sünden noch nicht vollständig abgeschlossen. Einmal sollte er für jemanden beten, der von einem Dämon besessen war. Als er seine Hände auf den Kopf des Besessenen legte und ein Befreiungsgebet für ihn sprach, brach mein Pflegevater plötzlich auf dem Boden zusammen. Ein anderes Mitglied der Kirche, das alles beobachtet hatte, kam zur Hilfe. Er musste für beide beten, damit sie endlich von dem Dämon befreit würden. Nach diesem Vorfall fing mein Pflegevater an, wieder zu zweifeln, statt seinen Glauben zu stärken und auszuharren. Das war für ihn eine große Schande und er ging fast nicht mehr in die Kirche. Er hörte nicht damit auf, Alkohol zu trinken. Trotz des Besuchs der Mitglieder der Kirche hielt er an seiner Entscheidung fest. Die Sünden begannen, wieder die Macht zu übernehmen. Eines Tages, nach einem Streit mit meiner Tante, verbot er allen Kindern, in die Schule zu gehen. Ich war das einzige Kind, das sich an dieses Verbot nicht hielt. Ich warf meine Schulsachen durch das Zimmerfenster, kam unbemerkt raus und ging in die Schule. Ich hatte an diesem Tag eine Klassenarbeit zu schreiben. Es kam für mich nicht infrage, die Klassenarbeit zu verpassen. Die Lehrer gaben keinem Schüler, der die Klassenarbeit verpasst hatte, die Chance, sie nachzuholen. Ich widersetzte mich diesem Befehl und dachte auch an die Konsequenzen. Ich wollte in der Schule immer sehr gute Noten bekommen und unter den Besten bleiben. Dafür war ich auch bereit, den Preis zu zahlen. Bei meiner Rückkehr verbot mir mein Pflegevater, Zugang zu dem Haus zu haben. Meine Tante griff für mich ein und mein Pflegevater ließ mich herein.

Ich war dem ersten Sohn meines Pflegevaters näher. Er war sehr klug und weiser. Er hatte vor allem mit Frauen viel Glück, obwohl er kein schöner Mann war. Für mich war es klar, er hatte ein Geheimnis. Er erzählte mir, dass man an Liebe glauben müsse. Man solle auch viel Geduld haben und vor allem positiv bleiben. Man dürfe auf gar keinen Fall aufgeben. Er konnte alles geben, wenn er in eine Frau verliebt war. Seine Geliebten waren alle gebildet und finanziell selbstständig. Ich fand seine Strategie sehr gut und wollte sie auch ausprobieren, aber ich war noch minderjährig und musste erst mit der Schulausbildung fertig sein und einen Beruf ausüben, wie mein Pflegevater es für uns alle wünschte. Mein Halbbruder versteckte vor meinem Pflegevater seine Liebesbeziehungen, weil er arbeitslos war und die Regeln für ihn auch zählten. Ich musste oft für Ortance, eine seiner Freundinnen, Provision machen, mit dem Geld, das er von ihr selbst bekam. Er liebte Ortance sehr und plante, mit ihr eine Familie zu gründen. Sie war sehr hübsch, schick und arbeitsam. Sie hatte ihren eigenen Friseursalon und verdiente damit viel Geld. Ihre Gelassenheit und Offenheit gefielen mir sehr.

Am Ende des Schuljahres ging ich in die Klasse 4e oder in das dritte Jahr auf dem Gymnasium. Ich war der Dritte in der Klasse und damit sehr zufrieden.

Unsere Physiklehrerin, die auch unsere Hauptlehrerin war, zog mit uns die Bilanz des Schuljahres, nämlich was gut gelaufen war und was nicht, gab den besten Schülern Geschenke und wünschte uns schöne Ferien.

Während der Ferien kam meine Halbschwester seitens meiner leiblichen Mutter zu uns zu Besuch. Sie sagte mir, meine leibliche Mutter wolle, dass ich die Ferien bei ihr in Bouafle bei meinem Onkel verbrächte. Ich freute mich darauf, meine leibliche Mutter nach zwei Jahren wiederzusehen. Ich reiste nach Bouafle, um sie zu besuchen. Ich war in Bouafle, als wir in den Fernsehnachrichten erfuhren, dass die Soldaten streikten, um bessere Lebensbedingungen und eine Lohnerhöhung zu fordern. Diese Soldaten waren unter der Bezeichnung »Zinzins und Baefoue« bekannt. Sie waren dem vorherigen Staatspräsidenten treu, der nach einem Putsch gegen Henri Konan Bedie an die Macht gekommen war. Er wollte die militärische Ausrüstung verstärken und damit gegen die anhaltende Unsicherheit kämpfen. Ihm gelang es, die Rate von Banditentum und Kriminalität zu reduzieren. Man konnte sicher und ohne Angst leben. Er hatte vor, die Wahl zu organisieren und sich zurückzuziehen. Zu der großen Überraschung der Bevölkerung bewarb er sich darum, auch Staatspräsident zu werden. Er wurde nicht von allen Ivorern gemocht, weil manche meinten, er sei ein Putschist. Viele hingegen mochten ihn und waren ihm dafür dankbar, dass er Ordnung ins Land gebracht hatte. Der Kandidat der Partei RDR, der im Exil war, kehrte ins Land zurück, um auf eine Veränderung zu hoffen. Leider organisierte Guei Robert, der Urheber des Putsches, eine Volksabstimmung, durch welche die Bevölkerung festlegen sollte, wer kandidieren durfte. Durfte Kandidat für die Präsidentenwahl werden, wer von Vater und Mutter ivorisch war, oder auch, wer nur von Vater oder Mutter ivorisch war? Die Mehrheit bestimmte, dass der Kandidat für die Wahl von Mutter und Vater ivorisch sein musste, was alle überraschte, weil der Kandidat der Partei RDR sehr beliebt war. Trotzdem musste er sich der Wahlentscheidung unterwerfen. Damit wurde er von der Wahl ausgeschlossen. Guei Robert kandidierte mit dem Stellvertreter einer der populärsten Parteien der Elfenbeinküste, nämlich der FPI. Nach der Verkündung der Wahlergebnisse gab es zwei Gewinner. Nach politischen Unruhen kam Laurent Gbagbo an die Macht. Die Soldaten, die ihm treu waren, waren unter anderem Rekrutierte, die von dem neuen Präsidenten nicht in die Armee integriert wurden und aus diesem Grunde streikten. Wir glaubten alle, dass es nur um den Streik ging, was aber nicht stimmte. Es ging auch darum, dass eine andere Gruppe von Soldaten, die jahrelang eine bewaffnete Rebellion vorbereitet hatte, die Gelegenheit ergriff, einen Teil des Landes zu besetzen. In dieser Situation hielt der Präsident, der an der Macht war, eine Rede, die leider schlecht interpretiert wurde, was zu einem Krieg zwischen den Rebellen und den Soldaten an der Seite der Regierung führte. Der Krieg begann in Bouake, wo meine Pflegeeltern noch waren. Nachdem sich die Lage durch die Eskalation von Gewalt und blutigen Auseinandersetzungen dramatisch verschärft hatte, flüchteten die Einwohner von Bouake nach ruhigen und sicheren Gebieten der Elfenbeinküste. Die Zivilen waren nicht ausgeschlossen. Jeder Bürger, der mit den Soldaten seitens des Präsidenten an der Macht war, wurde bis zum Tode verfolgt. Einer der Gründe dieser Eskalation war der folgende Satz in der Rede des Präsidenten an der Macht: »Wer mir eine Blume schenkt, dem schenke ich auch eine Blume. Wer mir aber mit einem Schwert entgegenkommt, dem werde ich auch mit einem Schwert entgegenkommen.« Dieser Satz entsprach einer berühmten Bibelpassage im Alten Testament, nämlich Auge um Auge, Zahn um Zahn. Der Präsident hatte das Alte Testament gelesen, denn er hatte auf diese Weise das Gesetz Moses erwähnt, das nur zu Wut, Zorn und Rache führen konnte. Er hatte vergessen, dass der erste Präsident der Elfenbeinküste immer an den Dialog appellieren sollte, egal mit welchem Problem die Elfenbeinküste konfrontiert war.

Wegen dieser Situation waren wir alle erschrocken und kommunizierten regelmäßig mit meinen Pflegeeltern. Sie blieben tagelang im Zimmer unter ihren Matratzen versteckt, ohne etwas zum Essen und Trinken. Die Supermärkte, Straßenmärkte, Lebensmittelläden und alle anderen Geschäfte hatten zugemacht. Draußen dröhnten die Schüsse von Kalaschnikows und Raketenwerfern. Wir hatten einen Hund zu Hause, der aus Hunger abgemagert war. Die Katzen waren ebenfalls hungriger geworden. Die Meerschweinchen und die Kaninchen wurden alle von meiner Familie getötet und aufgegessen.

Nun gab es nichts mehr zu essen. Sie mussten das Risiko eingehen und unter den Schüssen die Flucht ergreifen oder bleiben und verhungern. Meine Pflegeeltern suchten nach einem Weg zu fliehen. Inzwischen kündigte ein Hexendoktor den Rebellen an, der uns näher war und mit dem wir augenscheinlich gute Beziehungen hatten, dass mein Pflegevater ein Soldat an der Seite der Regierung sei, obwohl er politisch neutral war. Er war außerdem kein Soldat, sondern Umweltpolizist. Tatsächlich war der Hexendoktor ein Partisan der Rebellion und hatte oft mit meinem Pflegevater Missverständnisse. Die Rebellen schlachteten alle Soldaten, die für die Regierung waren. Die Rebellen kamen zu meinen Pflegeeltern, um meinen Pflegevater zu holen. Zum Glück irrten sie sich und klopften bei dem Nachbarn, der ihnen sagte, dass die Person, die sie suchten, längst umgezogen sei. Gott war an diesem Tag an seiner Seite. Er hatte Glück gehabt. Mein Pflegevater verkleidete sich und spielte den Narren. Es gelang meinen Pflegeeltern endlich, herauszukommen und die Stadt zu durchqueren. Es lagen überall Leichen von Menschen auf der Straße, die einen unangenehmen Geruch hatten. Sie ließen alles hinter sich, nämlich Autos, Kleider, den Hund, die Katzen, das Haus und die Möbel. Meine Tante musste ihre eigene Schneidewerkstatt mit fünf Schneidemaschinen zurücklassen. Sie hatte auch einen Mitarbeiter, der bei uns wohnte. Sie konnte ihn nicht im Stich lassen. Er musste auch mitfliehen. Man hatte keine Zeit, viel nachzudenken. Wichtiger war, die Stadt zu verlassen. Ich, meine Mutter, Onkel und andere Verwandte hielten sie im Gebet, dass ihnen nichts passierte. In einem Video, das im Fernsehen übertragen wurde, sahen wir einen Soldaten der Regierung, der von den Rebellen geschlachtet wurde. Man konnte sehen, wie er mit Schmerzen kämpfte und blutete. Das Video war grausam und wir waren alle in Panik versetzt. Ich hörte trotzdem nie damit auf zu beten. Ich hatte in meinem Leben noch nicht so viel für meine Pflegeeltern gebetet. Die Rebellion erweiterte sich zum Westen der Elfenbeinküste. Die Rebellen besetzten mehrere Städte und bildeten ihre eigene Ordnung.

Nach mehreren vergeblichen Versuchen, die Stadt zu verlassen, gelang es meinen Pflegeeltern, nachdem sie etwa hundert Kilometer gelaufen waren, eine sichere Zuflucht in einem Dorf zu finden, wo die Dorfbewohner ihnen etwas zu trinken und essen gaben. Sie erreichten zum Glück einen Bus, der überladen war, und fuhren damit erst nach Yamoussokro, der politischen Hauptstadt, und machten dann weiter ihren Weg nach Bouafle zu meinem Onkel. Alle waren gesund und munter in Bouafle angekommen.

Kapitel V:
Das Leben in Bouafle

»Wer anderen Gutes tut, dem geht es selber gut; wer anderen hilft, dem wird geholfen.« – Sprüche 11,25

Zur Bekämpfung krimineller Banden verhängte die Regierung zeitweise einen limitierten Ausnahmezustand und Ausgangssperren über das ganze Land. Einmal saßen wir alle um das Lagerfeuer herum, als der Mitarbeiter meiner Tante, der ein Cousin aus der Großfamilie war, auf Französisch rief: »cou au feu«, was auf Yacouba bedeutet: »Yamswurzeln im Feuer«. Er meinte damit: »Couvre feu«, was bedeutet: »Ausgangssperre«. Tatsächlich hatten wir alle vergessen, dass es 22 Uhr war, die Uhrzeit, zu der die Ausgangssperre anfangen sollte. Bevor wir uns dessen bewusst waren, dröhnten plötzlich die Böen der Waffen. Mein Onkel ließ sein Motorrad draußen und drängte sich mit seiner Frau zusammen durch die Haustür, die schmal war, sodass nicht beide zugleich hindurchpassten. Mein Pflegevater befand sich durch einen Sprung mit seiner Frau vor der Tür des Zimmers draußen, wo sie untergebracht worden waren. Gleich daneben waren zwei Zimmer für die Jugendlichen. Ich rannte schnell mit meinen Halbbrüdern und Cousins in die Zimmer. Die politische Situation der Elfenbeinküste war sehr beunruhigend. Wir hatten alle Angst. Meine Halbschwestern, Cousinen und meine leibliche Mutter schliefen in dem Zimmer innerhalb des Hauses. Direkt gegenüber war das Zimmer meines Onkels und seiner Frau. Jeder brachte sich so schnell wie möglich in Sicherheit. Die Polizisten auf Streife standen ein paar Minuten vor dem Haushof meines Onkels, stiegen in ihren Wagen und fuhren weiter. Am darauffolgenden Tag normalisierte sich das Leben wieder. Wir hatten alle gelernt, dass die Uhrzeit für die Ausgangssperre respektiert werden sollte. Zum Glück hatten die Polizisten nicht auf uns geschossen, sondern nur in die Luft. Es waren Warnschüsse. Es gab von nun an Krieg in der Elfenbeinküste. Das Land war gespalten. Einerseits der Norden, das Zentrum und der Westen, die unter der Kontrolle der Rebellen waren, und andererseits der Süden und Osten unter der Kontrolle der Regierung. Am Anfang glaubten wir, wir würden von einem fremden Land angegriffen, was aber nicht stimmte. Es ging um einen Angriff von frustrierten Ivorern, die in der Opposition waren und einiges forderten. Guei Robert, der Verlierer der Präsidentenwahl, wurde in seiner

Residenz in Abidjan ermordet, was keine Friedenslösung war. Im Fernsehen wurde eine Erklärung von dem Generalsekretär der Rebellion gegeben, der ein treuer Schüler und Partisan des Machtinhabers während des Kampfs gegen das totalitäre Regime des ersten Staatspräsidenten gewesen war. Er war zu unserer großen Überraschung sein schlimmer Feind geworden. Wir merkten alle, dass etwas dahinter steckte. So war der Generalsekretär ein Student im zweiten Jahrgang an der Englischfakultät und hatte nicht so viel Geld, um eine Rebellion zu finanzieren. Eine der wichtigsten Forderungen betraf die Teilnahme an der Präsidentenwahl von jedem Bürger, der in der Elfenbeinküste geboren und von Mutter oder Vater ivorisch war. Der Präsident, der am Anfang eine kriegerische Rede gehalten hatte, rief zu einer Beruhigung und zur Deeskalation auf. Dann wurde ein Raum für die Verhandlungen geschaffen, die in einer konstruktiven Atmosphäre verliefen und Fortschritte in zahlreichen Fragen ermöglichten. Die französische Armee intervenierte nach einem unterzeichneten Friedensvertrag mit der Elfenbeinküste, um die Überschreitung der Grenzen während der Verhandlungen zu vermeiden. Sie hielten die Situation aufrecht, statt eine sofortige Lösung zu finden. Die Suche nach dem Frieden war nun die wichtigste Sache. Der Präsident legte sein Regierungsprojekt in die Schublade und konzentrierte alle seine Anstrengungen darauf, nach dem Frieden zu suchen.

Es gab zu Hause so eine entspannte Stimmung, dass man dachte, wir seien in einer Herberge. Die Familienangehörigen liefen von überall herbei. Sie plauderten, lachten und die Freude trotz der politischen Krise war auf jedem Gesicht deutlich zu sehen. Das war eine Art Wiederbegegnung zwischen Familienangehörigen.

Meine leibliche Mutter war schwer krank und pflegte sich intensiv mit der traditionellen Medizin. Sie war ein oder zweimal im Krankenhaus gewesen und nun zu Hause, weil mein Onkel es finanziell nicht schaffte. Ihr ging es im Laufe der Zeit schlechter. Sie war abgemagert und verlor oft den Appetit. Trotzdem strengte sie sich an und unternahm kleine Aktivitäten. Sie verkaufte Yamswurzel, Maniokwurzeln und Gemüse aus der Plantage meines Onkels auf dem Markt und teilte die Gewinne mit ihm. Ich trug ihre Waren auf dem Kopf und transportierte sie so auf den Markt. Sie nutzte das Geld, um ihre Medikamente zu kaufen, was ihr viel dabei half, der Krankheit zu widerstehen. Ich hatte mit ihr Mitleid, konnte ihr finanziell aber leider nicht helfen. Ich war noch ein Schüler und bekam nur jeden dritten Monat aufgrund meiner Auszeichnung als sehr guter Schüler Taschengeld von 12.000 fcfa oder etwa 20 Euro vom Staat. Damit konnte ich nicht viel machen.

Da meine Mutter kein eigenes Feld besaß, rodete ich ihr ein Stück Land, das sie von meinem Onkel bekommen hatte, und baute Maniok, Mais und Erdnüsse an. Sie hatte mir sehr oft geholfen, die Stängel der Maniokwurzel mit einer Machete in Stücke zu schneiden und in den Boden zu graben. Am Vormittag war ich während der schulfreien Zeiten auf dem Feld meines Onkels und am Nachmittag auf dem von meiner Mutter. Wenn es auf dem Feld meines Onkels nicht viel zu tun gab, verbrachte ich lieber den ganzen Tag auf dem Feld meiner Mutter. Sie war manchmal mit auf dem Feld dabei und beschäftigte sich damit, mir etwas Leckeres zu kochen, während ich zum Beispiel mit der Hacke das Unkraut von den Mais-, Maniok- und Erdnusspflanzen entfernte. Manchmal gingen wir zusammen zum Teich fischen. Wenn wir einen Teich mit Fischen fanden, fanden wir einen Weg, den Bewässerungsteich zu entleeren. Oft nutzten wir die Eimer, wenn der Teich klein war, oder wir machten einen Weg mit der Hacke, damit das Wasser von selbst abfließen konnte. Wir fingen viele Fische, vor allem Welse, die wir nach Hause brachten. Trotz ihrer Erkrankung blieb meine Mutter hoffnungsvoll und glaubte noch daran, dass sie wieder völlig gesund sein könnte. Sie ging mit meinem Onkel zusammen in Kirche, wollte sich aber erst nicht taufen lassen. Sie ging parallel zu einer Priesterin, die ihr ein Gebetsprogramm gab, das sie beachtete. Die Priesterin offenbarte meiner Mutter einmal, dass unser Großvater für die Verehrung der Götter Masken angebetet hatte. Nun hatte er plötzlich damit aufgehört, diese Masken anzubeten, weil er katholischer Christ geworden war. Die Götter seien zornig. Deswegen gebe es viele Mitglieder der Familie, besonders Frauen, die im Jugendalter und Erwachsenenalter gestorben seien. Und meine Mutter sei die nächste Person auf der Liste. Die Dame hatte nicht gelogen, denn ihre Erzählung stimmte. Aber mein Großvater war doch Christ und es gab keine Verurteilung, wenn man neu geboren war. Für mich handelte es sich einfach um Aberglauben. Sie beruhigte meine Mutter und versprach ihr, dass der Gott, an den sie glaube, das nicht zulassen werde. Meine Mutter konnte wieder hoffen, denn sie war viele Male bei dem Arzt gewesen, der ihr nicht genau sagen konnte, woran sie litt, sondern nur Beruhigungstabletten verschrieb. Ich wusch die Schmutzkleider meiner Mutter. Oft erbrach sie sich in ihre Kleider, die ich mit Seife und der Hand wusch. Meine beiden Halbschwestern seitens meiner Mutter, die sie kurz besuchten, wollten ihr nicht näher kommen und weigerten sich, ihre Schmutzkleider zu waschen und sogar andere Aufgaben für sie zu erledigen. Sie sagten, das sei meine Aufgabe, weil ich ihr kleinerer Bruder sei. Ich war mir aber sicher, der Haushalt war gemäß der Tradition meiner Familie im Allgemeinen Frauensache und nicht die der Männer. Meine Mutter musste manche Kleidungsstücke wegwerfen, wenn niemand sie wusch. Sehr oft halft mir meine Tante, sie zu waschen. Ich machte einfach alles für meine Mutter. Ich war ihr gehorsam, nett und liebevoll. Sie war immer noch meine Vertraute. Ich liebte sie immer noch als meine Mutter, ohne dass ihre Krankheit daran etwas geändert hätte. Sie hatte mich zur Welt gebracht. Sie hatte dafür Schmerzen spüren müssen. Ich wollte ihr noch Hoffnung auf Leben geben. Wenn ich mein Taschengeld vom Staat bekam, gab ich ihr das ganze Geld, damit sie ihre Medikamente kaufen konnte und vor allem für einige Bedürfnisse aufkam. Meine Mutter glaubte an Heilung und bessere Lebensbedingungen wie diese Frau in der Bibel, die zwölf Jahre an Blutverlust gelitten hatte und noch daran glaubte, dass sie nur das Gewand von Christus anzufassen müsse, um geheilt zu werden.

Im Fernsehen wurde vom Erziehungsministerium angekündigt, dass die geflüchteten Schüler die staatlichen Schulen in sicheren Gebieten der Elfenbeinküste besuchen durften. Ich ging zum modernen Gymnasium von Bouafle. Ich war nun in der Klasse 4e oder im dritten Jahr auf dem Gymnasium. Ich musste eine zweite Fremdsprache außer Englisch lernen, denn jeder Schüler war verpflichtet, eine zweite Fremdsprache auszuwählen. Auf der Liste standen Deutsch und Spanisch geschrieben. Mir war es schwierig, eine Auswahl zu treffen. Es gab über die deutsche Sprache viele Vorurteile. Manche Schüler und Lehrer sagten, die deutsche Sprache sei fürchterlich, schwierig, die Grammatik und Aussprache seien kompliziert. Sie sei eine der schwierigsten Sprachen weltweit. Die Deutschen seien rassistisch und unverschämt. Wegen dieser Vorurteile hatte ich Angst davor, die Sprache zu lernen. Ich entschied mich fürs Spanische. Nach der Schulregel mussten die ersten angemeldeten Schüler Deutsch lernen. Ich war darunter. Wir gingen zum Schuldirektor und beschwerten uns, darauf sagte er uns, dass wir später wechseln könnten, wenn wir wollten. Einige Schüler blieben zu Hause und manche wechselten später wie erlaubt zu der Spanischgruppe. Wir waren nur wenige Schüler in der Deutschgruppe. Ich hatte nicht gewechselt, weil ich neugierig und damit vertraut war, dass ich etwas schaffen konnte, wenn ich wollte. Ich sagte mir auch, wo ein Wille war, war auch ein Weg. Ich wollte all diese Vorurteile entschärfen.

Mein Deutschlehrer ermutigte mich dabei und erzählte mir nur Schönes über die Deutschen und ihre Sprache. Er erzählte mir von seinem Aufenthalt in Deutschland, den Sehenswürdigkeiten, der Geschichte und Politik. Er berichtete mir auch, dass die Deutschen ein offenes und gastfreundliches Volk seien. All diese positiven Bewertungen hatten mich wieder motiviert und meine Angst war weg. Ich wollte nicht nur Deutsch lernen, sondern der beste Schüler in Deutsch sein. Ich wollte meinem Deutschlehrer nach der Schule viele Fragen stellen, vor allem über die Rechtschreibung, Wörter und gebräuchlichen Ausdrücke. Damit konnte ich meine Grundkenntnisse in Deutsch verbessern. Am Ende des Schuljahres war ich der beste Schüler in Deutsch mit 18 von 20 Punkten und der Erste in der Klasse oder den beiden Gruppen, nämlich Deutsch- und Spanischgruppe. Die beiden Gruppen trennten sich nur beim zweiten Fremdsprachenunterricht. Ich hatte nicht nur in Deutsch eine sehr gute Note, sondern in allen Fächern.

Das kleine Geschäft meiner Mutter lief sehr gut. Sie hatte viele Kunden, die regelmäßig Maniokwurzel, Yamswurzel und Gemüse bei ihr einkauften. Parallel dazu war die Erntezeit für die Felder meines Onkels, weil er früher gesät hatte. Ich, meine Halbgeschwister, Cousinen und Cousins halfen ihm dabei, Maniokwurzel und Yamswurzel zu ernten. Die Frau meines Onkels war auch sehr fleißig und sehr christlich. Sie hatte vor dem Haus auch einen kleinen Lebensmittelsladen geöffnet und er lief sehr gut. Wir transportierten die Ernte mit einem Schubkarren oder auf dem Kopf bis zu meiner Mutter auf den Markt zum Verkaufen. Mein Onkel mochte mich und ich bekam von seiner Seite nur Wertschätzung. Er plante sogar, dass ich bei ihm in Bouafle blieb, im Rahmen meiner restlichen Schulausbildung. Meine Mutter war aber dagegen und meinte, ich müsse nach dem Krieg mit meiner Pflegefamilie nach Bouake zurückkehren. Meine Mutter war seit dem Tod meines Vaters für mich am wertvollsten. Mit ihrer Idee war ich einverstanden.

Ich lernte einen Cousin kennen, der mich beeindruckt hatte. Er mochte philosophische Ideen. Er stimmte dem Zitat von Karl Marx zu, der gemeint hatte, die Religion sei das Opium des Volkes. Er rebellierte dagegen, dass der Sonntag ein Ruhetag war. An diesem Tag mussten nach den Regeln meines Onkels alle in die Kirche gehen. Mein Cousin ging nicht in die Kirche. Mit seinem Verhalten zog er einige Mitglieder der Familie zu sich an, die ebenso zu Hause blieben. Mein Onkel war oft wütend, aber respektierte seine Lebensart. Ich fing langsam an, mich wie mein Cousin zu benehmen, und ging am Sonntag spazieren, statt in die Kirche zu gehen. Meine Mutter ging ebenfalls nicht mehr regelmäßig in die Kirche und war eher zu Hause. Sie konnte weder lesen noch schreiben. Sie hörte vielmehr zu und war im Rahmen ihrer Bibelkenntnisse sehr beschränkt.

Ich lernte meine erste Freundin kennen. Sie war ein sehr hübsches Mädchen in der CM2 oder der Abschlussklasse an der Grundschule. Von dem Moment an, als sich unsere Blicke trafen, wollte ich sie sofort besser kennenlernen. Françoise war ein Mädchen von dem Baoule-Stamm und ihre Mutter war Animistin und praktizierte Komian oder die Verehrung von Geistern, von denen Menschen besessen sind und die ihnen viel mehr Kraft geben. Das war eine Tradition mit Ritualen zu Trance und Besessenheit. Nach dem Tod ihres Vaters lebte sie mit ihrer Mutter und ihren Geschwistern. Einer ihrer Brüder war Fischer von Beruf und ein anderer war in der Klasse 3e in einer Privatschule. Ein weiterer Bruder war körperlich und geistig beeinträchtigt. Er hatte eine körperliche Fehlbildung oder physische Anomalie, Sprachstörung und Intelligenzminderung. Er war nie angekleidet und konnte stundenlang im Sand sitzen. Einige behaupteten, er sei ein Hexenmeister. Niemand wollte ihm näherkommen. Er war verlassen und schlief oft draußen. Manche behaupteten, er sei von schlechten Geistern besessen. Ich war immer gerne mit Françoise zusammen. Ich mochte ihre Anwesenheit.

Jeden Abend saßen wir auf dem Stuhl unter dem Baum auf ihrem Haushof und plauderten. Ich dachte regelmäßig an sie. Ich konnte keinen Tag verbringen, ohne sie zu besuchen. Ich gab ihr kleine Geschenke, die sie schätzte. Wir küssten uns lange und sie freute sich, mich kennengelernt zu haben. Ich machte alles mit Françoise, außer Geschlechtsverkehr. Ich wollte noch warten. Ich wollte für sie ein idealer Mann sein. Ich hatte vor, sie zu heiraten, wenn ich mit der Schule fertig sein und einen Beruf ausüben würde. Sie war vierzehn und ich war siebzehn. Sie war auch damit einverstanden, dass wir noch warteten. Ich gab ihr oft Tipps, wie sie gute Noten in der Klasse bekommen konnte, denn sie hatte häufig schlechte Noten. Sie ließ sich ablenken und konzentrierte sich nicht darauf, jeden Tag ihre Lektionen zu lernen. Ich motivierte sie, es besser zu machen. Sie erklärte mir, dass sie oft Albträume habe. Um sie zu ermutigen, sagte ich ihr, es seien nur Träume, obwohl ich ihre Albträume komisch fand. Ich war noch jung, aber von dem Verhalten her weiser. Die anderen Jugendlichen des Viertels in meinem Alter wollten nur Spaß haben. Ich war eher seriös und erheblich. Sie erklärte mir alles, was ihre Familie betraf, und auch, mit welchen geistigen Problemen sie zu kämpfen hatte. Ich war ihr treu und sie war meine einzige Freundin. Einmal übergab ich ihr ein Geschenk, das ich für sie gekauft hatte. Sie fing plötzlich an, zu weinen. Ich fragte sie, was los war. Sie erzählte mir, dass ihr Bruder, der von Beruf Fischer war, im Fluss ertrunken war.

Der Wasserstand des Flusses Bandama war so gestiegen, dass er ins Wasser fiel. Er konnte nicht schwimmen, als das Kanu aufgrund des starken Wasserstroms umkippte. Ich tröstete sie und erzählte ihr von meinen gestorbenen Eltern. Ich sagte ihr, dass sie das Leben positiv betrachten sollte. Françoise war ihrer großen Schwester nun näher, die oft versuchte, sie abzulenken. Diese hatte einen Verlobten und ging gleichzeitig mit meinem Großhalbbruder Pacome fremd, dem sie Geld und Geschenke brachte. Aus diesem Grunde ließ ich Françoise nie alleine.

Zu Hause stritten sich mein Onkel und meine Tante, weil mein Onkel meinte, er habe so viele Leute unter seiner Verantwortung und könne es finanziell nicht leisten. Die meisten Leute bei meinem Onkel waren Flüchtlinge, aber eben auch Familienangehörige. Er bekam für seine Hilfeleistung jedoch kein Geld vom Staat. Er kam allmählich in finanzielle Schwierigkeiten. In dieser Situation mietete mein Pflegevater für meine Tante eine Wohnung, in der meine Tante mit meinem kleinen Halbbruder Romaric, meiner Cousine und meiner Pflegeschwester wohnte. Ich wohnte immer noch bei meinem Onkel, weil ich bei meiner Mutter bleiben wollte. Mein Pflegevater pendelte zwischen Bouafle und Abidjan, der wirtschaftlichen Hauptstadt, weil die Regierung alle geflüchteten Staatsbeamten, die ihren Besitz verloren hatten, entschädigen wollte.

Außerdem war er in Verhandlungen, um nach Abidjan versetzt zu werden, denn es gab ein Programm der Neuaufteilung der geflüchteten Staatsbeamten in den sicheren Gebieten des Landes. Der Gesundheitszustand meiner Mutter wurde schwieriger. Der Antrag auf eine Genehmigung für die neue Arbeitsstelle meines Pflegevaters in Abidjan wurde positiv beschieden. Einige Familienmitglieder, die bei meinem Pflegevater wohnten, blieben noch in Bouafle, weil sie entweder einen neuen Weg gehen wollten oder schon andere Möglichkeiten gefunden hatten. Ich wollte bei meinem Onkel bleiben, denn ich fand meinen Pflegevater zu streng. Dann führte meine Mutter ein Gespräch mit mir:

– »Eric, komm mal her, bitte!«
– »Hier bin ich, Mama.«
– »Gut, du siehst selbst die vorliegende Lage. Dein Onkel beschwert sich gerade, dass eine Menge Leute bei ihm wohnen und er es nicht weiterhin schaffen kann. Ich hätte gerne, dass du in Bouafle bei mir bleibst, aber ich bin im Laufe der Zeit pessimistisch wegen meines Gesundheitszustands geworden. Ich weiß nicht, wie lange ich noch leben werde. Bleibst du hier, wird mein großer Bruder dich zu einer Arbeitskraft auf seinen Feldern machen. Und er wird dir keinen Lohn dafür zahlen. Ich kenne ihn, er ist geldgierig. Außerdem hatte dich dein Vater vor seinem Tod dem Freund meiner großen Schwester anvertraut. Er ist nicht nur dein Pflegevater, sondern wie dein leiblicher Vater geworden. Du musst Positives über ihn erzählen.«

Meine Mutter sprach mit einer leisen Stimme. Sie war schwer krank. Sie sprach mit mir, während sie auf einer Matte lag. Sie strengte sich jetzt vergeblich an, ihren Geschäften nachzugehen. Sie musste oft den ganzen Tag auf der Matte verbringen. Jedoch glaubte sie an Gott, denn unser Glaube musste nicht groß sein, sondern wie ein Senfkorn. Sie gab oft Zeugnis davon, dass Gott ihr geholfen hatte, als sie zu einem Zeitpunkt einige Schritte zur Genesung machte. Nun hatte sich ihre Lage verschlimmert. Meine Mutter wollte erst wieder genesen, bevor sie sich taufen ließ. Hatte der Gott der Erbarmung sie vergessen? Ihre Stille erschrak mich. Ich fing an, mit ihr Mitleid zu haben. Ich fühlte mich ihrer Situation gegenüber machtlos. Hätte ich zaubern können, so hätte ich ihr gegeben, was ihr am meisten auf dem Herzen lag.

Nachdem ich eine Zeit lang über die Ratschläge und Empfehlungen meiner Mutter nachgedacht hatte, gab ich ihr eine Antwort:

– »Okay, Mama, verstanden. Du weißt, ich respektiere dich und will dir immer gehorchen. Du bist mir wertvoll und ich wünsche dir vom Herzen immer das Allerbeste.«
– »Sorge dich nicht um mich. Ich glaube nicht, dass ich noch lange leben werde. Sollte es anders sein, würde es ein Wunder sein.«

Auf diese Worte hatte ich Tränen in den Augen. Ich brach die Schule auf dem modernen Gymnasium ab, wo ich als einer der besten Schüler ausgezeichnet worden war, und entschied, mit meiner Tante, zwei von meinen Pflegebrüdern, einer meiner Halbschwestern und meiner Cousine nach Abidjan zu meinem Pflegevater zu reisen, der schon vor Ort war. Er hatte eine Zwei-Zimmer-Wohnung gemietet und wartete auf unsere Ankunft. Meine leibliche große Halbschwester, der Mitarbeiter meiner Mutter und andere Pflegegeschwister waren in Bouaflé geblieben. Ich hatte mich nicht bei Françoise verabschiedet, weil ich es kaum aushalten konnte, dass sie vor mir weinte.

Ich liebte sie sehr, aber ich war nicht selbstständig und ihre Tränen hätten mich nicht behalten können.

Kapitel VI:
Das Leben in Abidjan
und meine Reise nach Deutschland

»Wichtiger als alles andere ist die Liebe. Wenn ihr sie habt, wird euch nichts fehlen. Sie ist das Band, das euch verbindet« – Kolosser 3,14

Mein Pflegevater hatte schon wieder mit der Arbeit angefangen. Wir wohnten in dem Viertel Unicafe, das zur Gemeinde Ayama gehörte und an Abobo, die bevölkerungsreichste Gemeinde von Abidjan, grenzte. Er hatte mit dem Verfahren des Neuorientierungsprozesses angefangen. Er musste einige bürokratische Angelegenheiten erledigen, was ihn Energie, Geld und Zeit gekostet hatte, damit wir, das heißt ich und meine Cousine, das Gymnasium wechseln konnten. Ich mochte die Entschlossenheit und den Willen meines Pflegevaters, dem es endlich gelang, uns am modernen Gymnasium von Ayama anmelden zu lassen. Sollte es scheitern, müsste er uns eine Privatschule finden, denn wir waren aufgrund des Umzugs schon von dem modernen Gymnasium Bouafle exmatrikuliert. Meine Halbschwester und meine Halbbrüder waren noch an der Grundschule. Aus diesem Grunde waren die Verfahren für sie unkompliziert.

Ich war nun Schüler auf dem modernen Gymnasium von Ayama, aber bekam leider aufgrund des Abbrechens der Unterrichte auf dem modernen Gymnasium von Bouafle und des Wechsels des Gymnasiums kein Taschengeld mehr vom Staat. Ich fing viel später als meine Mitschüler mit der Schule an, aufgrund des ganzen Prozesses. Ich hatte viele Unterrichtsstunden verpasst und musste Inhalte von den Heften der anderen Schüler kopieren, was sehr anstrengend war. Ich lebte mich langsam ein. Ich war in der Klasse 3e oder im vierten Jahr auf dem Gymnasium und sollte am Ende des Schuljahres eine Prüfung (mit dem Realschulabschluss vergleichbar) ablegen, um in die Klasse namens Second zu gehen. Mir war am wichtigsten, die Prüfung zu bestehen. Ich lernte stets meine Lektionen.

Der ivorische Staat entschädigte alle geflüchteten Beamten, die nun in den sicheren Gebieten der Elfenbeinküste lebten und arbeiteten. Mein Pflegevater kaufte dann so ein Grundstück in Ayama. Wir lobten dieses Verhalten meines Pflegevaters, denn er mochte Autos und hätte das Geld auch nutzen können, um den Kauf eines Autos zu finanzieren. Seine beiden Gebrauchtwagen waren in Bouafle geblieben, als die Familie das Gebiet wegen des Krieges verließ. Er hatte deswegen keine Lust darauf, wieder ein Auto zu kaufen. Er nutzte öffentliche Verkehrsmittel. Gegenüber unserer neuen Wohnung befanden sich große Regenplanen, unter denen sich täglich hunderte Leute versammelten, zu einer spirituellen Beratung oder um den Ruhetag zu heiligen, wenn es ein Sonntag war. Ich war offen gesagt von der Menge an diesem Ort fasziniert. Die Prophetin Brou Patricia bot allen Besuchern eine spirituelle Beratung, indem sie ihnen nach einer Offenbarung über ihr Leben empfahl, zu fasten und zu beten. Sie sagte ihnen auch, wie lange sie fasten und beten sollten. Das hing damit zusammen, wie relevant ihre Situation war. Es gab beeindruckende Zeugnisse. Leute wurden auf wunderbare Weise von unheilbaren Krankheiten wie zum Beispiel Aids, Hepatitis B, Nierenversagen geheilt. Die Gelähmten gingen, die Blinden konnten wieder sehen, die Hexen wurden öffentlich enthüllt und davon befreit, alle Reiseprojekte wurden erfüllt und die Arbeitslosen fanden Arbeit. Sie hatte sogar eine Prophezeiung gegeben, gemäß welcher Laurent Gbagbo zum Präsidenten der Elfenbeinküste gewählt werden sollte. Viele zweifelten an dieser Prophezeiung, die aber endlich in Erfüllung ging. Sie tat das alles durch den Namen und die Macht Jesu Christi. Sie hörte nie damit auf, zu sagen, dass Jesus Christus wieder vom Tod auferstanden war. Ich konnte selbst sehen, wie wunderschön das alles aussah. Ich hatte oft Gänsehaut bei manchen Wundern. Viele glaubten nicht daran und sagten, dass sie eine Zauberin sei. Ich erkundigte mich über ihre Lebensgeschichte. Sie hatte jedoch alles wohlverdient. Von klein auf hatte sie selbst eine angeborene Gabe. Sie konnte schon früh Leuten spirituell helfen und von ihrem Leben erzählen, sogar von den verborgensten Details. Danach hatte sie sich entschieden, Christin zu sein. Sie wurde von ihren Eltern und ihrer Umgebung verleugnet. Sie hatte geheiratet und schlief in einer Kammer mit ihrem Mann und ihrer Tochter. Sie hatte eine Nadel, mit der sie die Schuhe ihrer Tochter nähte, wenn sie kaputt gingen, weil sie mit vielen finanziellen Schwierigkeiten konfrontiert war. Sie wurde oft aus ihrer Wohnung rausgeworfen, weil sie die Miete nicht zahlen konnte. Leute machten sie zur Lachnummer, wohin sie ging, weil ihr Mann fast im Alter ihres Vaters war. Sie führten trotzdem ein frommes Leben, fasteten und beteten. Beide hatten vor mehreren Jahren in ihren jeweiligen Kirchen eine Offenbarung erhalten, durch welche sie zum Dienen Gottes berufen worden waren. Ich konnte nun verstehen, warum sie die Gottesmacht so machtvoll verspürte. Trotzdem erzählten Leute weiter, dass sie vom Python-Geist besessen sei. Sie hatte viele davon durch die Macht Gottes überzeugt und für das Christentum gewonnen. Wir waren sonntags bei der Prophetin für den Gottesdienst, außer meinem Vater, der nichts damit zu tun haben wollte. Sie hatte für unsere Familie offenbart, dass meine Pflegeeltern um Vergebung für ihre Sünden bitten und um die Gnade Gottes flehen sollten. Trotz aller Wunder, die Gott durch die Prophetin geschehen ließ, wollten Leute sie umbringen, vor allem die Mitglieder der Oppositionsparteien, die meinten, Laurent Gbagbo sei dank ihr an die Macht gekommen. In einer Nacht konnten wir schweres Geschützfeuer hören, das fast alle Einwohner der Gegend aufgeweckt hatte. Am darauffolgenden Tag war der Gottesdienst. Ich war auch mit dabei. Die Prophetin gab ihr Zeugnis von dem, was Gott für sie in dieser Nacht gemacht hatte. Sie hatte Besuch von schwer bewaffneten Menschen bekommen, die ihr befohlen hatten, ihnen nachzufolgen, weil sie damit beauftragt worden waren, sie zu ermorden, aufgrund ihrer Komplizenschaft mit den Machtinhabern. Sie hatte sofort die Flucht ergriffen, dann hatten die Auftragsmörder auf sie geschossen. Alle Pastoren und andere Gottesdienstleister, mit denen sie arbeitete, hatten sich versteckt. Sie hatte diese Nacht ein weißes Gewand angehabt. Die Kugeln waren direkt in die Taschen ihres Gewands geflogen. Sie zeigte uns die Kugeln. Die Auftragsmörder hatten sie in der Nacht mit Nachtsichtbrillen gesucht und nicht gefunden. Sie war dagestanden und die Auftragsmörder hatten sie gefragt, in welche Richtung die Prophetin geflohen sei. Während sie ihr Zeugnis gab, konnte man in ihrer Stimme die Enttäuschung deutlich spüren. Sie war nur ein Kanal und eine Bote Gottes. Sie plante nach diesem Angriff nach Frankreich zu reisen, weil Gott ihr dieses Land als verheißenes Land offenbart hatte.

Zu Hause war das Leben relativ ruhig. Neben dem Gebetslager der Prophetin öffnete meine Pflegemutter ein Restaurant, wo sie Attieke, frittierte Kochbananen und gebratene Fische verkaufte. Die meisten ihrer Kunden waren die Besucher des Gebetslagers. Die Kinder, die meine Tante mit ihrem ersten Mann gehabt hatte, waren nun Studenten an der Universität in Abidjan und besuchten sie oft, um sie entweder zu grüßen oder ihr ein finanzielles Problem zu erklären. Mein Pflegevater griff in diesem Rahmen ein und beseitigte manche finanziellen Schwierigkeiten.

In der Schule schaffte ich mit Mühe das erste Vierteljahr, weil ich mit Verspätung das Schuljahr begonnen hatte. Meine Noten waren befriedigend, obwohl ich in der vorherigen Klasse sehr gute Noten hatte. Es gab eine große Lücke, derer ich bewusst war, und ich wollte unbedingt wieder meine Schulleistung verbessern. Aus diesem Grunde verbrachte ich die ganze Zeit damit, Aufgaben zu machen. Ich ging meinen Cousins an der Universität auf den Wecker, damit sie mir ein paar Aufgaben erklärten, die ich nicht verstand. Ich besuchte regelmäßig den Englischclub, um meine Sprachkenntnisse zu verbessern. Ich machte den jüngsten Schüler meiner Klasse zu einem Freund, weil er sehr gut in Mathe, Physik und Biologie war. Oft teilte ich mit ihm mein Frühstück und lieh ihm Geld, wenn er keines dabei hatte. Damit wurde ich der beste Freund von Ake, obwohl viele Schüler auf ihn neidisch waren und es nicht akzeptierten, dass er so jung und der beste Schüler der Klasse war. Ich verteidigte ihn und war für ihn ein Schutz, denn die Ältesten der Klasse wollten höchstpersönlich mit ihm abrechnen. Ich hatte nur ein Ziel, nämlich dass er mit mir seine Geheimnisse in Mathe und Physik teilte. Ich fand heraus, dass ihm sein großer Bruder, der Physik und Chemie an der Universität studierte, viel geholfen hatte, die Aufgaben zu verstehen und zu lösen. Ich besuchte ihn regelmäßig in den schulfreien Zeiten zu Hause und wir lernten gemeinsam. Falls sein großer Bruder da war, griff er bei komplizierten Mathe- und Physikaufgaben oft ein. Wegen des Englischclubs wurde ich sehr gut in Englisch und erklärte ihm auch ein paar Aufgaben, weil er sehr schlecht in Englisch war. Meine Deutschkenntnisse waren befriedigend geworden, denn ich hatte viele Unterrichtsstunden aufgrund des Umzugs nach Abidjan verpasst. Es gab leider keinen Deutschclub. Es gab nur einen Deutschlehrer auf dem ganzen Gymnasium und er schaffte es zeitlich nicht, einen Deutschclub zu gründen und zu betreuen. Er erzählte uns Schönes über die deutsche Sprache und brachte in die Klasse oft ein Tonbandgerät, das er von seiner Gastfamilie während seines Sprachaufenthalts in Deutschland bekommen hatte. Meine Freundschaft mit Ake war ein richtiger Austausch. Ich erhielt etwas von ihm und ich gab ihm etwas zurück.

Mein Pflegevater hatte für mich nicht alle Bücher gekauft, obwohl ich sie dringend brauchte. Ich ging zur Schule zu Fuß und sparte das Geld für die Fahrkosten. Damit kaufte ich mir ein Physikbuch, Hefte und einige Annalen, um mich auf die Abschlussprüfung vorzubereiten. In der Klasse bekam ich wieder sehr gute Noten und war mit meiner Schulleistung zufrieden.

Während dieser Zeit dachte ich viel an Françoise. Ich merkte, ich liebte sie noch. Das war die Zeit, in der es die ersten Modelle von Handys gab, die aber sehr teuer waren. Françoise war genauso wie ich aus einer armen Familie. Es bestand keine Möglichkeit, mit ihr telefonisch zu kommunizieren. Das Leben hatte uns getrennt. Ich konnte mich noch daran erinnern, als wir uns küssten und kuschelten. Wir beide hatten keinen Sex, da wir noch minderjährig waren und erst heiraten wollten. All diese Projekte waren nun leere Worte, als ich von einer meiner Cousinen von der Großfamilie, die uns kurz besuchte, erfuhr, dass Françoise mit ihrer Zustimmung von zwei Jugendlichen in meinem Alter gleichzeitig entjungfert worden war. Ich konnte mir es nicht vorstellen, dass Françoise so ein wahnsinniges Verhalten hatte an den Tag legen können. Sie hatte das zugelassen. Ich war gleichzeitig eifersüchtig und aufgeregt. Ich wollte höchstpersönlich mit diesen Jugendlichen abrechnen. Nach dieser Cousine hätte sie die Szene spät in der Nacht mit zwei weiteren Cousinen angeschaut. Alles war unter einem kleinen Hangar nicht weit von dem Baum geschehen, unter dem ich Françoise geküsst und mit ihr gekuschelt hatte. Wieso konnte Françoise so etwas erlauben? Am Anfang glaubte ich nicht daran, dass sie so etwas machen konnte. Da es mehr als einen Zeugen gab, nahm ich die Sache aber ernst. Ich war tief enttäuscht. Ich weinte und war auf Françoise und mich selbst sauer. Ich hätte die Empfehlung meiner Mutter ablehnen und bei Françoise bleiben können. Ich hätte mir dessen bewusst sein können, dass ich ein Schutz für Françoise war. Einmal von mir entfernt, geriet sie ins Unvorstellbare. Ihr hatten meine Tipps nicht gefehlt, sondern meine physische Anwesenheit. Ich war mir völlig sicher, dass so etwas nicht hätte passieren können, wenn ich noch bei ihr in Bouafle gewesen wäre, denn ich hatte sie schon vielmals daran gehindert. Für mich kam es nicht infrage, dass ich noch auf sie hoffte. Ich machte mit ihr Schluss und hörte langsam damit auf, an sie zu denken.

Mein Pflegevater verfiel wieder dem Alkohol und machte sich zu Hause manchmal sehr unverständlich. Wir fragten uns, was mit ihm los war. Er hatte eine Entschädigungsprämie für seine verlorenen Sachen vom Staat bekommen. Er hatte also keine Geldprobleme, aber blieb, wie er war. Er hatte sein Verhalten nicht verändert. Wenn er betrunken nach Hause kam, war meine Tante trotz ihrer Demut die Beute von Beleidigung und Schande. Von diesen Beleidigungen waren alle, die unter seinem Dach wohnten, nicht ausgeschlossen. Ich hatte ein Ziel, nämlich meine Abschlussprüfung mit besten Noten zu bestehen, um weiterhin auf dem Gymnasium bleiben zu können, denn ich würde nur in eine Privatschule geschickt werden können, wo man Schulgebühren bezahlen musste, wenn ich die Prüfung mit durchschnittlichen Noten bestehen würde. Mein Pflegevater würde für mich aber keine Schulgebühren bezahlen, denn die Privatschulen waren teuer.

Einmal kam mein Pflegevater betrunken nach Hause und fing an, sich mit meiner Tante zu streiten. Während er sie verprügelte, ergriff sie die Flucht. Benjamin, der älteste Sohn meiner Tante, den sie mit ihrem ersten Mann gehabt hatte, war an diesem Tag anwesend. Er blieb unparteiisch, bis mein Pflegevater seinen leiblichen, bereits gestorbenen Vater beschimpfte. Mein Pflegevater hielt dessen leiblichen Vater für einen Feigling und wertlos, ansonsten wäre er seiner

Meinung nach bei seiner Mutter geblieben. Der erste Mann meiner Tante war ein Zollbeamter. Er hatte viel Geld gehabt und meiner Tante alles gegeben, was sie brauchte. Sie war trotzdem mit meinem Pflegevater fremdgegangen, als ihr Mann lange schwer krank war, was mit seinem Tod zusammenfiel. Mein Pflegevater war der beste Freund des Vaters meines Cousins. Also stimmte seine Beleidigung nicht. Vielleicht war er auf den leiblichen Vater neidisch oder bereute es, mit der Frau seines besten Freundes fremdgegangen zu sein. Es war ganz klar, mein Pflegevater stand unter dem Fluch. Mein Cousin konnte das nicht weiter aushalten und prügelte sich mit meinem Pflegevater. Er verletzte ihn an der Stirn. Als meine Tante die Wohnung wieder betrat und das sah, fiel sie auf ihre Knie und bat um Verzeihung. Egal, was passierte, mein Cousin durfte ihren Mann nicht schlagen, denn das Ältestenrecht galt in unserer Kultur. Mein Pflegevater verfluchte meinen Cousin und befahl ihm, nie wieder seine Wohnung zu betreten. Mein Cousin durfte nie wieder seine Mutter besuchen. Mein Pflegevater sprach deswegen monatelang nicht mit meiner Tante, bis Verwandte uns besuchten und die beiden versöhnten. Diese Verwandtschaft war ein Onkel, der in Abobo, der Gemeinde daneben, wohnte und im Lotto sechs Millionen Franc cefa gewonnen hatte. Mit dem Geld gründete er sein eigenes Taxiunternehmen und war noch reicher geworden. Was meinen Cousin betraf, hatte mein Pflegevater ihm noch nicht vergeben und er durfte uns deswegen bis auf Weiteres nie wieder besuchen.

Die Nachrichten betreffs des Gesundheitszustands meiner Mutter wurden schlechter. Sie kam nach mehreren Jahren schwerer Erkrankung schließlich ums Leben. Meine Mutter war gestorben, ohne Geld auf dem Konto zu haben. Das Einzige, was sie hatte, war das Feld, das ich für sie bestellt hatte. Das war genau in der Erntezeit. Bevor sie starb, war meine Tante bei ihr zu Besuch. Meine Mutter hatte ihr eine Segnung für mich gegeben: »Sag meinem Sohn Eric, dass er sich keine Sorgen machen muss. Er war mir treu und gehorsam. Er wird bis zur Universität studieren und danach arbeiten.« Ah, wie ungerecht das Leben manchmal war. Ich hatte für meine leibliche Mutter viel Schönes vor. Ich wollte mit der Schule fertig werden, studieren und arbeiten, damit ich ihr finanziell helfen könnte. Ich fühlte mich allein. Ich hatte geweint und wieder geweint. Ich weinte immer noch. Ich hatte nun nur noch meinen Pflegevater und meine Tante, die sich stritten und miteinander nicht zurechtkamen. Hatte der Himmel mich vergessen? Warum musste ich nur weinen? Ich hatte alle möglichen Tränen vergossen. Ich spürte in mir eine Leere. Ich wollte auch gleich sterben. Ich war die Beute von Leiden und Schmerzen.

Meine Mutter hatte nie aufgegeben. Trotz ihrer Erkrankung war sie mutig, fleißig und hoffnungsvoll. Sie war nicht mehr und gehörte einer anderen Welt an. Kurz nach dem Tod meiner Mutter wurde ich krank. Ich war in der Schule im Unterricht, als ich anfing, Fieber zu haben. Ich war auch erkältet. Ich ging zum Schularzt, der mir sagte, es sei nicht schlimm. Es sei nur der Anfang einer grippalen Infektion. Er schrieb mir ein Rezept über 6.000 fcfa oder 7 Euro aus. Ich ging nach Hause und zeigte meinem Pflegevater das Rezept. Er beschimpfte mich und nahm das Rezept. Er ging zur Apotheke und kaufte nur einen Hustensirup. Den Rest der Medikamente ließ er einfach und sagte, es fehle in der Apotheke an diesen Medikamenten. Am folgenden Tag ging ich wieder zum Schularzt. Er konnte nicht verstehen, dass es in den Apotheken an Fiebertabletten fehlte. Er warf mich raus. Ich konnte nachvollziehen, dass mein Pflegevater es ablehnte, meine Medikamente zu kaufen. Er erzählte zu Hause oft, dass wir sein Geld verschwendeten. Ich ging zu meiner Tante, die sich auch an diesem Tag mit meinem Pflegevater gestritten hatte. Sie beschimpfte mich und sagte, sie habe die Nase voll und wolle nicht mehr diese Beziehung mit meinem Pflegevater. Ich fühlte mich einsam und verlassen. Ich blieb zu Hause, ohne Krankschreibung, weil der Schularzt meinte, es sei nicht schlimm. Das Fieber fing an, hochzusteigen. Ich weinte und fragte mich, warum diese Familie mich adoptiert hatte. Ich ging wieder zu meiner Tante, die mir diesmal ins Gesicht sagte, meine Mutter könne mich abholen, sie schaffe es nicht mehr. Danach aber holte sie mir eine Baumrinde, mit der sie einen Saft machte, und kaufte mir Tabletten bei den Straßenverkäuferinnen. Darauf wurde ich wieder gesund und ging wieder zur Schule. Mein Pflegevater intensivierte zu Hause die Streitigkeiten und war immer betrunken. Ich war müde. Das Leben machte mir gar keine Freude. Ich musste alles verdienen, denn ich konnte es nicht aushalten, dass zu Hause kein Frieden herrschte. Einmal ging ich raus und wollte irgendwohin gehen, dorthin, wo ich meinen Frieden haben konnte. Ich war irgendwohin mit einem Stift und einem Heft spazieren gegangen. Ich setzte mich auf eine Tischbank. Ich riss ein Blatt von dem Heft ab und fing an, einen Brief an meine gestorbenen Eltern zu schreiben:

»Liebe Eltern,
Es ist sehr schmerzlich für mich, ohne euch alle zu leben. In meinem Herzen ist es immer leer. Manchmal fühle ich mich, als seien mir die Beine und Hände abgeschnitten worden. Ich möchte zu euch kommen, aber ich kann nicht. Ohne euch ist meine Welt zerstört. Ich vermisse die Freude des Lebens, das wir bis zum Tod von Sylvie zusammen geführt haben. Nun seid ihr für immer fort und ich

werde keinen von euch je wiedersehen, aber in meinem Herzen und in meinen Tränen werde ich mich immer an euch erinnern. Es gibt so viele Dinge, die ich euch gerne sagen würde, aber ich kann sie nicht niederschreiben. Ich verfasse diesen Brief, um die Worte zu sagen, die ich nie im Leben aussprechen wollte, aber ich muss es tun. Da, wo ihr seid, hört nie damit auf, für mich zu beten. Mir fehlt langsam die Kraft, wegen der Schmerzen, des Leidens und der Sorgen dieser Welt. Ihr habt mich bei einer Pflegefamilie hinterlassen, die nicht so ist, wie ich es mir ausgedacht habe. Lebt wohl, ihr alle. Ich wünschte, ihr könntet mich hören.

In Liebe

Tiemoko Eric«

Ich kaufte mir in einem Shop einen Briefumschlag, steckte den Brief hinein und warf ihn auf die Straße. Vielleicht hat ein Passant ihn aufgesammelt und mich im Gebet gehalten oder ihn einfach in die Mülltonne geschmissen, denn auf dem Brief standen gar keine Kontaktdaten. Das war ein anonymer Brief.

Ich bestand mit sehr guten Noten meine Abschlussprüfung und wurde aufs moderne Gymnasium von Abobo geschickt. Mein Vater plante nach Abobo umzuziehen. Aus diesem Grunde hatte ich das moderne Gymnasium Abobo als erste Option ausgewählt. Mein Pflegevater und meine Tante freuten sich sehr über meinen Erfolg in der Abschlussprüfung. Ich reichte meinem Pflegevater mein Zeugnis, das er sorgfältig bewahrte.

Wir bewohnten nun das Viertel Avocatier der Gemeinde Abobo. Während der Schulferien half ich meinem Pflegevater auf der Plantage. Er hatte ein Stück Land in einem Dorf etwa fünfzehn Kilometer von Abidjan entfernt gemietet. Er hatte sich wieder ein Gebrauchtauto gekauft und wir fuhren damit samstags auf die Plantage. Ich half außerdem oft meinen Halbschwestern den Haushalt zu machen. Das Viertel war lebhaft und laut. Die Jugendlichen mochten es, sich auf dem öffentlichen Platz zu versammeln, um zu plaudern. Wir wohnten in einem Gebäude im zweiten Stock. Das war eine Zwei-Zimmer-Wohnung mit Vorder- und Hinterbalkon. Direkt gegenüber befand sich ein anderes, unfertiges Gebäude. Der Erdgeschoss war fertig gebaut und vermietet. Eine Bekannte meiner Tante mietete einen Teil und machte daraus ein kleines Klinikum. Diese Bekannte war eine Frau, die meine Tante in unserem neuen Wohnort kennengelernt hatte. Die beiden Frauen wurden später beste Freundinnen und tauschten sich oft über ihr Privatleben aus.

Meine Tante mietete einen kleinen Platz, um einen Holzkohlehandel zu betreiben. Am Anfang kaufte sie Holzkohle bei den Großhändlern, die sie wieder verkaufte. Sie beschwerte sich darüber, dass sie keine großen Profite machte. Sie informierte sich darüber, wie sie mehr Profite machen konnte. Leute rieten ihr, direkt bei den Herstellern zu kaufen. Die Hersteller befanden sich in den Dörfern in der Nähe von Abidjan. Wir fuhren zum Dorf am Rand der asphaltierten Hauptstraße. Einmal dort erreichten wir zu Fuß die nächsten Dörfer, die weit weg von der Hauptstraße lagen. Wir besuchten dann zu Fuß die Holzkohlenhersteller, die sich mitten im Wald befanden. Wir mussten oft in einer Hütte im Wald schlafen, um als Erste bedient zu werden, denn es gab viele andere Käuferinnen. Ich war meistens das einzige Kind, das meine Tante auf der Suche nach Holzkohle begleitete. Sie fand mich tapfer und fleißig. Meine Cousins und Halbgeschwister kamen oft zur Verstärkung, wenn es viel zu tun gab. Wir mussten die Holzkohlesäcke auf dem Kopf transportieren und gingen auf einem Waldweg bis zur Straße, wo ein Lkw sie bis zur Stadt transportieren konnte. Die Hygienemaßnahmen waren nicht so wichtig, denn wir rechneten mit Gottesschutz. Wenn meine Tante die Kohlen verkauft hatte, gab sie uns eine finanzielle Belohnung. Zu Hause wurde ich von meinen Pflegeeltern geschätzt, aufgrund meines Fleißes auf dem Feld, zu Hause im Haushalt und in der Schule. Damit erntete ich den größten Neid bei allen anderen Kindern. Einmal bat uns meine Tante darum, ihr zu helfen, Kohlensäcke bis zur Straße zu transportieren. Einer meiner Cousins war damit nicht einverstanden und lehnte sich dagegen auf. Er wollte auch mich für seine Meinung gewinnen, was aber leider nicht klappte. Er beschloss, es mit mir auszufechten. Er stürzte sich auf mich und wir prügelten uns. Leute griffen ein und trennten uns. Ich fühlte mich besonders tief enttäuscht, denn ich machte das alles für seine Mutter. Meine war vor einem Jahr gestorben. Ich weinte und dachte an meine leibliche Mutter.

Nach einer Woche bereute mein Cousin sein Verhalten und kam zu mir. Er bat mich um Vergebung. Ich umarmte ihn dann. Ich vergab ihm und sagte mir selbst, er wusste nicht, was er tat, ich wollte nur helfen. Wie Félix Houphouët-Boigny es gesagt hatte, der Friede ist kein einfaches Wort, sondern ein Verhalten. Ich hatte keine Reue, ihm vergeben zu haben. Durch das Transportieren von Kohlesäcken auf dem Kopf hatte ich oft starke Kopfschmerzen und Schmerzen an der Wirbelsäule, aber erzählte niemandem davon. Ich wollte mich gut benehmen und mich von meinen Pflegeeltern akzeptiert fühlen, was leider oft mit vielen Fallstricken verbunden war. Ich konnte nur die Konsequenzen auf mich nehmen. Ich hatte Angst vor der Reaktion meiner Pflegeeltern. Ich litt schweigend, weg von allen Augen. Ein Sprichwort in der Elfenbeinküste sagt: »Das Leben gehört denen, die früh aufstehen«. Ich stand immer früh genug auf und musste trotzdem leiden. Man sagt auch: »Jedem Tag genügt seine eigene Plage«. Infolgedessen war jeder Tag bei mir herausfordernd. Ich wollte im Leben erfolgreich sein, heiraten, eine Familie gründen, Kinder bekommen und ihnen die beste Erziehung geben. Leider waren meine leiblichen Eltern wegen finanzieller Schwierigkeiten daran gescheitert. Meine Pflegeeltern hingegen mussten sich selbst erziehen und Vorbilder sein, damit sie auf ihre Kinder positiv wirken konnten.

Ich war in der Klasse Second A2 oder im fünften Jahr auf dem Gymnasium. Herr Goure war mein Deutschlehrer. Er war ein sehr guter und begeisterter Deutschlehrer im Referendariat. Es gab auf dem Gymnasium keinen Deutschclub. Es gab einen Englischclub, den ich besuchte. Ich war ein aktives Mitglied und der Fürsprecher. Ich ging von Klasse zu Klasse, um den Schülern von unseren Aktivitäten zu erzählen. Ich wollte Englischdozent an der Universität werden. Ich versuchte auf meine Art, diesem Traum zu folgen. Jedoch vernachlässigte ich darüber nicht die deutsche Sprache und versuchte meine Kenntnisse zu verbessern. Mein Deutschlehrer war sehr streng und erzählte uns, dass die Deutschen ihre Entwicklung der harten Arbeit und der guten Struktur verdankten. Er wollte uns diese Werte einprägen, die er für zweckdienlich hielt, und uns somit unser Können ins Bewusstsein rufen. Ich lernte Yapo kennen, einen Schulfreund, der gut in Deutsch und Englisch war. Ich lernte viel bei ihm und er war mir ein Vorbild. Wir besuchten einander. Ich hatte keine Schulfreundin, um keinen Ärger mit meinem Pflegevater zu bekommen. Er verbot es uns, uns mit Personen des entgegengesetzten Geschlechtes zu befreunden, denn für ihn galt: Wer unter seinem Dach wohnte, der sollte sich an seine Regel halten, gemäß welcher wir ihm keine Schwangerschaft bringen durften. Er wollte sich nicht um uns und unsere Kinder kümmern. Ich konzentrierte mich auf die Schulausbildung. Ich begehrte die Mädchen meiner Klasse, aber ich wagte nicht, ihnen näherzukommen. Ich bevorzugte meine Schulausbildung zum Nachteil meiner Liebesbeziehungen. Ich hatte davor Angst, Fehler zu machen. Meine Schulfreunde waren meistens die besten Schüler des Gymnasiums. Ich kannte einen Schüler, der sehr gut in Deutsch war. Er war schüchtern, sah sehr jung aus, sprach sehr wenig und er war immer im Unterricht anwesend. Ich bewunderte ihn, aber er war so reserviert, dass es mir schwierig war, mich ihm zu nähern. Ich versuchte vergeblich, meine Schüchternheit zu überwinden.

Zu Hause gab es eine etwas ruhige Phase. Mein Pflegevater schwor, keinen Alkohol zu trinken. Ob er es ernst meinte oder uns wieder einmal belog, konnte man erst im Laufe der Zeit erkennen. Er vergab endlich meinem Cousin, der ihn ins Gesicht geschlagen und an der Stirn verletzt hatte. Mein Cousin konnte uns nach etwa sechs Monaten, die er von uns getrennt hatte verbringen müssen, wieder besuchen. Wir freuten uns alle über seine Entscheidung, zu vergeben und den Frieden zu machen. Trotzdem blieben wir in Zweifel und nachdenklich in Bezug auf das, was noch auf uns zukam. Jedoch war mein Pflegevater oft sehr nett und verteilte an jedes Kind Geld, wenn er guter Laune war. Aus diesem Grunde nannten wir ihn Douk Saga, der Name von einem berühmten Sänger, der oft an seine Fans Geld verteilte. Er prägte den musikalischen Stil »Coupe Decale«, der in der Elfenbeinküste noch immer aktuell ist. Er war der Gründer von diesem musikalischen Stil, der später nach seinem Tod weltberühmt wurde. Es gab zu Hause viele Leute, die bei meinem Pflegevater wohnten, aber er strengte sich an, damit wir durchschnittlich leben konnten. Wir waren dadurch nicht die Glücklichsten, aber fanden etwas zu essen und hatten ein Dach über dem Kopf. Er wurde von seinen Arbeitskollegen gemocht, aufgrund seiner Ehrlichkeit, Nettigkeit und seiner Anzüge. Mein Pflegevater war immer sehr gut angezogen. Seine Arbeitskleider waren stets sauber und gut gebügelt. Er wurde draußen von allen gemocht, aber zu Hause hatte er zwei Gesichter. Er war nur bei guter Laune nett und ansprechbar.

Während dieser Zeit wurden wir über den Tod von Nadege informiert. Sie war eine Verwandte seitens meines Pflegevaters. Sie hatte mir viel von Jesus Christus als Erretter und die Lösung von allen Problemen erzählt. Sie hatte mir ihr Zeugnis darüber gegeben, was Jesus für sie gemacht hatte. Sie war an Aids erkrankt. Sie war zu einem Pfarrer gegangen, der für sie gebetet und ihr gesagt hatte, sie sei von der Krankheit befreit. Sie sei wieder gesund und müsse sich von allen ihren Sünden abwenden. Sie sei neu geboren. Gleich danach war sie aber wieder in ihr altes Leben geraten. Sie hatte nicht heiraten wollen und mit mehreren Männern Geschlechtsverkehr. Das war oft ungeschützt verlaufen. Sie hatte wieder die Aids-Erkrankung bekommen und war diesmal daran gestorben. Die Gnade für ihr Leben war zu einem Ende gekommen. Sie hatte diese Gelegenheit nicht ergriffen, um an ihrem Verhalten zu arbeiten. Seit dem Sündenfall von Adam und Eva war die Welt sowieso ein Ort der Sünden. Manche machten es schlimmer als diese Verwandte, aber sie waren dann vorsichtig und konnten die Gefahr vermeiden. Sie lebten lange und glücklicher. Das alles bleibt ein Mysterium des Lebens oder die verborgene Seite der Religion. Den Armen verkündete man das Paradies und den Reichen sagte man, es sei leichter, dass ein Kamel durch ein Nadelöhr gehe, als dass ein Reicher ins Reich Gottes komme. Diese Worte waren für mich schwierig zu verstehen. Ich hatte in der Schule mit

Philosophieunterricht angefangen und versuchte alles infrage zu stellen. Eine Bibelpassage sagte im Wesentlichen, mein Volk geht aus Mangel an Wissen zugrunde. Aus diesem Grunde wollte ich viel wissen über alles, im Allgemeinen.

Am Ende des Schuljahres ging ich in die Klasse 1er oder in das sechste Jahr auf dem Gymnasium, aber ich war nicht mit meinen Deutschkenntnissen zufrieden. Ich hatte die Klassenarbeiten mit befriedigenden Noten bestanden. Damit ich in zwei Jahren das Abi schaffen könnte, musste ich unbedingt an meiner Leistung in Deutsch arbeiten, denn ich musste ein Literaturabitur machen, wobei Deutsch ein sehr wichtiges Fach war. Theo war ein Altbücherverkäufer neben dem Gymnasium. Ich lernte ihn kennen, weil ich ein Kunde bei ihm war. Ich ging zu ihm und kaufte die nötigen Annalen und Bücher. Ich kaufte im Voraus das Buch »Ihr und wir« von der Klasse 1er und ein paar Bücher über die Deutschgrundkenntnisse. Damit konnte ich mich schon zu Hause mit der Phonetik des Deutschen befassen. Ich lernte gebräuchliche Wörter und Ausdrücke auswendig. Es gab niemanden in der Nähe, mit dem ich hätte Deutsch sprechen können. Aus diesem Grunde redete ich oft mit mir selbst und lernte auf diese Weise die Aussprache dank der phonetischen Transkription im Wörterbuch. Es gab in meinen Annalen Aufgaben und Verbesserungen. Ich machte die Aufgaben selbst und korrigierte sie danach. Was nicht richtig war, machte ich nochmals, bis ich mit der Antwort zufrieden sein konnte.

Mein Pflegevater brauchte mehr Arbeitskräfte auf seiner Plantage, was mit dem Besuch eines Verwandten aus dem Dorf zusammentraf. Er war eigentlich in der Stadt, um ein Familienproblem zu lösen. Sein Halbbruder verweigerte ihm den Zugang zu seinem Wohnhaus. Mein Pflegevater griff ein und gab ihm bei uns zu Hause eine Unterkunftsmöglichkeit. Das war für ihn eine Strategie, damit dieser Verwandte ihm auf seiner Plantage helfen konnte. Dapleu und ich fuhren ins Dorf in die Nähe von Abidjan, wo sich die Plantage meines Pflegevaters befand. Wir wohnten in dem Dorf neben der Plantage und standen jeden Morgen in der Früh auf und gingen mehrere Kilometer auf die Plantage, die mitten im Wald lag. Wir trotzten den Angriffen von Skorpionen, Schlangen und dem Regen, denn es war in der Regenzeit, um in der Plantage zu arbeiten. Wir bekamen von meinem Pflegevater Taschengeld, womit wir das Wesentliche zum Überleben kauften. Oft reichte das Geld nicht aus. Wir mussten nach der Arbeit auf der Plantage auf die Jagd gehen, um Wildtiere für die Mahlzeit zu jagen. Wir pflückten Gemüse, holten Wasser von einem selbst gebauten Brunnen und kochten etwas Leckeres zum Essen. Dapleu zeigte mir die medizinischen Pflanzen und deren Rollen. Ich konnte bei ihm vieles im Rahmen der Tier- und

Pflanzenwelt lernen. Einmal war ich krank, ich hatte einen heißen Körper und einen bitteren Mund. Das war der Anfang von Malaria, denn wir schliefen auf Feldbetten im Licht einer Sturmlaterne und die Mücken ließen uns nicht gut schlafen. Er machte einen Saft aus Blättern, die er von einem Baum gepflückt hatte, und ich trank täglich einen Becher davon, bis ich wieder gesund wurde. Nach einem Monat waren wir damit fertig, das Unkraut von der Plantage zu entfernen. Wir hatten zusätzlich ein Stück Land gerodet, um es urbar zu machen. Mein Pflegevater war erfreut und gratulierte uns. Ja, ich wurde geliebt, gehasst und war der Gegenstand von Neid. Wenn es darum ging, lästige Arbeit zu erledigen, wurde ich gelobt. Wenn es darum ging, mich zu respektieren und mir meinen fairen Wert zu geben, war ich von der Meute getrennt. Das störte mich schon sehr. Ich liebte meine Pflegefamilie trotzdem. Ich konnte ihr Elend sehen und wollte ihnen mit den mir zur Verfügung stehenden Mitteln helfen.

Wir kamen von der Plantage nach einer harten Arbeit zurück und wurden von der Familie als Helden empfangen. Das war zur Zeit der bewaffneten Rebellion in der Elfenbeinküste, die zur Spaltung des Landes geführt hatte. Die Krisenausstiegsverhandlungen dauerten an. Der Präsident an der Macht schlug als Lösung den Dialog vor. Der Dialogweg war in der Elfenbeinküste immer ein Symbol des Friedens. Aufgrund unseres Aussehens glaubten manche Leute, dass wir Rebellen seien, denn wir ließen unsere Haare wachsen und hatten alte Klamotten an, da wir im Dorf wohnten. Diese Leute konnten aber endlich verstehen, dass wir von der Plantage kamen, weil sie mit uns gesprochen hatten. Mein Pflegevater feierte unsere Rückkehr von der Plantage und gab jedem von uns ein kleines Geschenk.

Es war der Schulwiederbeginn. Die Anmeldungen hatten angefangen. Ich war noch zu Hause, denn ich hatte kein Geld, um die Anmeldegebühren zu zahlen. Mein Pflegevater hielt nicht sein Versprechen, mir die Anmeldegebühren zu zahlen. Jedoch hatten wir neben der Arbeit auf der Plantage Brennholz gesammelt und für ihn verkauft. Mein Pflegevater steckte das Geld in seine Hosentasche. Daher war ich noch zu Hause und langweilte mich. Ich fing an, Angst zu haben, denn die Unterrichtseinheiten hatten schon begonnen. Ich brauchte nur 8.000 fcfa oder 12,5 Euro.

Mit Gottes Hilfe hatte meine Tante mit mir Mitleid und gab mir das Geld für meine Anmeldung in der Klasse 1er oder für das sechste Jahr auf dem Gymnasium. Nun musste ich noch Hefte und Bücher kaufen. Ich redete mit meinem Pflegevater darüber, der nicht damit aufhörte, mir zu sagen, dass er kein Geld habe. Er schlug mir vor, die Holzkohlen meiner Tante zu verkaufen und 500 fcfa oder 90 Cent davon zu sparen. Wenn das gesparte Geld den Preis eines Buchs erreichte, sollte ich damit das Buch kaufen und so weiter, bis ich mir alle nötigen Bücher beschafft haben würde. Die alten Bücher und Annalen, die ich bei Theo gekauft hatte, sollten zu der Vorbereitung auf die Klasse 1er dienen. Nun brauchte ich die Bücher zum Programm für das neue Schuljahr. Für den Kauf des ersten Buchs hatte ich schon ein bisschen gespart. Ich hatte völlig vergessen, dass mein Pflegevater uns verboten hatte, mit den Töchtern unserer Nachbarin zu reden, weil er mit denen nicht zurechtkam. Zudem mochte er uns nicht mit Frauen sehen, denn für ihn würden wir sie schwanger machen. Er wollte aber erst einmal keine Enkelkinder haben. Wir waren auch so schon viele Leute, die unter seinem Dach wohnten. An diesem Tag erwischte er mich, als ich mit der Tochter unserer Nachbarin plauderte. Dann verbot mir mein Pflegevater, die Holzkohlen meiner Tante zu verkaufen und Geld zu sparen. Ich musste es selbst schaffen. Ich ging wieder zu Theo, obwohl ich nur sehr wenig Geld hatte. Er akzeptierte es, mir erst ein Englischbuch aus zweiter Hand mit fehlenden Seiten zu einem sehr günstigen Preis zu verkaufen. Ich nahm das so an und überlegte, wie ich die restlichen Bücher kaufen konnte.

Ich lernte einen Verwandten kennen, der zu uns zu Besuch gekommen war. Innocent war ein Cousin von der Großfamilie und kannte sich damit aus, wie man als Schüler Geld verdienen konnte. Er beriet mich, Aushilfsunterricht zu geben. Ich erstellte selbst Werbeplakate und ging von Tür zur Tür, um sie zu verteilen. Ich kam an zwei Familien, wo ich Aushilfsunterricht geben konnte. Ich hatte bei der Familie Abdoul, einer ehrlichen und gläubigen muslimischen Familie, einen Schüler der Klasse CP2 und eine Schülerin der Klasse 1er, das heißt, wir beide hatten das gleiche Schulniveau. Ich musste ihnen in den Fächern helfen, in denen ich sehr gut war. Die Schülerin der Klasse 1er war für mich herausfordernd, denn ich musste viel mehr als sie lernen, damit ich ihr etwas beibringen konnte. Ich war darüber hinaus bei einer konfessionslosen Familie, nämlich Familie Armand, bei der ich zwei Schüler der Abschlussklasse an der Grundschule und eine Schülerin der Klasse 5e oder zweites Jahr auf dem Gymnasium betreute. Ich stellte mich den Eltern als Student vor und spielte den Studenten, indem ich immer eine Hose, langes Hemd und Sandalen anhatte. Das war eine gefährliche Lüge, denn ich musste gute Ergebnisse hervorbringen, damit ich meine Stelle als Aushilfslehrer bewahren konnte, wie die Eltern es sich gewünscht hatten. Das war die einzige Lösung, um die Stelle zu bekommen, ansonsten müsste ich noch überlegen, wie ich mir die Bücher und Hefte kaufen könnte. Damit bekam ich aber genug Geld und kaufte alle nötigen Bücher und

Hefte. Ich kaufte mir zusätzlich Kleidung und Schuhe. Zum Glück und dank meiner harten Arbeit hatten alle meiner Schüler im Allgemeinen gute Noten in der Klasse. Ich war auf sie alle stolz.

Meine Deutschkenntnisse verbesserten sich weiter. Ich war wieder der beste Schüler in Deutsch und bekam immer Komplimente von meinem Deutschlehrer, Herrn Kouame, der uns ermutigte, Deutsch zu lernen, indem er uns davon erzählte, welche Vorteile wir durch die deutsche Sprache haben konnten. Er zeigte uns zudem die Fotos von seinem Urlaub in Deutschland und versprach uns, Markus, einen Deutschen, der in der Elfenbeinküste wohnte, im Rahmen eines Vortrags in die Klasse zu bringen. Wir freuten uns alle auf den Besuch von Markus. Die Herausforderung war nun ganz klar, alle wollten Deutsch lernen und der Beste der Klasse sein. Ich lernte viel mehr als vorher. Ich fing an, meine Deutschkenntnisse zu vertiefen, denn ich wollte immer der Beste bleiben. Ich verließ den Englischclub, wo ich der Fürsprecher war. Mein Englischlehrer war wütend und fragte mich, warum ich den Englischclub verlassen hatte. Ich antwortete, dass ich mich nun für die deutsche Sprache interessiere. Er versuchte, mich davon zu überzeugen, dass ich einen großen Fehler machte und es bereuen werde. Er wollte, dass ich bei dem Englischclub blieb, denn für ihn gab es viel mehr Arbeitsmöglichkeiten mit Englisch als mit Deutsch. Er erzählte mir noch davon, dass Englisch die erste Kommunikationssprache der Welt sei. Trotzdem blieb ich meiner Entscheidung treu und war entschieden, einen Deutschclub mit Herrn Kouame und motivierten Mitschülern mitzugründen. Eines meiner Ziele bestand auch darin, das Abitur zu schaffen, und ich hatte schon das Fach Englisch, in dem ich sehr gut war, und wollte nun meine Deutschkenntnisse genauso wie zuvor mein Englisch verbessern. Mein Englischlehrer schimpfte mich und sagte, ich sei ein Verräter. Ich wurde von dem Englischclub als Fürsprecher entlassen, obwohl ich noch Lust darauf hatte zu überlegen, ob ich beides gleichzeitig machen könnte. Trotzdem war ich immer noch ein ordentliches Mitglied des Englischclubs. Parallel dazu war ich der neue Fürsprecher des Deutschclubs, den wir endlich dank der Mithilfe von Herrn Kouame gegründet hatten. Wir gewannen durch Werbung und eine Mobilisierungskampagne viele Schüler, die sich nun für die deutsche Sprache interessierten und Deutsch lernen wollten. Das war der allererste Deutschclub auf dem modernen Gymnasium von Abobo. Es gab viele Hürden auf dem Weg, aber unser Deutschlehrer Herr Kouame hörte nie damit auf, uns zu motivieren. Er sagte uns, wir könnten es schaffen. Herr Kouame versprach uns, außer dem baldigen Besuch von Markus, Brieffreunde aus Deutschland zu finden, mit denen wir uns auch auf Deutsch austauschen könnten. Wir hielten unsere Aktivitäten einmal pro Woche ab, besonders mittwochs, und luden Schüler und Lehrer dazu ein, die gerne daran teilnahmen. Markus besuchte uns wie versprochen und wir konnten mit ihm auf Deutsch sprechen. Er war offen und sehr sympathisch. Wir konnten ihm alle Fragen stellen. Er sagte uns, dass wir die Botschafter der deutschen Sprache seien. Er ermutigte uns, weiter so Deutsch zu lernen. Markus war etwa vierzig Jahre alt und unverheiratet. Eine Schülerin fragte ihn, warum er noch ledig sei, darauf antwortete er, dass er noch keine passende Frau gefunden habe. Wir hatten fast alle Brieffreunde aus Deutschland und freuten uns darüber. Damit entschloss sich Herr Kouame, uns für die Olympiade oder einen Wettbewerb für alle Deutschclubs der Elfenbeinküste anmelden zu lassen. Uns fehlte die Finanzierung für die Vorbereitung auf den Wettbewerb. Wir versuchten, bei dem Gymnasium eine Finanzierungsmöglichkeit zu erhalten, was leider nicht klappte, obwohl das Gymnasium ein Budget für die außerschulischen Aktivitäten zur Verfügung stellte. Das Gymnasium meinte, wir seien ein junger Club und wir müssten erst aufwachsen. Wir versuchten etwas bei dem Rathaus zu bekommen. Wir mussten erst einen Antrag auf eine Besuchsmöglichkeit stellen. Dafür gab es viele Verfahren, was uns lang und langweilig war. Trotzdem versuchten wir es, aber vergeblich. Während der Vorbereitung auf den Wettbewerb nahm Herr Kouame Geld von seinem Lohn und kaufte uns etwas zum Trinken und Essen. Das war für ihn eine finanzielle Belastung und er wollte unbedingt eine Lösung finden. Da die Rektorin von dem Gymnasium ihm näher war, ergriff er die Gelegenheit, ihr von unserer Situation zu erzählen. Er berichtete, dass wir das Gymnasium bei den Olympiaden vertreten würden und das könne auch eine Werbung für das Gymnasium sein. Die Schüler hätten kein Geld, um das selbst zu machen. Die Rektorin war erstaunt, dass wir bei der Finanzabteilung kein Geld bekommen hatten, weil wir noch ein junger Deutschclub seien. Sie machte der Finanzabteilung große Vorwürfe und wir konnten endlich eine Finanzierung für die Vorbereitung auf die Olympiade erhalten. Herr Kouame fokussierte sich während der Vorbereitung auf das Sprachgefühl und die Bühnenbesetzung. Er sagte uns, dass die Kleidung nicht so wichtig sei. Wir standen im Wettbewerb mit ausgezeichneten Gymnasien wie »Lycée Sainte Marie Cocody«, »Lycée Garçon de Binjerville« und »Notre Dame Plateau«. Es gab insgesamt vier Wettbewerber. Wir kamen am Ende des Wettbewerbs auf den dritten Platz, weil wir im Gegensatz zu den anderen Wettbewerbern nicht so schön angezogen waren, die viel in das Outfit investiert hatten. Herr Kouame hatte dem wenig Bedeutung beigemessen. Nichtsdestoweniger hatten wir die Auszeichnung der besten Handhabung der Sprache erhalten. Unser Pianist wurde außerdem als der beste anerkannt. Die Leadstimme unserer Hauptchorsängerin war für das interpretierte Lied jedoch nicht passend. Sie hatte zu hoch gesungen. Das Thema von dem Wettbewerb war »Umweltverschmutzung«. Wir interpretierten das folgende Lied, das unser Deutschlehrer selbst komponiert hatte und dessen Refrain so lautete: »Wir wollen ein Lied singen, das uns Freude macht. Wir wollen ein Lied singen, das auf jeden Fall klappt«. Ich spielte die Hauptrolle im Theaterstück. Zwei motivierte Mitglieder von dem Deutschclub hatten auch ein zweiseitiges Gedicht zu dem Thema aufgesagt. Herr Kouame, die Rektorin und die zwei anderen Deutschlehrer des Gymnasiums waren auf uns stolz und nahmen die Fehler fürs nächste Mal zur Kenntnis. Wir freuten uns auch über die Auszeichnung, vor allem aber darüber, den ersten offiziellen Deutschclub auf dem modernen Gymnasium von Abobo gegründet zu haben.

Einmal besuchte uns Daniel, ein sehr motivierter und engagierter Schüler des Gymnasiums Adama Sanogo, der sich schon auf Deutsch ausdrücken konnte, als wäre er in Deutschland gewesen. Sein Sprachgefühl beeindruckte mich stark. Er hatte sein Abitur mit 18 von 20 Punkten in der mündlichen deutschen Prüfung bestanden. Ich konnte das auch nachvollziehen, denn wir hatten uns bei seinem Besuch auf Deutsch unterhalten. Ich lernte ihn kennen und er erzählte mir von seinem Projekt, nämlich die Reorganisierung und Reformierung des Deutschclubs an der Universität, was für ihn eine Herausforderung sein sollte, denn die Universität verfügte schon über eine Deutschabteilung, die jedoch neue Ideen und Neuorientierung brauchte. Er wollte selbst der Vorsitzende von diesem Club sein, um seine Ideen besser umsetzen zu können. Dafür musste er die Wahl gewinnen. Der Vorsitzende wurde für zwei Jahre gewählt. In zwei Jahren sollten ich und ein paar motivierte Mitglieder des Deutschclubs die Abiturprüfung ablegen. Er machte dann so seine Webkampagne, um sich schon im Vorfeld auf die Wahl vorzubereiten. Er brauchte abgesehen von unseren Stimmen diesen Mut, den wir gefasst hatten, als wir den ersten Deutschclub auf dem Gymnasium gegründet hatten, um auch ihm zu helfen, den Deutschclub an der Universität zu reorganisieren, falls er gewählt würde. So einen Glauben hatte ich vorher nicht erlebt, besonders im Rahmen der Beförderung einer fremden Sprache. Ich war ja nicht der Einzige, der sich sehr für die deutsche Sprache einsetzte, sondern andere Schüler und Studenten waren ebenfalls dabei, vor allem Daniel, der mich fasziniert hatte. Er glaubte sogar daran, dass wir das Abi schaffen, an die Deutschabteilung der Universität wechseln und mit ihm zusammen im Deutschclub Hervorragendes würden leisten können. Für mich war er ein Prophet. Ich freute mich schon darauf und die anderen Mitglieder auch. Er hatte uns alle überzeugt. Er war sehr nett und lud uns oft zu sich nach Hause zum Essen ein. Auf diese Weise lernten wir auch seine Eltern kennen, die auch sehr nett und sympathisch waren.

In der Schule hatte ich in meinem Klassenraum die ganze Zeit ein schönes Mädchen beobachtet. Sie war schüchtern, immer anwesend, sehr hübsch und reserviert. Ihre Schuluniform war sauber und sie war einfach gekleidet. Im Vergleich zu Felicia, die ich kennengelernt hatte, als ich noch in der Klasse 5e war, und auf die ich mit vielen Schwierigkeiten zugegangen war, hatte ich mich diesmal weiterentwickelt. Mir gelang es ohne Komplexe, auf sie zuzugehen und mit ihr zu sprechen:

– »Hallo!«
– »Hallo!«
– »Tut mir leid, dich gerade zu stören. Wie heißt du denn?«
– »Du störst mich gar nicht. Ich heiße Tatiana. Und du?«
– »Ich heiße Tiemoko. Es freut mich.«

Ich erzählte Tatiana, wie sie mich wegen ihres Verhaltens fasziniert hatte. Sie lächelte mir zu und sagte mir, dass ich sie wegen meiner sehr guten Noten in der Klasse auch beeindruckt hätte. Sie habe Lust darauf, mit mir zu sprechen, aber sie finde mich oft distanziert. Tatiana erwartete ein Gespräch mit mir, indem ich mich total auf die Schule und die außerschulischen Aktivitäten konzentrierte. Ich war über achtzehn und hatte immer noch davor Angst, die Regeln meines Pflegevaters zu brechen. Aber diesmal wollte ich meine Chance nicht verpassen. Tatiana war genau meine Art von Mädchen. Ich wollte sie sofort kennenlernen. Ich lud Tatiana zum ersten Mal zum Essen in ein Restaurant ein. Ich gestand ihr, was ich fühlte. Sie sagte mir, dass sie Zeit brauche, um zu überlegen. Ich kümmerte mich um die Rechnung, denn ich hatte etwas Geld von meinen Aushilfslehrerstunden abgespart. Ich merkte, ich liebte Tatiana und wollte ihr Freund sein. Dafür musste ich noch Geduld haben. Ihre Wünsche bedeuteten für mich, Aufträge auszuführen. Wenn sie etwas brauchte, wie zum Beispiel jemanden, der mit ihr sprach, bei ihr war, kleine Geschenke machte oder ihr eine Aufgabe erklärte, die sie nicht verstand, war ich immer da. Wenn ich schlief, träumte ich von Tatiana. Sie hatte mich verzaubert. Während der Klassenarbeiten hatte Tatiana die gleichen Noten wie ich, denn ich zeigte ihr immer meine Antworten, die sie umformulierte und kopierte. Sie war damit sehr zufrieden, ging aber aus dem Weg, wenn ich versuchte, über uns beide zu reden. Ich versuchte zu verstehen, dass sie sich dafür Zeit lassen wollte. Wenn Tatiana in der Klasse abwesend war, besuchte ich sie zu Hause, um zu erfahren, wie es ihr ging. Sie zählte mehr als alles für mich. Es war klar, ich hatte mich in sie verliebt. Wenn ich mich zu Hause oft allein fühlte, dachte ich immer an Tatiana. In diesem Zeitraum fehlten mir ihr Lächeln, ihre Stille und ihre Schönheit. Ich wollte mit ihr womöglich mehr erreichen. Wenn es ging, wollte ich sie in der Zukunft auch heiraten. Ich dachte so sehr an Tatiana, dass ich einmal von ihr träumte. Sie erzählte mir in dem Traum, dass sie die einzige Tochter von ihrem Vater sei und deswegen erst noch nicht für eine ernsthafte Beziehung bereit sei. Ich stand auf und war erschrocken. Ich wollte nicht, dass dieser Traum in Erfüllung ging, denn ich war nach ihr einfach verrückt. Einige Tage später rannte ich zu Tatiana, als die Stunde aus war, und wir gingen zusammen nach Hause. Ich nutzte die Gelegenheit, um sie zu fragen, was sie über meinen Vorschlag überlegt hatte. Sie erzählte mir genau das, was ich vorher geträumt hatte.

Sie sagte mir, sie sei die einzige Tochter von ihrem Vater, die noch in die Schule gehe. Ihr Bruder hatte die Schule abgebrochen und entschieden, Schuhmacher zu sein. Ihr Vater war in der Rente und verdiente sehr wenig. Ihre Mutter war Hausfrau. Also wollte sie sich erst auf die Schule konzentrieren und wir könnten einfach eine freundschaftliche Beziehung haben. Es war mir schwierig, das zu akzeptieren. Ich war ein bisschen enttäuscht. Da sie mir von ihrer Situation erzählt hatte, musste ich entweder aufgeben oder Geduld haben und ausharren. Ich entschied, dabeizubleiben und auszuharren. Ich nahm ihren Vorschlag an , dass wir Freunde blieben. Wir waren Freunde, bis Tatiana einmal zu mir kam und mir sagte, dass sie einen Freund habe und sie in mich nicht verliebt sei. Das bedeutete, dass ich nie eine Beziehung mit ihr erwarten durfte. Das war von ihrer Seite sehr mutig, aber sie hatte schon viel von mir profitiert. Meines Erachtens kam diese Nachricht zu spät. Ich sagte kein weiteres Wort, weil ich ihr meinen Willen sowieso nicht aufzwingen konnte. Ich weinte und war wochenlang traurig. Das wirkte sich ein bisschen auf meine Schulleistung aus, aber ich hielt die Situation allein aus, bis es mir wieder gut ging. Ich lernte gleich danach ein paar Mitschüler kennen, die sich für Musik interessierten. Ich fügte mich mit ihrer Zustimmung in ihre Gruppe ein. Wir waren vier Jungs und hatten circa zwanzig Lieder in unserem Repertoire, von denen ich fünf Lieder komponiert hatte. Wir studierten die Lieder unter einem Baum auf dem Schulhof ein.

Damit wollten wir eine Karriere im Bereich der Musik anstreben. Auf der Suche nach einem Manager verfielen wir auf Moussa, den Onkel von Malik, einem Mitglied von unserer Musikgruppe. Er erzählte uns von der Musikwelt und zeigte uns mögliche Vor- und Nachteile auf. Er berichtete uns noch mehr von den Nachteilen, die uns nicht voranbringen konnten, sondern entmutigen würden. Er sagte uns, die Musikwelt sei voller Fallen und Probleme. Viele Sänger müssten bösartigen Sekten angehören oder homosexuell werden, um ihre musikalische Karriere erfolgreich zu verfolgen. Manche endeten sehr unglücklich und bereuten es sehr, Musik gemacht zu haben. Nach dem Gespräch mit Moussa mussten wir uns zwischen der Schule und der Musik entscheiden. Wir ließen die musikalische Karriere zunächst fallen, weil wir Angst vor dem Scheitern hatten. Wir konzentrierten uns dann auf die Schule. Wir trafen uns zum letzten Mal unter dem Baum und versprachen, nach dem Abitur wieder zu der Musik zurückzukommen. Das war vielleicht einfach ein leeres Wort, denn wir hatten viel von Moussa gehört und das hatte uns sehr getroffen.

Zu Hause war eine Katastrophe im Gange. Mein Pflegevater blieb seiner Entscheidung nicht treu und war nicht mehr unter Kontrolle. Das Trinken von Alkohol war wieder seine beste Zuflucht geworden. Er hatte wieder eine Konkubine draußen. Meine Tante musste sich wieder seinen Launen unterwerfen. Wenn sie versuchte, darüber zu sprechen, drohte er sie rauszuwerfen und eine andere Frau zu heiraten. Sie weinte Tag und Nacht. Sie war fast untröstlich. Sie besuchte eine Kirche, um nach einer Lösung zu suchen. Der Pfarrer empfahl ihr, ihre Zehnten und Fastenopfer zu zahlen. Trotzdem schien ihre Situation sich nicht zu verbessern. Der Pfarrer lehrte sie Bibelhoffnungsworte. Sie glaubte daran, bis sie sich entschied, eine andere Gemeinde zu besuchen. Sie ging dann zu einem anderen Pfarrer, der Geld von ihr verlangte und nichts Konkretes für sie machen konnte. Sie probierte wieder etwas anderes, indem sie zu den Okkultisten und Esoterikern ging, was überhaupt nichts brachte. Sie war ratlos und verloren. Ihre Freundinnen spotteten über sie und schwiegen, wenn sie ihnen gegenüber stand. Mein Pflegevater beleidigte, erniedrigte und prügelte sie oft öffentlich unter dem neugierigen Blick der Bewohner unseres Gebäudes, die häufig sagten: »kostenloses Kino«. Einmal prügelte mein Pflegevater seine Frau, bis sie ohnmächtig wurde. Wir glaubten, sie sei tot. Sie konnte nicht gut atmen. Wir brachten sie eilig ins Krankenhaus. Mein Pflegevater war nicht dabei, als wir sie ins Krankenhaus einlieferten. Er hatte an diesem Tag bei seiner Konkubine draußen übernachtet. Er machte sich nichts aus der Gesundheit meiner Tante. Er wünschte sich, dass sie sterbe, damit er wieder frei sein könnte. Nachdem der Arzt sie untersucht hatte, kündigte uns der Arzt an, dass sie innere Blutungen hatte. Man konnte an manchen Stellen ihres Körpers koaguliertes Blut finden.

Der Arzt verschrieb ihr entsprechende Medikamente. Sie fing wieder an, sich gut zu fühlen. Wir rieten ihr, zur Polizeistation zu gehen und eine Beschwerde über ihren Mann einzureichen. Sie weigerte sich und sagte uns, dass sie so etwas nicht machen könne und daran glaube, dass ihr Mann sich verbessern könnte. Wir konnten deutlich merken, dass sie vor der Reaktion ihres Mannes einfach Angst hatte, denn eine gewalttätige Person konnte oft nicht durch Geduld lernen, sondern nur durch eine Strafe von den Behörden. Sie wollte nicht alleinstehend sein. In ihrem Alter war ihr das kompliziert, besonders nachdem sie fünfzehn Jahre mit ihm zusammen gelebt hatte. Sie hatte bisher viel ausgehalten und wollte endlich das Licht am Ende des Tunnels sehen. Ihren Mann zur Polizei zu bringen konnte alles verschlimmern, da sie noch nicht mit ihm verheiratet war. Wir konnten sie dazu nicht zwingen, obwohl wir längst von der Situation die Nase voll hatten. In dem Viertel, wo wir wohnten, wohnten auch Polizisten, Militärs und Soldaten, aber sie behandelten ihre Frauen nicht so wie mein Pflegevater. Sie trennten sich einfach, wenn es nicht gut lief. Das war der Fall bei einem Polizisten, der in unserem Gebäude im Erdgeschoss mit seiner Frau wohnte, die auch Polizistin war. Da es zwischen den beiden nicht mehr gut lief, trennten sie sich und jeder führte trotzdem ein glückliches Leben.

Nachdem Tatiana mir gesagt hatte, dass es keine Beziehung zwischen uns beiden geben konnte, lernte ich durch Sandrine Nina, die Tochter unserer Nachbarin, kennen. Sie war Schülerin in der Klasse 5e in einer Abendschule. Wir sahen uns jeden Abend nach der Abendschule. Ich mochte ihre Gesellschaft sehr. Sie war ein Mädchen mit heller Hautfarbe, nett und sympathisch. Sie war aber nicht so hübsch wie Tatiana. Sie liebte mich und wollte mit mir eine Beziehung haben, aber hatte Angst vor der Reaktion ihrer Eltern, die sehr streng waren. Wir küssten uns, kuschelten und waren immer zusammen, aber hatten keinen Geschlechtsverkehr. Wir wollten uns erst kennenlernen. Einmal hatte ich sie nach der Abendschule nach Hause begleitet, kam zurück und merkte, dass die Haustür bei uns zu Hause zugeschlossen war. Mein Pflegevater war zu Hause und hatte die Tür zugeschlossen. Ich klopfte an die Tür. Er schrie mich an und sagte mir, dass ich zu meiner Freundin zurückgehen solle. Ich hatte das erwartet und musste nun die Konsequenzen tragen. Ich verbrachte die Nacht bei einem Verwandten, der in »Derrière rails«, einem aufgrund der anhaltenden Unsicherheit gefährlichen Viertel, wohnte. Das Viertel lag sehr weit von uns und ich musste allein um Mitternacht bis dahin laufen. Ich hatte Glück, dass mein Verwandter zu Hause war, denn er arbeitete als Sicherheitsdienstleister bei einer Sicherheitsdienstfirma und war deswegen meistens zu Hause abwesend. Am darauffolgenden Tag begleitete mich dieser Verwandte nach Hause und ich bat bei meinem Pflegevater um Entschuldigung, der mich schließlich hereingelassen hatte. Damit ich keinen weiteren Ärger mit meinem Pflegevater bekam, machte ich mit Anna Schluss. Ich hatte mit ihr noch keinen Sex gehabt.

Sie war wütend und enttäuscht, aber musste meine Entscheidung respektieren. Ich wollte nicht von zu Hause rausgeworfen werden. Trotzdem wurde ich nach einem Geheimtreffen zwischen meinem Pflegevater und meiner Tante, die sich schon mit ihm versöhnt hatte, rausgeworfen, weil sie mich verdächtigten, viel Geld zu verdienen und vor ihnen zu verstecken. Ich sei stolz geworden und hätte sogar versucht, eine Freundin zu haben. Ich bekam von meinen Pflegeeltern kein Taschengeld und musste fast alles für mich selbst beschaffen, nämlich Schulsachen, Kleider und Schuhe kaufen und Geld für meine persönlichen Bedürfnisse sparen. Wenn ich es schaffte, gab ich ihnen sehr oft kleine Geschenke und kaufte etwas zum Frühstücken für meine Halbgeschwister. Ich fand diese Entscheidung von ihnen undankbar. Ich musste mich jedoch daran halten. Ich sagte kein weiteres Wort. Ich hatte an diesem Tag ein weißes, altes, schweißgebadetes Hemd und eine braune, ausgewaschene Hose an. Ich hatte in der Hand ein Heft und einen Kugelschreiber, weil ich von dem Aushilfsunterricht kam. Es war genau Mitternacht. Mein Verwandter in »Derrière rails« war auf Reisen und nicht zu Hause. Ich musste ganz allein eine Lösung finden. Ich lief bis zum Autobusbahnhof, auf der Suche nach einem Ort, wo ich schlafen konnte. Ich fand einen nicht fertig gebauten Laden mit vielen Kartonpapieren, die ordentlich auf den Boden hingelegt worden waren. Daher ahnte ich schon, dass bereits jemand da schlief. Es war ein Uhr in der Nacht. Ich war müde und wollte mich hinlegen. Ich war noch nicht eingeschlafen, als jemand plötzlich vor mir stand und mich eine Viertelstunde lang anschaute. Er war wahrscheinlich der Besitzer von diesem Schlafplatz. Mein Herz klopfte, als es würde rauskommen. Ich war erschrocken und bereitete mich darauf vor, wegzugehen, falls er seinen Platz einfordern würde. Zum Glück ging er weg und suchte sich einen anderen Schlafplatz. Danach konnte ich gegen zwei Uhr Schüsse von der Polizei hören. Sie liefen wahrscheinlich einem Dieb hinterher. Ich machte mir negative Gedanken: »Sollten sie in meine Richtung kommen, was würde ich ihnen erzählen? Sie könnten mich verwechseln und für den Dieb halten. Okay, vielleicht muss ich auch wegrennen?« Ich fing an, zu beten, und rief Jesus Christus zum allerersten Mal ganz ernst. Ich bat ihn darum, mich zu schützen, und ich würde ihm in meinem Leben immer dankbar sein. Ich zitterte und plötzlich sagte mir eine ganz leise Stimme: »Bleib ruhig, hab keine Angst und bleib liegen, bis alles vorbei ist.« Nach einer Stunde hörte ich keine Schüsse mehr und alles war wieder ruhig. In der Früh stand ich auf und ging spazieren, denn ich wollte es mir von den Einwohnern nicht anmerken lassen, dass ich an so einem Ort geschlafen hatte. Gegen 8 Uhr 30 nutzte ich eine öffentliche Toilette und Dusche gegen eine Münze. Danach ging ich nach Hause, weil ich wusste, dass mein Pflegevater auf der Arbeit war. Ich nahm ein paar Sachen. Ich redete mit meiner Tante, die mir sagte, dass sie unter strenger Kontrolle meines Pflegevaters stehe und mich letzte Nacht nicht habe unterstützen können. Deswegen habe sie nichts gesagt, als er mich rausgeworfen habe. Aber sie werde mit ihm sprechen, wenn er von der Arbeit zurückkomme, dann könne ich wieder nach Hause kommen. Das bedeutete, ich musste noch draußen bleiben, bis meine Tante mit meinem Pflegevater geredet hatte. Ich hatte kein Geld mehr, um die öffentliche Toilette zu nutzen. Ich verbrachte die zweite Nacht bei einem Schulfreund, dessen Eltern auf Reisen waren. Am darauffolgenden Tag waren seine Eltern wieder da und ich konnte bei ihm nicht weiter übernachten, weil die Wohnung klein war und nicht für alle passte. Trotz dieser Schwierigkeiten war ich immer im Unterricht und erzählte niemandem davon, außer meinem Schulfreund, der mich für eine Nacht untergebracht hatte. Ich rief meine Großhalbschwester an, die leider nicht ans Telefon ging. Sie wohnte in einem anderen Viertel mit ihrem Freund zusammen. Beide hatten zwei Kinder. Am dritten Tag schlief ich am Rand der asphaltierten Hauptstraße auf der Terrasse eines Friseursalons. Es war Mitternacht. Der Friseursalon hatte zu. Das nutzte ich aus, um da zu übernachten. Es war kalt. Es gab eine Menge Mücken, die mich nicht schlafen ließen. Ich fand keine Ruhe und die Nacht war lang.

Meine Tante hatte es geschafft, meinen Pflegevater zu überzeugen, und ich konnte wieder zu Hause sein, nach schweren Tagen draußen. Trotz allem ging ich in die Abiturklasse und bekam gute Noten. Ich war im Fach Englisch und Deutsch der beste Schüler, was keinen zu Hause überrascht hatte, denn sie kannten mich als einen fleißigen Schüler. Darauf war ich sehr stolz.

In der Abiturklasse waren wir circa sechzig Schüler in einer Klasse. Wir saßen zu zweit an einer Tischbank. Leute erzählten uns, dass diese Klasse schwer sei und nicht alle Schüler das Abitur schafften. Das konnte schon einigermaßen stimmen, denn viele Schüler unter uns wiederholten die Klasse zum zweiten Mal. Nachdem ich so etwas gehört hatte, hatte ich Angst, glaubte aber trotz dem an meine Stärken. Ich war sehr gut in den Fremdsprachen, fürchtete mich jedoch vor allem vor Philosophie mit Faktor fünf, das heißt, die Note wurde mit fünf multipliziert und es war eines der wichtigsten Fächer fürs Abitur. Ich war nicht so gut in Philosophie, aber strengte mich an, meine Kenntnisse zu verbessern. Unsere Philosophielehrerin ermutigte uns durch weise Tipps. Sie war mehr als eine Lehrerin, eher eine Mutter für uns. Sie gab uns Zeugnis von ihrem christlichen Glauben und erinnerte uns an die Vorteile einer harten Arbeit. Bei ihr konnte ich meine Philosophiekenntnisse verbessern. Herr Gonougo, unser Französischlehrer, hatte mich durch seine Art und Weise zu unterrichten beeindruckt. Er war kein komplizierter Lehrer und erlaubte uns, seinen Unterricht besser zu verstehen. Er war humorvoll und offen. Unser Englischlehrer hatte einen schweren Akzent, aber wir strengten uns, seine Erklärungen zu verstehen. Herr Kouame war auf Wunsch aller deutschsprachigen Schüler wieder unser Deutschlehrer. Aufgrund meiner Leidenschaft für die deutsche Sprache war für mich Herr Kouame der beste Lehrer. Er hatte es geschafft, mich zu motivieren, meine Kenntnisse in Deutsch zu vertiefen. David war einer der Pioniere der Erstgründung des Deutschclubs auf dem modernen Gymnasium Abobo, der beste Schüler in Deutsch der Klasse Second. Ich fand ihn oft schüchtern und reserviert und hatte es nie geschafft, auf ihn zuzugehen. Wir lernten uns im Deutschclub kennen, waren zusammen in der selben Klasse 1er in der Deutschgruppe und auch noch in derselben Abiturklasse. Er war derjenige, der mit Estelle zusammen das zweiseitige Gedicht während der Olympiade auf Deutsch aufgesagt hatte. Er war mehr als ein Mitschüler: ein Freund, denn wir lernten oft zusammen und gab uns einander gute Tipps im Rahmen der Vorbereitung der Abiturprüfung. Wir waren beide im Deutschclub an der Spitze der Kommunikationsabteilung und gingen oft von Klasse zu Klasse, um den Schülern Informationen über unsere Aktivitäten zu geben. In dieser Stimmung lernten wir zwei schöne Mädchen der Klasse 1er kennen. Sie waren sehr motiviert und nahmen an unseren Aktivitäten im Deutschclub teil. Es war für uns eine Gabe, vielsprachig zu sein, denn wir hatten nur drei Stunden Deutschunterricht pro Woche, was in der Regel nicht reichte, um sich auf Deutsch ausdrücken zu können. Deswegen war der Deutschclub von großer Tragweite, denn man konnte dadurch seine Kenntnisse verbessern, vor allem im Rahmen des Sprechens. Mireille und Carine, die zwei schönen Mädchen der Klasse 1er, mochten unsere Gesellschaft sehr. Das hatte einen Grund. Sie wollten ihre Sprachkenntnisse verbessern und Hausaufgaben erledigen. Manchmal missbrauchten sie unsere Naivität, indem sie uns den Eindruck gaben, dass sie sich in uns verliebt hätten. Wir waren aber doch nicht dumm, sondern nett und liebevoll. Wir luden sie oft zum Frühstücken ein und zahlten die Rechnung. Wenn sie satt waren, spielten sie mit ihren Handys ihr Lieblingslied zum Lauschen, Mitsingen und Tanzen. Wenn wir sie tanzen sahen, waren wir zufrieden und hofften trotzdem darauf, dass sie sich eines Tages in uns verlieben würden. Nachdem sie ihre Hüften geschwungen hatten, riefen sie vor unseren Augen ihre Freunde an, die berufstätig waren und mehr Geld als wir hatten. Jedoch hatten sie kein Geld, um die Rechnung des Frühstücks zu zahlen. Wir fühlten uns dann elend und sagten kein Wort. Wir liebten sie trotzdem, obwohl sie materialistisch waren.

Beranger war ein Freund von uns aus derselben Klasse. Er gesellte sich zu uns und wir bereiteten gemeinsam die Abiturprüfung vor. Wenn wir Geld fürs Frühstück beitragen sollten, hatte er immer eine glatte Münze dabei. Die glatten Münzen wurden aber nicht akzeptiert, weil sie wertlos waren. Allerdings merkten die Donut-Verkäuferinnen nicht, dass eine glatte Münze unter den Münzen war. Die Eltern von Beranger waren arm und lebten im Dorf. Er sollte allein kämpfen, um mit seinem Leben zurechtzukommen. Wir verstanden seine Situation, die schlimmer als unsere war, und halfen ihm sehr oft finanziell. Wir lernten unaufhörlich unsere Lektionen, machten alle Aufgabenarten. Wir hatten es geschafft, einen Klassenraum in der Grundschule »Les angelots« bei der Mutter von David umsonst zu bekommen. Sie war die Mitbegründerin dieser Grundschule. In diesem Klassenraum sammelten wir uns zwei- bis dreimal in der Woche, um zu lernen. Wir hatten ein Motto, nämlich 100 % Erfolg bei der Abiturprüfung. Wir bildeten eine Arbeitsgruppe, die über insgesamt fünf Schüler verfügte.

Das Schuljahr wurde aufgrund der Streiks vom FESCI, der schulischen und studentischen Gewerkschaft der Elfenbeinküste, wegen unbezahlter Hilfsfonds, Stipendien und Zimmermangel in den Studentenwohnheimen oft unterbrochen. Ihre Streiks waren häufig politisch orientiert, weil sie sich von politischen Parteien manipulieren ließen. Diese studentische und schulische Bewegung verfügte über Schüler und Studenten, die oft faulenzten und nicht so gut in der Schule und an der Universität waren. Sie suchten damit Rechtfertigungen und gaben sich dem ständigen Streik hin. Sie peitschten oft Leute bis aufs Blut aus, unter anderen Mitschüler, Mitstudenten, Lehrer, Dozenten und Eltern, die nicht ihrer Meinung waren, und das blieb unbestraft. Ich mochte diese Bewegung nicht, weil sie meines Erachtens gewalttätig war. Einmal hatte ich es eilig, weil ich zu spät war. Der Unterricht hatte schon angefangen. Ich lief auf einen Weg, dann hörte ich plötzlich eine sehr laute Stimme hinter mir: »Laufe nicht auf meine Wiese!« Ich drehte mich um und erblickte einen Schüler ohne Schuluniform mit einem Stock in der Hand. Ich lief nicht auf die Wiese, sondern auf einen kleinen Weg, der zu meinem Klassenraum führte. Das war ein öffentlicher Weg und nicht der von seinen Eltern. Ich antwortete ihm: »Ich bin auf dem Weg und nicht auf der Wiese.« Da die Stimme insistierte, verließ ich den Weg und befand mich auf der asphaltierten Straße, wo die Autos fuhren. Zum Glück war mir nichts passiert und ich kam mit großer Verspätung im Unterricht an. Diese Bewegung setzte sich negativ im schulischen und studentischen Umfeld durch, was damals dem Bild der ivorischen Schule schadete.

Zu Hause war ein Verwandter von uns zu Besuch. Es war ein Cousin der Groß-familie seitens meiner Tante. Er kam aus Tunesien zurück und wollte einige Tage in der Elfenbeinküste verbringen, im Rahmen einer Anerkennung als professio-neller Fußballspieler. Er spielte bei einem Verein in Tunis und sollte, wenn alles gut lief, in ein paar Tagen nach Tunis zurückfliegen. Er wollte anonym bleiben, wegen seiner väterlichen Eltern, die viel in Hexerei involviert waren. Sein Vater war Lehrer auf dem französischen Gymnasium gewesen und hatte damit viel Geld verdient. Er war deswegen Opfer von Neid und Hass gewesen. Er war krank geworden und gestorben. Wie ein bekanntes Sprichwort der Elfenbeinküste lau-tet, »Die Hexen bezahlen keine Transportgebühren«, so hatten seine väterlichen Eltern endlich erfahren, dass er bei uns wohnte. Mein Cousin war immer mit Sportkleidung gekleidet. Er unterschied sich von anderen durch seine neuen Anzüge und Sportschuhe. Er trainierte fast täglich auf dem Fußballspielfeld von dem Viertel und dies bemerkten Leute, die ihm den Spitznamen »le pro« (Ab-kürzung von professionell) gaben. Die Mädchen aus dem Viertel begehrten ihn sehr und wünschten sich sogar ein Date mit ihm. Die Mutter meines Cousins hatte einen Mann kennengelernt, der jahrelang in Marokko gelebt hatte, und dieser machte ihr einen Vorschlag. Er schlug ihr vor, für ihren Sohn einen be-rühmten und internationalen Fußballverein in Marokko zu finden, wo er sich schnell würde entwickeln können. Darauf könnte er einen Fußballvertrag bei einem berühmten Fußballverein in Spanien bekommen und wahnsinnig viel Geld verdienen. Darauf hatte sie sich gefreut und ihren Sohn davon überzeugt, seine Reise nach Tunis zu stornieren, um sich auf den Vorschlag zu konzent-rieren. Dieser Mann forderte viel Geld von seiner Mutter. Jerry Getheme hatte seinem Trainer in Tunesien gesagt, dass er in der Elfenbeinküste länger als an-genommen bleiben werde. Da es viele Spieler gab, die auch einen Verein brauch-ten, gab der Trainer jemand anderem seine Stelle. Einige Wochen später war der Mann mit dem Geld seiner Mutter verschwunden. Sie fanden später heraus, dass der Typ ein Betrüger war und gar keine Kontakte mit Fußballvereinen in Marokko hatte. Er hatte sogar mit der Mutter von Jeremy geschlafen, die eine sehr schöne Frau und leider so früh Witwe war. Mein Cousin kontaktierte wieder seinen Verein in Tunis, zu dem er die Reise schon storniert hatte. Sie sagten ihm, dass er noch warten müsse. Bis wann, wisse man nicht. Sein Name war auf einer langen Warteliste eingetragen. Die finanziellen Reserven meines Cousins waren aufgebraucht. Da die nördlichen afrikanischen Staaten direkt an Europa grenzten und stark von den europäischen Gewohnheiten beeinflusst waren, hatte sich mein Cousin in Tunis an europäisches Essen gewöhnt. Am Anfang hatte er noch Geld und konnte sich die europäischen Mahlzeiten wie Pizza, Burger, Nudeln, Pommes mit Hühnerfleisch usw. leisten, die in der Elfenbeinküste sehr teuer waren. Nun aber musste er sich anstrengen, »To« oder gekochtes Pulver von der Maniokwurzel mit Okra-Sauce und »Placali« oder pürierte fermentierte Maniokwurzel mit »sauce dougble« oder die Sauce von dem Pulver getrockneter Okra-Früchte zu essen. Er musste sich oft bei den Straßenverkäuferinnen Frühstück kaufen, die etliche Hygienevorschriften nicht beachteten und sehr günstige Mahlzeiten verkauften. Mein Cousin war krank und abgemagert geworden. Er hatte Durchfall und konnte aus Geldmangel seine normale Ernährung nicht mehr aufrechterhalten. Er wurde wieder gesund, ohne zum Arzt gegangen zu sein, nachdem er sich eingelebt hatte. Ich hatte mit ihm Mitleid und half ihm oft finanziell, da ich mehrere Schüler im Aushilfsunterricht betreute. Damit verdiente ich mehr als vorher. Mit dem Geld kaufte er sich etwas zum Essen, Sportsachen und telefonierte fast täglich mit seinem Coach in Tunis, der ihm immer noch sagte, er solle weiter warten. Er brauchte Internet und ging zum Internetcafé, um anderen Fußballvereinen und Fußballfreunden in Europa eine E-Mail zu schreiben, welche diese meistens leider aber ignorierten. Er empfing selten Geld von seinen Fußballfreunden, die schon berühmt waren. Sein Leben war ein Schicksal. Ich konnte das deutlich merken. Als er anfing, zu spielen, war Yaya Touré, einer der weltberühmten Fußballspieler, noch ein Knabe. Wenn es stimmte, was er mir über sein Leben erzählt hatte, kam einmal Touré zu ihnen, als er noch in einem Fußballverein in der Elfenbeinküste spielte und mit seinem Coach trainierte. Er gratulierte ihnen zu einem guten und motivierten Training und sagte, er wolle wie sie sein. Jerry war noch in der Elfenbeinküste und dabei, ein erbärmliches Leben zu führen, als Touré schon weltberühmt war und bei Manchesty City als Mittelfeldspieler spielte. Wie ein bekanntes Sprichwort der Elfenbeinküste lautet: »L'homme propose, Dieu dispose« oder der Mensch schlägt vor, Gott verfügt. Jerry sollte unvergessliche Momente des Geldmangels in der Elfenbeinküste erleben. Er hatte den Vorschlag seiner Mutter abgelehnt. Es war nun zu spät. Da das Zimmer voll von den Jugendlichen war, schlief ich mit Jerry im Wohnzimmer auf der Matratze. Meine Tante war damals in einer evangelischen Kirche getauft worden und entschloss sich, bei einer Kirche zu bleiben und nicht umherzuziehen. Sie betete immer in der Nacht. Wir konnten oft wegen ihrer Gebete nicht so gut schlafen. Einmal verfiel sie in Trance, als sie in der Nacht betete und in Zungen sprach. Das war in einer Sprache, die keiner verstand. Sie kam diese Nacht zu uns ins Wohnzimmer und machte wahnsinnige Offenbarungen: »Gott hat mit mir gesprochen. Jerry, deine Zukunft wird gerade in der spirituellen Welt von deinen väterlichen Eltern gefangengehalten. Deine Mutter bringt gerade ein Mädchen in ihrer Wohnung aus dem Dorf deines Vaters unter. Dieses Mädchen ist eine Hexe. Sie arbeitet für eine spirituelle Assoziierung. Sie sitzt auf einer Registerkasse in der spirituellen Welt, in der dein Name steht. Solange sie darauf sitzt, wirst du nie nach Tunesien zurückfliegen.« Jerry fühlte sich getroffen. Ich war verblüfft und erschrocken. Die ganze Nacht konnte ich nicht mehr meine Augen schließen. In der Früh redete meine Tante mit Jerry über die Offenbarung und sagte ihm, er solle es seiner Mutter erzählen und sofort nach einer Lösung suchen. Sie empfahl ihm, Jesus als Erretter anzunehmen und ihn anzubeten. Er werde ihn vor seinen Feinden schützen. Jerry führte ein freies Leben und hielt das christliche Leben für Dogmen. Trotzdem ging er mit seiner Mutter zu einer Prophetin Gottes, die die gleiche Offenbarung machte. Diesmal nahm er die Sache ernst und fing an, in die Kirche zu gehen.

Bald fand die Abiturprüfung statt. Ich lernte sowohl in der Gruppe wie auch alleine. Ich stand in der Nacht auf, um zu lernen, weil es noch ruhiger war. Ich wollte meine Abiturprüfung bestehen. Etwas hatte meine Aufmerksamkeit gelenkt. Einmal stand ich auf, wollte durch den Gang ins Zimmer gehen, um meine Schulsachen zu holen. Es war niemand in dem Gang, aber ich spürte eine Hand, die mich geschoben hatte und ich fiel wieder direkt auf die Matratze, genauer auf den Fuß von Jerry, der plötzlich aufgestanden war und mich fragte: »Was ist los, Supertiemo? Bleib bitte liegen. Nicht aufstehen.« »Supertiemo« war der Spitzname, den Jerry mir aufgrund meiner Offenheit und Nettigkeit ihm gegenüber gegeben hatte. Was noch erstaunlicher war, waren die circa zwei Meter Distanz zwischen dem Gang und der Matratze im Wohnzimmer. Ich war jedoch mit Schwung auf den Fuß von Jerry gefallen. Ich hatte große Angst. Ich betete, stand nach einer Weile wieder auf und ging problemlos durch den Gang, nahm meine Schulsachen und lernte. Vielleicht lag dies an Müdigkeit, Halluzinationen oder es gab spirituellerweise etwas im Gang liegend, das ich nicht betreten durfte. Ich war konfus und konnte nicht genauer sagen, was diese Nacht los war.

Hauptsache, ich fühlte mich geschützt. Obwohl ich noch nicht in einer Kirche getauft war und zu dieser Zeit keine Kirche besuchte, glaubte ich an die Person von Jesus Christus. Ich betete und fühlte mich trotzdem erhöht. Das freute mich sehr.

Am Tage der mündlichen Abiturprüfung erfuhr ich, dass man Geld haben musste, um die Prüfer zu bestechen, was ich komisch fand. Ich hatte viel gelernt und brauchte niemandem Geld zu geben, um die Prüfung zu bestehen. Ich sollte in drei Sprachen, das heißt Französisch, Englisch und Deutsch, die mündliche Prüfung haben. In Französisch war der Prüfer in Korruption verwickelt und verlangte von mir etwas Geld, trotz der guten Eindrücke, die er von mir hatte. Da das die Bedingung dafür war, die Präsenzliste unterzeichnen zu können, gab ich ihm das Geld für meine Fahrkosten der Rückfahrt nach Hause. Das heißt, ich musste nach der Prüfung zu Fuß nach Hause gehen. Er gab mir 12 von 20 Punkten. Ich hatte bestanden. Am folgenden Tag kam ich wieder zum Prüfungszentrum, um die restlichen Prüfungen abzulegen. Für die englische mündliche Prüfung musste ich von einem Korb ein Thema auslosen. Ich loste das Thema »Juvenile Delinquency« aus. Ich musste 30 Minuten lang eine kleine Einführung, einen Darstellungsteil und einen kleinen Schlussteil auf einem Blatt vorbereiten. Nach der Vorstellung des Themas musste ich auf ein paar Fragen antworten, die der Prüfer mir stellen würde. Nach der Vorbereitung erschien ich vor dem Prüfer, der mir die Frage gestellt hatte, ob ich Englisch sprechen konnte. Darauf antwortete ich Ja und er erlaubte mir mein Thema vorzutragen. Während des Vortrags war er am Telefon und ließ mich trotzdem weiter vortragen. Nachdem ich mir so große Mühe gegeben hatte, stellte er mir wiederum die Frage: »Do you speak English?« Dann realisierte ich, dass er von mir Geld verlangte. Ich hatte leider nur Geld für meine Fahrkosten dabei und wollte diesmal nicht zu Fuß nach Hause gehen. Ich versuchte, ihm meine Lebenssituation auf Englisch zu erklären. Er wollte nichts wissen und sagte mir auf Englisch: »Sorry, you have got nine out of twenty, goodbye« oder auf Deutsch: »Schade, du hast 9 von 20 erhalten, tschüs«. Das war unfair. Ich hatte doch eine schöne Prüfung absolviert, aber sie zählte nicht, nur das Geld zählte. Ich konnte nicht anders, als das so anzunehmen, da er verantwortlich war für die Noten, die er den Kandidaten gab. Ich hatte jedoch bei der Probeprüfung auf dem Gymnasium 17 von 20 Punkten bekommen und war einer der besten Schüler des ganzen Gymnasiums in englischer mündlicher Prüfung neben Georg und Junior, die genauso wie ich 17 erhalten hatten. Die Probeprüfung war schwerer, da der Prüfer in der Schulführung und zu uns strenger war. Er hatte genug Geld und brauchte kein Bestechungsgeld von einem Schüler zu verlangen. Zudem war er ein frommer Muslim. Ich war in der englischen mündlichen Prüfung durchgefallen, weil ich kein Geld hatte. Nun musste ich den fehlenden Punkt bei der schriftlichen Prüfung nachholen. Ich brauchte durchschnittlich 10 von 20, um Englisch zu bestehen. Mir fehlte noch ein Punkt. Für die deutsche mündliche Prüfung war der Prüfer ehrlich und konzentriert. Für ihn zählte die harte und transparente Arbeit und nicht die Korruption. Hast du gelernt, bestehst du die Prüfung. Hast du nicht gelernt, fällst du durch. Ja, er war genauer mein Typ. Wir unterhielten uns auf Deutsch, als ich wäre auf einer Straße in Berlin und spräche mit einem Deutschen. Ich bekam 18 von 20 und war sehr zufrieden. Ich hatte die deutsche mündliche Prüfung bestanden. Ich hatte außerdem bemerkt, dass die meisten Deutschlehrer, die ich kennengelernt hatte, ehrlich, fleißig und gut erzogen waren. Die Woche darauf legten wir die schriftliche Abiturprüfung ab und mussten nun auf die Ergebnisse warten. Ich war zuversichtlich und wollte die Abiturprüfung mit sehr guten Noten bestehen, um ein Stipendium vom Staat erhalten zu können. Dafür brauchte ich aber 240 Punkte von 400 Punkten. Ich hatte immer noch Angst wegen der erhaltenen Note in der englischen mündlichen Prüfung. Nach einigen Wochen hatten die Lehrer unsere Blätter fertig korrigiert. Die Ergebnisse wurden zu den verschiedenen Präsidenten der Prüfungszentren zugesandt. Nun mussten sie die Ergebnisse an einem vom Staat fixierten Datum bekanntgeben.

Am Tage der Verkündung der Ergebnisse wünschte mir Jerry viel Glück. Meine Familie war zuversichtlich und zweifelte gar nicht daran, dass ich die Prüfung bestehen würde. Ich ging allein zum Prüfungszentrum. Plötzlich hörte ich den Präsidenten am Mikrofon sagen: »Candidats, approcez«, was bedeutet: »Kandidaten, kommt näher«. Alle Kandidaten waren auf dem Hof des Prüfungszentrums versammelt. Der Präsident stand mit ein paar Blättern in der Hand auf dem Balkon des zweiten Stocks von dem Gebäude. Es gab zwei Fälle, nämlich du hast bestanden oder du bist durchgefallen. Er sollte nur die Namen von denen, die die Prüfung bestanden hatten, am Mikrofon nennen. Es gab 24 Kandidaten von 200, die die Prüfung bestanden hatten. Er fing mit den Namen mit Anfangsbuchstabe A an und setzte die Liste allmählich fort, bis er zu den Namen, die mit K anfingen, kam. Da er viele Anfangsbuchstaben übersprungen hatte, weil die entsprechenden Schüler nicht bestanden hatten, hatte ich Angst und ich konnte mich nicht mehr auf meinen Beinen halten. Ich zitterte. Plötzlich hörte ich meinen ganzen Namen, sprang einmal hoch und schrie mit aller Kraft: »Ohhhhhhh, ich habe die Abiturprüfung bestanden!!!!!!!!!!!!! Ohhhhhhhhh.« Nun musste ich mein Zeugnis nehmen, um zu prüfen, ob ich Anspruch auf ein

Stipendium hatte. Ich stellte mich in die lange Reihe und war ungeduldig, endlich mein Zeugnis zu sehen. Ich nahm mein Zeugnis und es fehlten mir leider 2 Punkte, um ein Stipendium zu erhalten. Ich hatte 238 Punkte bekommen, was nicht ausreichte. Ich war daher ein bisschen traurig. Der Englischlehrer hatte mich durch sein korruptes Verhalten daran gehindert. Ich hatte trotzdem die englische schriftliche Prüfung mit 15 von 20 bestanden. Die Korruption ist ein Übel. Die Elfenbeinküste kämpft bisher vergeblich gegen diese Plage.

Da ich im Allgemeinen gute Noten hatte, konnte ich mich um eine Studiumsstelle bei INPHB Yamoussokro bewerben, einer der berühmtesten Universitäten von Westafrika. Wenn man angenommen wurde, wurde man automatisch Stipendiat. Man bekam zudem monatlich Taschengeld vom Staat. Mir fehlten leider 10.000 fcfa oder etwa 15 Euro, um die Bewerbungsgebühren zu zahlen. Die Bewerbungen für die Prüfung fanden mit einer Frist von zwei Wochen statt. Ich konnte nirgendwo so eine Geldsumme sammeln. Ich musste auf die Idee verzichten. Ich konzentrierte mich auf die öffentlichen Universitäten, wo ich mich auf die Liste für drei Optionen eingetragen hatte, das heißt Deutsch als erste Option, Englisch, dann Philosophie. Der Staat musste mich nach meinen Abiturnoten in eine der ausgewählten Abteilungen aufnehmen.

Meine Arbeitsgruppe hatte wie vorgenommen 100 % Erfolg bei dem Abitur gehabt. Wir feierten zusammen und waren sehr glücklich. Wir besuchten Daniel, den Studenten, der uns im Deutschclub auf dem Gymnasium besucht und von seinem Projekt der Reorganisierung des Deutschclubs an der Universität Cocody gesprochen hatte. Wir hatten deswegen alle Deutsch als erste Option ausgewählt. Er freute sich mit uns zusammen und lud uns ein, etwas zusammen zu essen. Wir plauderten und erzählten ihm, wie die Prüfung gelaufen war. Er hatte leider nicht genug Geld dabei, um uns die Fahrkosten zu zahlen. Wir mussten dann bis nach Hause laufen. Unterwegs trafen wir einen Erwachsenen und erzählten ihm, dass wir das Abitur geschafft hatten und gerade vom Laufen erschöpft waren. Er hatte mit uns Mitleid und zahlte uns die Fahrkosten. Das war dann so ein Vorgeschmack von dem, was auf uns an der Universität wartete, nämlich der Mangel an Geld. Keiner von unserer Abiturklasse außer einem, der 242 Punkte beim Abitur geschafft hatte, hatte Anspruch auf ein Stipendium. Alle anderen mussten alles selbst organisieren, ohne etwas vom Staat zu erwarten.

Meine Familie hatte sich meines Erfolgs in der Abiturprüfung erfreut und das erwartet. Jerry gratulierte mir zur bestandenen Abiturprüfung und gab mir den Tipp, zu versuchen, mich für Auslandsstipendien zu bewerben. Damit könnte ich eine Studiumsstelle im Ausland bei einer berühmten Universität finden.

Jerry stritt sich mit meinem Pflegevater, der wieder einmal meinte, es gebe viele Leute zu Hause und er schaffe es nicht, alle unterzubringen. Auf diese Worte verließ Jerry die Wohnung und zog zu Verwandten um. Er konnte nicht bei seiner Mutter wohnen, wegen seiner väterlichen Eltern. Seine Mutter besuchte eine Kirche und lud Jerry oft ein, am Gottesdienst teilzunehmen. Das Mädchen aus dem Dorf von Jerrys Vater, das meine Tante in ihrer Vision gesehen hatte, lebte zu Hause bei der Mutter von Jerry, bis ein Pfarrer sie eines Tages besuchte und im ganzen Haus betete. So verfiel das Mädchen in Trance und gestand die Wahrheit. Sie war wirklich eine geschickte Hexe. Sie wurde von diesem schlechten Geist befreit und ins Dorf zurückgeschickt. Einige Monate danach konnte Jerry nach Tunesien zurückfliegen.

Sein Coach hatte ihm endlich vergeben und er konnte mit dem Training wieder anfangen.

Pacome, der älteste Sohn meines Pflegevaters, war für mich ein Freund, denn er gab mir oft brauchbare Tipps und mochte meine Gesellschaft. In einem unserer Gespräche erzählte ich ihm von meiner Liebesenttäuschung mit Tatiana. Er beriet mich, nicht aufzugeben und dranzubleiben, weil die Frauen im Allgemeinen sehr zurückhaltend sein könnten. Sie brauchten jemanden, dem sie vertrauen könnten. Auf seine Tipps hin besuchte ich Tatiana, die leider das Abitur nicht bestanden hatte. Ich tröstete und ermutigte sie, in ihren Bemühungen nicht nachzulassen und das Abitur im nächsten Schuljahr noch einmal zu versuchen. Es werde diesmal klappen. Sie war außerdem wieder allein, denn ihr Freund hatte mit ihr Schluss gemacht. Die folgende Frage fiel mir ein: Was gibt es Schöneres, als sie zum Restaurant einzuladen und mein Glück noch einmal zu versuchen? Ich zweifelte und spürte zugleich, dass ich immer noch in sie verliebt war. Doch wollte ich nicht rasch vorgehen, sondern sicher und vorsichtig. Ich fing langsam meine Freundschaft mit Tatiana wieder an. Ich besuchte sie regelmäßig. Ich nutzte eine neue Strategie. Ich versuchte ihr erst ein guter Freund zu sein. Da ich aufgrund meiner sehr guten Ergebnisse im Aushilfsunterricht mehr Schüler betreute und mehr Geld bekam, konnte ich es mir finanziell leisten, mit Tatiana, statt sie zum Restaurant einzuladen, Eis essen zu gehen, was oft nicht günstig war. Ich bestellte für Tatiana einen Eisbecher und für mich eine Flasche Mineralwasser. Ich war ziemlich gut angezogen. Ich hatte eine Jeanshose, ein Trikot, auf dessen Rücken »Robben« geschrieben stand, und Straßenschuhe von der Marke Reebok an. Ich trug Parfüm auf und roch gut. Ich wollte sie dadurch möglichst anlocken. Tatiana war schmaler geworden. Sie war wie üblich einfach angezogen und ihr Gesicht strahlte immer noch vor Schönheit. Ihr Lächeln erleichterte mich und versetzte mich in eine gewisse Zärtlichkeit. Ich war an diesem Tag sehr romantisch. Wir saßen auf der Terrasse des Eisverkaufsladens. Auf dem Tisch stand ein Rosenstrauß in einem Glaskrug. Die Musik, die ertönte, war ein romantisches französisches Lied von Pierre Bachelet mit dem Titel »Elle est d'ailleurs« oder übersetzt: »Sie ist von woanders«. Ich machte ihr Avancen, die sie sofort annahm, ohne lange zu warten. Ich glaubte es einfach nicht.

Tatiana hatte angenommen, meine Freundin zu sein. Ich war einerseits der Glücklichste und andererseits sagte ich mir, ich hatte es wohl verdient, denn ich hatte so lange gewartet. Tatiana hatte mehr als die Hälfte meines Monatseinkommens, obwohl ich nicht viel verdiente. Sie entschied für das neue Schuljahr, für ein Lebensmittelunternehmen zu arbeiten und die Abiturklasse in der Abendschule zu machen, wofür sie Schulgebühren bezahlen musste. Natürlich half ich ihr finanziell dabei. Ich gab ihr regelmäßig Geld für ihre Bedürfnisse. Tatiana hatte mich unter einer Bedingung als ihr Freund angenommen. Wir durften zunächst keinen Geschlechtsverkehr haben, bis sie ihre Abiturprüfung geschafft haben würde, was ich auch in Ordnung fand, denn ich wollte sie auf diesem Weg begleiten. Sie war Christin geworden und besuchte sonntags eine Gemeinde in ihrem Wohnort. Ihretwegen ging ich auch in die Kirche, aber war noch immer nicht getauft. Ich besuchte eine andere Gemeinde, die meinem Wohnort näher war. Ich wurde von der Mutter einer meiner Schülerinnen im Aushilfsunterricht eingeladen.

Nachdem ich viel damit gezögert hatte, nahm ich endlich ihre Einladung an, weil ich Tatiana vollständig gefallen und ihr ein idealer Freund sein wollte. Die Wünsche von Tatiana waren für mich Befehle. Ich lehnte ihr nichts ab. Jedes Mal, wenn sie etwas brauchte, war ich ihr zu Diensten, selbst wenn ich das zu meinem eigenen Nachteil leisten musste. Ich liebte sie bis zum Tod. Ich dachte jede Sekunde an sie. Ich liebte sie mehr als vorher. Ich vermied, sie regelmäßig zu besuchen, denn sie wohnte noch bei ihren Eltern. Ich wollte oft nicht stören. Ich blieb ihr treu und wollte nicht auffallen, weil ich mich schüchtern fühlte. In meinen Gebeten bedachte ich Tatiana und bat Gott darum, mir zu helfen, bei ihr bis zur Hochzeit zu bleiben, denn ich wollte sie in der Zukunft heiraten. Ich half ihr, sich auf die Abiturprüfung vorzubereiten. Ich gab ihr Aushilfsstunden, ohne etwas dafür zu verlangen. Sie hatte mein Herz erobert. Wir schafften es, ein Jahr kein Sex zu haben. Eine Nacht träumte ich davon, dass Tatiana sich vor einem Hotel befand. Ich fand den Traum komisch und glaubte nicht daran. Ich erzählte davon meinem Halbgroßbruder, der mir sagte, ich müsse eine Untersuchung in der Nähe machen, um herauszufinden, ob mein Traum die Wahrheit über Tatiana verkörperte. Ich hatte weitere Träume über sie. In einem Traum sah ich sie in einer Kneipe mit einem Mann zusammen. In einem anderen Traum sah ich sie sitzend mit einem anderen Mann zusammen in einem Restaurant. Den Namen von dem Mann kannte ich nicht, aber ich konnte sein Gesicht möglicherweise wiedererkennen. Das stimmte mich jetzt nachdenklich. Tatiana schummelte. Sie hatte schon mit jemand anderem Geschlechtsverkehr und pochte bei mir auf sexuelle Abstinenz. Ich fand das unfair. Da die Träume nicht vollständig stimmen konnten, musste ich noch Geduld haben, bis ich das in der Wirklichkeit erleben konnte. Zugleich fürchtete ich mich davor, dass sie mich im Stich lassen könnte. Wenn ich versuchte, mit ihr darüber zu sprechen, vermied sie die Diskussion und schwor mir, nicht zu schummeln. Sie versicherte mir außerdem, dass sie mir treu sei und ich ihr einziger Freund sei. Die Liebe hatte mich blind gemacht. Ich glaubte ihr. Eines Abends kam Tatiana zu mir zu Besuch und traf meine Tante. Mein Pflegevater war noch auf der Arbeit.

Ich stellte sie ihr vor und sagte ihr, dass sie meine Freundin war. Sie hatte gar kein Problem damit, aber stellte mir eine Frage: »Hast du dir Zeit gelassen, um sie kennenzulernen?« Darauf antwortete ich: »Mama, sie ist die Beste.« Meine Tante sprach weiter und sagte mir, ich müsse vorsichtig sein. Dieses Mädchen sei listig und hinterhältig. Ich glaubte kein Wort von der Äußerung meiner Tante und meinte, das sei einfach eine Falle, um mich von meinem Liebling zu entfernen.

Nach der Abiturprüfung wartete Tatiana auf die Ergebnisse. Inzwischen diskutierte ich mit ihr darüber, dass ich lange gewartet hatte und endlich zum ersten Mal mit ihr Geschlechtsverkehr haben wollte. Ich war ein in der Liebe noch völlig unerfahrener Junge. Ich war tatsächlich unberührt. Sie sagte mir, wir müssten auf die Ergebnisse der Abiturprüfung warten. Ich wollte mich diesmal nicht einfach überzeugen lassen. Ich bestand darauf und Tatiana verabredete sich mit mir vor unserem Gebäude, damit wir zum Hotel gehen konnten. Sie kam zu dem Termin aber nicht und bat um Entschuldigung. Ich nahm ihre Entschuldigung an und wir machten einen anderen Termin aus. Sie hatte jedoch wieder eine Rechtfertigung gefunden und war nicht gekommen. Ich versuchte sie zu erreichen. Ihr Handy war leider aus. Danach schickte sie mir eine SMS. In der SMS stand, sie habe mich die ganze Zeit nie geliebt. Ich musste sie entschuldigen, denn es war nicht einfach für sie, mir die Wahrheit zu sagen. Ich fand das alles unverständlich, denn ich hatte alles gegeben. Sie hatte mir sogar gesagt, dass ich für sie der beste Freund sei. Das alles war einfach ausgedacht, um meine Sanftmut zu missbrauchen. Was noch schlimmer war, war sie schon einige Monate schwanger von diesem Mann. Ich erzählte David von meinem

Missgeschick. Er machte sich erst über mich lustig, was ich zunächst erstaunlich fand. Er erzählte mir auch von seiner Geschichte mit seiner Exfreundin und ich konnte deutlich merken, dass er in diesem Bereich schon mehr Erfahrungen als ich hatte. Er sagte mir, diese Mädchen seien Golddinger, denn sie seien meistens materialistisch und Opportunistinnen. Ich müsse von nun an vermeiden, im Rahmen einer Liebesbeziehung in erster Linie Geld einzusetzen. Wenn die Liebe real sei, zähle das Geld zunächst nicht, sondern der Mensch selbst, wie er sei und nicht wie er sein solle. Ich erzählte meinem Halbgroßbruder Pacome nochmals von meiner Liebesenttäuschung mit Tatiana. Da er auch viele Erfahrungen hatte, antwortete er mir, dass sie zu mir zurückkommen werde. Ich fragte:»Wie?« Denn schließlich war sie schon schwanger. Wenn ich mich allein im Zimmer befand, weinte ich und verstand nicht, warum ich in Liebessachen immer enttäuscht wurde. Meine Halbgeschwister versuchten, mich zu trösten, aber ich brauchte viel Zeit, um langsam von dieser Seelenwunde zu genesen. Tatiana teilte mir drei Wochen danach telefonisch mit, dass sie die Abiturprüfung nochmals nicht bestanden hatte. Es tat mir trotzdem leid für sie, denn sie fiel zum zweiten Mal durch. Das war richtig schade. Einige Monate später brachte Tatiana ein Mädchen zur Welt. Da ich im folgenden Schuljahr Deutschstunden in einer kleinen Privatschule gab, musste ich in einem Prüfungszentrum als Aufsichtsperson der schriftlichen Abiturprüfung antreten. Während der Aufsicht traf ich eine Freundin von Tatiana, die mir erzählte, dass Tatiana mich wieder sehen wolle. Nach der Prüfungsaufsicht besuchte ich sie zu Hause. Als sie mich sah, senkte sie den Kopf, wohl wissend, was sie mir angetan hatte. Sie konnte mir nicht direkt in die Augen schauen. Sie bat wieder bei mir um Entschuldigung. Ich nahm ihr Kind in die Arme, drückte es an meine Brust und sagte ihr: »Herzlichen Glückwunsch! Du bist Mama geworden.« Ich gab ihr eine Banknote, sie war die letzte in meinem Geldbeutel, damit sie für ihr Baby ein paar Sachen kaufen konnte. Ich hatte gelernt, dass die wahre Liebe in der Lage sein sollte, zu vergeben. Einige Monate später bekam ich einen Anruf von ihr. Sie erklärte mir ein finanzielles Problem, was ich übertrieben fand. Wo war der Vater von ihrem Baby? Das konnte ich nicht verstehen. Ich wechselte meine Handynummer und brach definitiv den Kontakt mit ihr ab. Die Narbe von der alten Wunde war noch da und ich wollte nicht nochmals verletzt werden.

An der Universität war ich Student in der Deutschabteilung, wie ich es mir gewünscht hatte, und studierte Germanistik und Geschichte. Ich hatte in allen Modulen sehr gute Noten und freute mich darüber. Ich schaffte den ersten Jahrgang und war im zweiten Jahr.

An der Universität gewann Daniel die Wahl und wurde der neue Vorsitzender des Deutschclubs, wie er selbst es im Voraus geplant hatte. Er war während der Wahl einziger Kandidat, weil keiner außer ihm kandidiert hatte. Da die finanzielle Abteilung des Deutschclubs nicht über ausreichende finanzielle Mittel verfügte, musste er oft selbst aus eigenen finanziellen Ressourcen die Aktivitäten organisieren. Er ernannte einen Vizevorsitzenden, der ihm bei seiner Aufgabe helfen sollte. Er stellte verschiedene Kommissionen auf die Beine, nämlich Sprachkommission, Theaterkommission, Chorkommission, Zeitungskommission, Internetkommission und GDG oder die Frauenkommission des Deutschclubs. Er war zum größten Teil der Urheber von allen neuen innovativen Ideen des Deutschclubs. Dank ihm konnte der Deutschklub zum Beispiel mit der deutschen Botschaft in der Elfenbeinküste und dem Goethe-Institut partnerschaftlich zusammenarbeiten. Das war nach circa fünf Jahren etwas Neues für den Deutschclub, weil die damaligen führenden Mitglieder aufgrund der Unstrukturiertheit und Desorganisation es nicht geschafft hatten, die Partner zu überzeugen, die sie später auch im Stich gelassen hatten. Daniel war mehr als ein Vorsitzender: ein Führer, Berater und Motivator.

Er wurde deswegen oft von einigen Dozierenden beneidet. Er ernannte mich zum Vizevorsitzenden der Sprachkommission, welche die Kernkommission des Deutschclubs war, denn sie musste in der Lage sein, durch ihre Aktivitäten die Studenten zu motivieren, sich auf Deutsch auszudrücken, da die Elfenbeinküste ein französischsprachiges Land ist. Also war die Sprachkommission ein Gemeingut, das wir bewahren wollten. Da der Vorsitzende der Sprachkommission inaktiv war, wurde ich von Daniel zum Vorsitzenden der Sprachkommission ernannt, nachdem ich ihm mein Projekt vorgestellt hatte. Ich durfte einen Vizevorsitzenden ernennen, der mich bei der Organisation der Aktivitäten unterstützen würde. Ich kannte David und hatte mit ihm zusammen im Deutschclub auf dem modernen Gymnasium von Abobo gearbeitet. Ich ernannte ihn zu meinem Vizevorsitzenden. Er war ebenso in der Deutschabteilung eingeschrieben und studierte wie ich Germanistik und Geschichte. Zusammen führten wir die Aktivitäten der Sprachkommission zum Erfolg. Wir debütierten mit unseren Aktivitäten unter einem Baum und waren nur fünf Mitglieder. Dank einer guten Webkampagne sammelten wir nach und nach mehr Mitglieder. Da es die Regenzeit war und es viel regnete, zogen wir vom Schatten des Baums zum Schalter der Zahlung von Stipendien und Studienhilfe um, da wir dort einen Unterschlupf im Falle des Regens fanden. Da der Schalter am Vormittag meistens von Studenten besetzt war, die in langen Reihen standen, um ihre Zahlung zu erhalten, mussten wir unsere Aktivitäten oft am Nachmittag organisieren. Wir blieben stehen oder saßen auf den Eisenstangen, um über ein aktuelles Thema eine Diskussionsrunde auf Deutsch zu organisieren. Wir sangen Liedchen und organisierten Spiele. Das Ziel bestand darin, einen größeren Wortschatz zu erlangen, gebräuchliche Ausdrücke und Wörter zu erlernen, um möglichst fließend Deutsch sprechen zu können. Auf diese Weise lernten wir Romeo kennen. Er war ein Pfarrer und Gründer vom »English Learning Center«, ein Ort, wo man seine Englischkenntnisse gegen Lerngebühren verbessern konnte. Er verfügte über klimatisierte Räume, Computer, Mikrofon und Kopfhörer für Hörverstehen-Übungen. Er hatte sogar ein Studio, um kleine Filme zu drehen. Er war zusammenfassend gut ausgerüstet. Da er sich außerdem für die deutsche Sprache interessierte und Deutsch an der Deutschabteilung der Universität Cocody studierte, schlug er vor, mit uns zusammenzuarbeiten. Er wurde deswegen ein aktives Mitglied des Deutschclubs. Wir nahmen sofort seinen Vorschlag an und er stellte uns einen klimatisierten Raum für die Organisation unserer Aktivitäten zur Verfügung. Wir erreichten nun circa zwanzig Mitglieder, die an unseren Aktivitäten teilnahmen. Ich profitierte davon, Benedicte und Miriam als Finanzsekretärinnen zu berufen. Wir hatten außerdem eine interne Kommunikationsabteilung und einen Vorstand, der uns im Außendienst oft vertreten musste. Wir luden Stefanie, damals Direktorin für Bibliothek und Information, zu einer unserer Veranstaltungen zum Thema »Gleichberechtigung der Geschlechter: Utopie oder Realität?« ein. Daniel war auch mit dabei und einige Vorsitzende der anderen Kommissionen und Mitglieder des Deutschclubs. Wir luden auch die Dozierenden ein, die aus Zeitmangel leider aber nicht dabei sein konnten. Stefanie war fasziniert und lobte unser Engagement und unsere Motivation für die Beförderung der deutschen Sprache. Sie bewertete unsere Kommission positiv und stellte uns den großen klimatisierten Festsaal mit einer Kapazität von circa 150 Sitzplätzen zur Verfügung. Unsere Veranstaltungen wurden von nun an vom Goethe-Institut finanziert. Der Festsaal war sehr gut ausgerüstet. Wir hatten außerdem immer kostenlos zu dem Internetraum und zu der Bibliothek Zugang. Wir durften die Terrassen mitbenutzen und eventuell andere Räume vom Goethe-Institut. Die harte Arbeit hatte sich gelohnt. Wir hatten eine Außenwirkung. Viele Studenten konnten von der Reichweite und Sichtbarkeit unserer Veranstaltungen profitieren. Da Romeo ein Studio hatte, um Filme zu drehen, bekam er durch Stefanie einen Kurzarbeitsvertrag. Damit verdiente er viel Geld, aber er erzählte uns nichts davon, was wir nicht in Ordnung fanden. Er sagte uns, wir würden Business machen, was jedoch nur zu seinem Vorteil war. Er war kein

Pfarrer mehr, sondern zu einem Businessmann geworden. Wir konnten deutlich verstehen, dass es in Geldsachen keine Freunde gab, sondern nur Interessen. Er machte sich sowieso nichts daraus und hatte im Namen unserer Kommission eine Webseite gegründet, zu der er allein Zugang hatte. Leute aus Deutschland besuchten oft diese Webseite und Romeo erzählte uns nichts davon. Wir entschlossen uns, enttäuscht über sein Verhalten nicht mehr mit ihm zusammenzuarbeiten. Stefanie gab uns ein kleines Budget, mit dem wir unsere Aktivitäten organisierten. Bei einer Veranstaltung gab es einen Cocktail für unsere Gäste. Ich gab meiner Tante etwas Geld, um die Kuchen zu bestellen, weil sie sich gut auskannte, und das Goethe-Institut organisierte die Getränke für uns. Während unserer Veranstaltungen waren ich und mein Vizevorsitzender die Moderatoren. Stefanie mochte unsere Veranstaltungen sehr und hatte für uns ausgezeichnete Pläne, von denen sie uns aber noch nichts erzählte. Es gab neben der Sprachkommission andere Kommissionen, die genauso engagiert und motiviert waren. Das war sozusagen eine Konkurrenz. Jede Kommission wollte auf den Berg hoch. Eine Kommission hatte mich beeindruckt. Das war die Theaterkommission, die von Roland geführt wurde. Diese Kommission schaffte es, viel mehr Leute zu ihren Veranstaltungen einzuladen. Der Festsaal vom Goethe-Institut war voller Zuschauer und manche Leute standen hinter den Sitzreihen, um die Theateraufführung anzuschauen. Ich hatte einmal während einer Theateraufführung eine Rolle übernommen, weil sie vergeblich nach einem anderen passenden Schauspieler gesucht hatten. Sie organisierten einmal eine Veranstaltung, bei der sie das Buch »Andorra« von Max Frisch inszenierten. Sie luden die Dozierenden ein. Einige von ihnen waren anwesend. Ich war außerdem ein aktives Mitglied der »Freien Feder« und von »Ortstermin«, die finanzierte Projekte vom Goethe-Institut waren. Stefanie war die Leiterin von diesen Projekten.

»Freie Feder« war eine literarische Plattform, die die jungen Schriftsteller ermutigte. »Ortstermin« war ebenso ein literarisches Projekt, das darin bestand, literarische Texte sowohl von deutschen Autoren als auch ivorischen Schriftstellern im Rahmen eines Kulturaustauschs an einem zum Thema passenden Ort vorzustellen. Man konnte auch ein Buch lesen und den Inhalt zusammenfassend vorstellen. Das Goethe-Institut finanzierte für alle Mitglieder des Deutschclubs eine Reise nach Bouake, ein Gebiet unter Kontrolle der Rebellen, um eine Veranstaltung zum Thema »Friede und Versöhnung« zusammen mit dem Deutschclub der Universität Bouake zu organisieren. Die nächsten Reisen sollten nach Burkina Faso und dann nach Deutschland führen.

Zu Hause merkte mein Pflegevater, dass ich in letzter Zeit viel beschäftigt war.

Ich erzählte ihm, dass ich im Rahmen eines Projekts am Goethe-Institut arbeitete. Er wurde wütend, denn für ihn verdiente ich damit Geld und ich versteckte vor ihm das Geld. Ich wurde aber nicht für mein Engagement am Goethe-Institut bezahlt. Das war eine ehrenamtliche Arbeit. Wie das auch in der Bibel steht: Was man sät, das wird man ernten. Ich wusste ganz genau, dass ich eines Tages für mein Engagement bezahlt würde. Mein Pflegevater meinte, mir wüchsen die Flügel und ich könne mich um mich selbst kümmern. Er warf mich wieder einmal raus. Mein Pflegevater schmiss mich bei einem Missverständnis jedes Mal raus. Ich fand das übertrieben, aber war trotzdem höflich. Meine Tante versuchte diesmal vergeblich zu intervenieren. In seiner Entscheidung war er eindeutig. Ich durfte sein Haus nie wieder betreten. Mir ging sehr schlecht damit. Ich ging zum Studentenwohnheim, um mir einen Platz zum Schlafen zu finden. Da alle Zimmer belegt waren und keine Möglichkeit bestand, bei einem Bekannten zu übernachten, legte ich mich gegen Mitternacht auf die Bank auf dem Hof des Studentenwohnheims. Die Nachtwache weckte mich gegen zwei Uhr und fragte nach meinem Studentenausweis. Ich zeigte ihm meinen Studentenausweis und er brachte mich in einen großen Raum, wo die obdachlosen Studenten schliefen. Es gab circa dreißig Studenten in dem Raum. Jeder hatte entweder eine Matratze oder eine Matte auf den Boden gelegt und schlief darauf. Manche lagen lieber auf den Tischbänken.

Am darauffolgenden Tag traf ich einen ehemaligen Schulfreund vom Gymnasium, der genauso wie ich Germanistik und Geschichte an der Deutschabteilung studierte. Er hatte auch bei der Gründung des Deutschclubs auf dem Gymnasium mitgeholfen. Er hatte mit seinem Bruder ein Zimmer von etwa zehn Quadratmetern gemietet, was für ihn und seinen Bruder nicht reichte, geschweige denn dafür, eine zusätzliche Person unterzubringen. Ich schloss mich trotzdem an und schlief mit ihnen in der Kammer. Da die beiden zur buddhistischen Glaubensrichtung gehörten, luden sie mich sonntags zum Gottesdienst ein. Sie beteten Buddha an und glaubten nicht an Christus. Es war mir sehr schwierig, weiter mitzumachen. Er versuchte mich zu überzeugen, mich ihnen durch ein Bündnis anzuschließen, was ich ablehnte. Sie beteten lauter und wiederholten das gleiche Wort mehrmals, wie zum Beispiel:
»Na miaironkon raisinkio Na miaironkon raisinkio Na miaironko raisinkio Na miaironko raisinkio …«
Ich verstand nicht, was das hieß, aber betete bei jeder Einladung trotzdem mit. Sie glaubten viel mehr an die Natur und ihre Geschöpfe. Für sie war alles durch Ursache und Wirkung bestimmt.

Damit fing ich langsam an, meinen Glauben an Christus zu verlieren, und geriet in Zweifel und Beschwernis. In diesem Kontext begegnete ich Gba King, einem Verwandten, wieder. Er hatte bei uns gewohnt und war nach einem Streit mit meinem Pflegevater umgezogen. Er lebte nun bei Freunden. Er war Tischler und fertigte auf Bestellung Möbel für Privatkunden. Da er noch keine eigene Werkstatt hatte, arbeitete er direkt bei den Kunden, indem er seine Arbeitsmaterialien hinbrachte. Er war außerdem Tätowierer und seine besten Kunden waren Mädchen und Frauen, die als Huren bei einem Nachtlokal arbeiteten. Er rauchte und trank Alkohol. Er führte zusammenfassend ein freies Leben. Das Geld, das er verdiente, schickte er seiner Verlobten, mit der er schon zwei Kinder hatte und die in einer anderen Stadt an der Grenze der Elfenbeinküste zu Liberia wohnte. Ich besuchte ihn regelmäßig und kam ihm näher. Niemals kam mir die Idee, mich wie er zu verhalten. Seine Lebensatmosphäre störte mich aber gar nicht. Er schenkte mir oft Geld, wenn ich ihn zu seinen Kunden begleitete. Er erzählte mir, dass er den Bürgerkrieg von Sierra Leone erlebt hatte und wie blutig und grausam dieser Krieg war. Er war Tischler und Maler in Sierra Leone gewesen, bis der Krieg ausbrach. Er hatte überlebt, weil seine Zeit nicht gekommen war, ansonsten wäre er längst tot. Gba King war außer seinen Berufen ein Spiritualist. Er zeigte mir ein Geheimnis. Er gab mir ein Holzstückchen, nachdem er einige Segnungen geäußert hatte, das ich in meine Hosentasche stecken sollte. Dieses Holzstückchen sollte mir Glück bringen, wohin ich auch ging und was ich machte. Ich war zurückhaltend und nahm trotzdem das Holzstückchen und steckte es in meine Hosentasche. Ich war neugierig.

Während der Abiturprüfung war ich in einem Prüfungszentrum als Aufsichtsperson. Ich hatte vier Monate lang gar keinen Lohn bekommen, weil der Privatschuldirektor meinte, die Kasse sei leer, denn der Staat habe ihm bisher seine Subvention nicht komplett bezahlt. Ich war in einem Raum und musste die schriftliche Philosophieprüfung beaufsichtigen. Es gab insgesamt dreißig Kandidaten. Plötzlich kam der Präsident des Prüfungszentrums herein und reichte mir ein Blatt. Ich öffnete das Blatt, es lag eine Banknote im Wert von 5.000 fcfa darin und auf dem Blatt war die Korrektur der Philosophieaufgabe. Ich musste einem Verwandten von ihm das Blatt reichen. Gleich danach kam eine Aufsichtsperson vom Staat herein und sah das Geld und das Blatt in meiner Hand. Das war eine unbeabsichtigte Schummelei. Es standen draußen zwei Polizisten. Er gab ihnen ein Zeichen, dass sie in meinen Raum kommen sollten. Ich stand sprachlos da und verstand nicht, was mit mir passierte. Das Holzstückchen, das Gba King mir geschenkt hatte, war in meiner Hosentasche. Die Schummelei war in der

Elfenbeinküste vom Gesetz her verboten. Wurdest du erwischt, so wurdest du zu etwa zwei Jahren verurteilt und musstest dem Staat eine Geldstrafe zahlen. Die staatliche Aufsichtsperson fragte mich, wie ich die Korrektur bekommen habe. Davon erzählte ich ihm. Er schüttelte seinen Kopf und fragte, wie ich hieße. Ich antwortete: »Ich heiße Tiemoko.« Dann sagte er: »Das ist dein Glückstag. Nächstes Mal darfst du dich nicht ablenken lassen.« Ich war erschrocken und mein ganzer Körper zitterte.

Nach der Prüfungsaufsicht erklärte ich Gba King, was mir passiert war, und ich bedankte mich bei ihm. Das Tragen von Holzstückchen in meiner Hosentasche war mir zu viel und langweilig. Ich erinnerte mich aber daran, dass ich Christ war, obwohl mein Glaube oft wackelig war. Ich wusste ganz genau, dass Christus für mich auch dies getan hatte. Er hatte mich bisher geführt und geschützt. Ich durfte nur ihn allein verehren. Ich musste eine Wahl treffen, entweder bei dem Holzstückchen oder bei Christus bleiben. Ich fasste den festen Entschluss, das Holzstückchen wegzuschmeißen. Damit war Gba King gar nicht zufrieden, was unserer Freundschaft schadete. Ich besuchte ihn nun nur noch selten. Er vergab mir endlich und verstand meine Entscheidung.

Meine Tante hatte ein Getränkekabarett geöffnet. Sie verkaufte verschiedene Sorten von alkoholisierten Getränken. Ihr Geschäft lief sehr gut und sie war außerdem immer noch am Verhandeln mit meinem Pflegevater, damit ich wieder nach Hause kommen könnte. Ich besuchte sie oft in ihrem Getränkekabarett, aber durfte wegen meines Pflegevaters das Haus nicht betreten.

Meine Tante gab mir häufig etwas zum Essen.

Die älteste Tochter meines Pflegevaters wohnte nicht weit von ihm mit ihrem Verlobten. Sie war nicht bei ihrem ersten Mann geblieben. Die beiden hatten eine Tochter bekommen und sich später getrennt. Mit dem zweiten Mann hatte sie einen Sohn. Sie war zu mir sehr nett und erzählte mir oft von dem schlechten Verhalten meines Pflegevaters und dem Grund, aus dem sie mit ihm nicht zurechtkam. Ihr zweiter Mann war untreu und Alkoholiker. Sie wurde deswegen auch untreu und ging mit anderen Männern fremd. Ihr Leben war schwer. Sie plante, ihn für einen anderen Mann zu verlassen. Ich konnte bei ihr nicht wohnen, weil sie nur ein Zimmer gemietet hatte, das räumlich für mehrere Leute nicht reichte.

David, mein Vizevorsitzender, hatte meine wiederholte Abwesenheit bemerkt. Wir hielten keine Aktivitäten der Sprachkommission mehr. Er machte sich Sorgen über das Überleben der Sprachkommission. Er traf mich und erzählte mir, dass die Sprachkommission die letzte Kommission sein werde, wenn nichts getan würde. Ich erzählte ihm von meiner Situation und er hatte mit mir Mitleid. Ich empfahl ihm, die Kommission zu führen, als wäre er selbst der Vorsitzende. Er lehnte ab und sagte, ich sei der Vorsitzende. Ich müsse mein Bestesgeben, damit alles wieder normal laufe, was mir aber leider sehr schwierig war. Ich schlief immer noch in dem Studentenheim in einer Kammer zu dritt, unter schlechten Lebensbedingungen. Wir waren in den Schulferien. Also hatte ich gar kein Einkommen, da ich nur bei dem Unterrichten in der Privatschule und bei den Aushilfsstunden einen Stundenlohn bekam. Ich erhielt, was ich leistete. In den Schulferien musste ich von meinen Ersparnissen leben. Es war schwierig, sogar unmöglich, etwas zu sparen, wenn man vier Monate Gehaltsrückstände in der Privatschule hatte. Ich musste mich dann im Leben durchschlagen, um zu überleben. Meine Situation betreffend schlug er mir vor, mit ihm zusammenzuleben. Er redete erst mit seiner Mutter darüber, die sofort akzeptierte. Ich konnte dann mithilfe meiner Tante meine Sachen zu Hause abholen und zu meinem Vizepräsidenten umziehen. Wir schliefen zu dritt in einem Zimmer mit einem Bett, auf dem David schlief, und einem Doppelbett, auf dem ich mit dem großen Bruder von David zusammen schlief. Seine Mutter war zu mir nett und offen. Sie behandelte mich wie ihren leiblichen Sohn. Ich hatte eine neue Pflegefamilie. Ich lebte mich nach einigen Monaten ein und verstand mich mit allen Familienmitgliedern. Ich unterrichtete nach den Schulferien und verdiente damit Geld. Ich war finanziell unabhängig. Da ich psychisch angeschlagen war, konnte ich die Sprachkommission leider aber nicht weiter führen. Damit die Sprachkommission nicht starb, musste Daniel sich bei mir für die gute Arbeit bedanken, die ich bisher geleistet hatte, und jemand anderen ernennen, der verfügbar war und sich um die Kommission kümmern konnte. Trotzdem funktionierte die Kommission nicht wie üblich. Der Vorsitzende des Deutschclubs musste leider bis auf Weiteres die Aktivitäten der Kommission suspendieren. Die Internetkommission war eine ausgezeichnete Kommission und der Vorsitzende erhielt als Belohnung einen Monat Aufenthalt in Deutschland. Das Leben bei David gefiel mir sehr. Meine neuen Halbgeschwister waren alle sehr offen und freundlich.

Ich war 25 Jahre alt und noch jungfräulich. Ich war sehr schüchtern und reserviert. Mir war es äußerst schwierig, eine weibliche Person anzusprechen. Ich dachte noch an mein Scheitern. Eines Abends ging ich raus und wollte am Rand der asphaltierten Hauptstraße Obst kaufen. Auf dem Rückweg lief ich eine versteckte Gasse entlang und entdeckte einen Ort, wo die Frauen sich prostituierten. Sie waren alle schön und nackt. Die meisten waren Ausländerinnen und einige davon kamen aus der Elfenbeinküste. Ich kam einer davon näher und fragte sie, was das kostete. Sie kam aus Ghana und konnte nicht so gut Französisch sprechen. Sie sprach trotzdem einige Wörter und wir konnten uns verstehen. Sie sagte mir, es würde für einmal Spritzen 2.000 fcfa kosten. Ich nahm sie bei der Hand und wir gingen in ihr Zimmer, wo sie ihre Kunden empfing. Plötzlich kam ein bewaffneter Mann herein. Er ergriff meinen Gürtel. Er befahl mir, ihm nachzufolgen. Die Prostituierte hatte schon ihr Geld bekommen. Der bewaffnete Mann brachte mich zu einer verborgenen Stelle. An dieser Stelle waren auch vier weitere Personen, die auch zu den Prostituierten gekommen waren. Der bewaffnete Mann war nicht allein, sondern mit drei weiteren Personen zusammen, die mit Kalaschnikows bewaffnet waren. Ich merkte sofort, sie waren die frustrierten freiwilligen Jugendlichen, die der Staatspräsident nicht mehr in die Armee aufgenommen hatte. Sie waren die Ursache der anhaltenden Unsicherheit in der Stadt und arbeiteten gemeinsam mit den Prostituierten. Sie waren nun zu einer Ganggruppe geworden. Sie nahmen alle unsere wertvollsten Sachen wie Schmuck, Geld und Handy. Ich hatte etwa 8.000 fcfa in meinem Geldbeutel, eine Uhr und ein Handy. Sie nahmen alles und befahlen uns, uns auf den Bauch hinzulegen. Jeder von uns bekam etwa elf Peitschenhiebe auf den Rücken. Danach fragten sie sich, was sie aus uns machen sollten. Einer von ihnen sagte: »Lass sie gehen.« Auf dieses Wort hin ließen sie uns gehen. Einmal zu Hause erzählte ich David davon, der über mich spottete. Er sagte mir, dass ich mir eine Freundin finden müsse. Ich nahm diesmal die Sache ernst und entschloss mich, mir eine Beziehung zu suchen. Ich hatte Rückenschmerzen. Dafür nahm ich Schmerztabletten und ich spürte keine Schmerzen mehr.

Obwohl ich nicht mehr bei meinem Pflegevater wohnte, besuchte ich oft meine Tante in ihrem Kabarett. Parfait war ein Verwandter von der Seite meiner Tante. Er war Lehrling in einer Schneiderwerkstatt, die sich neben dem Kabarett meiner Tante befand. Ich besuchte ihn in der Werkstatt zum ersten Mal. Er bat mich immer darum, ihn zu besuchen. Ich wollte ihm diesmal eine Überraschung bereiten. Etwa 200 Meter von der Schneiderwerkstatt entfernt konnte ich ein hübsches Mädchen von etwa zwanzig Jahren auf der Terrasse der Werkstatt beobachten. Sie war genauso wie mein Verwandter ein Lehrling in der Werkstatt. Ich begrüßte sie und fragte nach Parfait. Sie antwortete, er sei gerade beschäftigt, und sie gab mir einen Sitzplatz, um auf ihn zu warten.

Inzwischen fiel es mir ein, mich mit ihr zu unterhalten:

- »Mein Name ist Eric Tiemoko. Wie heißen Sie denn?«
- »Ich heiße Bernadette. Du kannst mich duzen«, antwortete sie mit einer sanften und leisen Stimme.

- »Es freut mich sehr, dich kennenzulernen. Wie du die Kleider bügelst, habe ich den Eindruck, du bist ein ehrgeiziges Mädchen.« Sie lächelte mir zu und setzte die Unterhaltung fort.
- »Ich bin Schneiderin von Beruf. Was machst du beruflich?«
- »Ich bin Student und unterrichte Deutsch in einer Privatschule. Ich gebe auch Aushilfsunterricht.«

Wir tauschten die Handynummer und blieben im Kontakt. Da sie kein Handy hatte, gab sie mir die Nummer von ihrer Schwester, durch welche ich sie erreichen konnte. Mit David planten wir, Bernadette zu einem Frühstück zu Hause einzuladen. Sie kam zu der Einladung schick angezogen. Sie freute sich mit dabei zu sein. Wir aßen Attieke mit geräuchertem Fisch und tranken Fanta. Das war für mich wirklich kein guter Zeitpunkt, sie anzubaggern. Ich besuchte sie zu Hause. Weil ihr großer Bruder sehr streng war, kam ich nicht herein, sondern blieb draußen und rief ihre Schwester am Telefon an, die ihr sagte, dass ich draußen auf sie wartete. Es schien zwischen uns beiden gut zu laufen. Ich wartete nicht lange. Ich gestand ihr, dass ich sie liebte. Ich fragte sie, ob sie meine Freundin sein wollte. Sie nahm unter einer einzigen Bedingung an, nämlich dass ich mit ihr zusammen in die katholische Kirche ging. Ihr großer Bruder war Katholik. Ihm war es sehr wichtig, dass alle bei ihm zu Hause am Sonntag in die Kirche gingen. Von meiner Beziehung mit seiner Schwester wusste er erst mal gar nichts. Bernadette stellte ihm mich als ihren Arbeitskollegen vor, damit er nicht herausfand, dass ich ihr Freund war. Ich nahm die Bedingung von Bernadette an und ging sonntags in die katholische Kirche mit. Bernadette empfahl mir, drei Jahre Taufkurs zu machen, um mich taufen zu lassen, da ich noch nicht in einer Kirche getauft war, was für mich gar kein Problem darstellte. Bernadette wollte mit mir in der Keuschheit leben. Ich lehnte ab, weil ich mich noch an die Enttäuschung mit Tatiana erinnerte. Wir waren schon Freunde, aber für mich konnte ich diese Beziehung nur ernst nehmen, wenn ich mit ihr Geschlechtsverkehr hätte. Um sie zu überzeugen, fragte ich, ob sie mit ihrem Exfreund Sex gehabt hätte. Sie antwortete: »Ja.« Und ich setzte fort: »Warum denn nicht mit mir?« Sie antwortete: »Ich bin vorsichtig geworden.« Ich empfahl ihr, mir zu vertrauen. Ich wollte nur sicher sein, mich auf mein Missgeschick mit Tatiana beziehend, dass sie mich nicht im Stich lassen würde. Sie sagte, sie brauche Zeit, um zu überlegen.

Eines Abends gegen fünf Uhr klingelte mein Handy. Bernadette war am Telefon. Wir trafen uns nicht weit von ihrer Schneiderwerkstatt. Sie hatte eine Jeanshose und ein gestreiftes T-Shirt an und ihre Brust war teilweiser sichtbar, sie hatte Lippenstift aufgetragen, kleine Ohrringe, lockiges Haar, sie war interessant parfümiert und hatte ihre brandneuen Schuhe an. Sie sah an diesem Tag hübscher aus, sogar hübscher als Tatiana. Ich brachte sie zum Hotel daneben. Ich nahm ein Zimmer. Einmal im Zimmer küsste ich sie zärtlich und fing an sie langsam zu entkleiden. Ich war völlig in der Erektion. Das Vorspiel dauerte circa eine Stunde. Als ich mit dem Hauptteil beginnen wollte, sagte mir Bernadette plötzlich: »Ich kann nicht, das ist eine Sünde. Lass uns das nicht jetzt machen. Wir haben noch Zeit.« Sie bestand darauf und ich konnte nicht anders. Ich hatte wegen der Erektion Bauchschmerzen und Bernadette sagte mir, wir müssten noch warten. Das war schwierig, aber ich war noch nie so weit mit einem Mädchen gekommen. Ich sagte mir, ich könne noch warten. Es war endlich für mich kein Problem mehr. Wir zogen uns wieder an und gingen aus dem Hotel raus. Sie versprach mir, dass wir nächstes Mal weitergehen würden. Sie bat bei mir um Entschuldigung, weil sie merkte, ich war sehr traurig und gar nicht zufrieden.

Da David Aushilfsstunden gab und genauso wie ich auch an einer Privatschule unterrichtete, entschieden wir im Rahmen der Aushilfslehrertätigkeit mehr Schüler zu nehmen. Wir liefen von Tür zur Tür mit Werbezetteln in der Hand und erzählten den Eltern von den Aushilfskursen, die wir anboten. Auf diese Weise bekamen wir mehr Schüler und das Geschäft schien gut zu laufen. Es war nicht mehr möglich, bei David zu wohnen, da es mehr Bewohner als vorher gab. Ich redete mit ihm darüber und er half mir finanziell, eine Wohnung zu mieten. Er lieh mir etwa 60.000 fcfa und ich musste mir keinen Druck bei der Rückzahlung machen. Mit dem Geld zahlte ich die Kaution von einer Eigentumswohnung. Da die Wohnung noch im Bau war, musste ich, bis sie fertig würde, Geduld haben. Das ausgeliehene Geld von David zahlte ich komplett zurück. Am Tag der Schlüsselübergabe war der Vermieter verschwunden. Er hatte die Kautionen von etwa vier Wohnungsinteressierten gesammelt und das Geld ausgegeben. Die Wohnung war immer noch im Bau. Wir verständigten die Polizei und er musste uns das komplette Geld zurückzahlen. Da der Vermieter immer noch auf der Flucht war, kümmerte sich sein Bruder um die Rückzahlung. Von den 60.000 fcfa, die ich ausgegeben hatte, bekam ich nur 20.000 fcfa. Da er nicht redlich war, ließ ich einfach den Rest der Kaution bei ihm. Nun aber musste ich eine Lösung finden.

Auf der politischen Ebene der Elfenbeinküste eröffnete das Friedensabkommen von Wagadougou, der Hauptstadt von Burkina Faso, die Möglichkeit der Organisation der Präsidentenwahl. Es gab einen Waffenstillstand und der Kandidat der Partei RDR konnte bei den Wahlen zum Staatspräsidenten der Elfenbeinküste kandidieren. Eine Übergangsregierung war damit beauftragt, die Wahl zu organisieren. Weil die verschiedenen kandidierenden Parteien über einiges nicht einig waren, fanden die Wahlen in einer sehr angespannten politischen Atmosphäre statt. Die Regierung an der Macht beanspruchte, die Wahl gewonnen zu haben. Die Oppositionsparteien koalierten und erklärten sich ebenso zum Sieger bei der Wahl. Da es zwei Gewinner gab, führte dies zu einer Nachwahlkrise. Die Soldaten an der Seite der Partei an der Macht zogen in den Krieg gegen die Streitkräfte an der Seite der Oppositionsparteien. Abidjan, die wirtschaftliche Hauptstadt, war der Kriegsschauplatz.

Tausende Einwohner mussten in die Nebenstädte flüchten. Eine große Anzahl von Ivorern war sogar bis nach Ghana geflüchtet und im Flüchtlingslager aufgenommen worden. Da Bernadette togolesischer Herkunft war, flüchtete sie mit ihrer Familie nach Ghana. Falls der Krieg andauern würde, wollten sie bis nach Togo, ihrer Heimat, weiter flüchten. David sollte mit seinen Eltern in eine Kleinstadt in der Umgebung von Abidjan flüchten. Seine Mutter erlaubte mir, dass ich auch mitkommen könnte. Damit war ich aber nicht einverstanden, denn man durfte nicht zu viel verlangen. Ich hatte bei ihr fast ein Jahr gewohnt. Sie hatte sich mir gegenüber gut benommen. Ich wollte bei meiner Tante versuchen, ob es klappen könnte, dass mein Pflegevater mich reinließ.

Meine Tante schaffte es, mit ihm darüber zu sprechen. Er war noch wütend, obwohl ich zwölf Monate draußen unter meiner eigenen Verantwortung und dank der Hilfe der Mutter von David verbracht hatte. Meine Tante empfahl mir, auf die Knie zu gehen und ihn als Schuldiger um Verzeihung zu bitten. Ich hörte auf die Anweisung meiner Tante und machte, was sie mir empfohlen hatte. Danach ließ mich mein Pflegevater nach Hause kommen. Ich bedankte mich ganz herzlich bei der Mutter von David und war wieder zu Hause. Mit der Familie flüchteten wir in ein Dorf in der Umgebung von Abidjan.

Die Kugeln flogen über uns wie Fliegen. Einige Personen unter uns waren Opfer von verlorenen Kugeln. Alles war sehr teuer geworden. Die Lebensmittel waren seltener geworden, denn die Lieferwege wurden verbarrikadiert. Die meisten Märkte unter freiem Himmel und Supermärkte waren geschlossen. Wir mussten uns mit einer Mahlzeit pro Tag begnügen. Wir hatten keine Auswahl. Wir mussten überleben. Wenn die Kanonen und Raketenschüsse nachhallten, blieben wir im Zimmer auf dem Bauch liegen. Nach den blutigen Auseinandersetzungen zwischen den Soldaten kamen wir raus und fanden Leichen von gefallenen Soldaten am Rand der Straße. Die Feindseligkeiten beruhigten sich, als der Präsident an der Macht an den Frieden appellierte, darum bat, die Waffen niederzulegen und die Nachzählung von den Stimmen durchzuführen. Da allerdings in mehreren Regionen tausende Stimmzettel fehlten beziehungsweise zu früh vernichtet worden waren, konnte die gerichtlich verfügte Nachzählung nicht durchgeführt werden. Der Bunker des Präsidenten an der Macht wurde von einem Kriegsflugzeug vom Typ Mi 24 bombardiert. Wir konnten selbst die unglücklichen Ereignisse beobachten. Vor der Bombardierung des Bunkers erschien im Himmel ein Zeichen. Zu unserer großen Überraschung konnten wir beim Sonnenuntergang die Sonne beobachten, die mit den Wolken kämpfte. Die Sonne machte Lichtspiele. Die erschrockenen Kinder schrien und weinten. Ich hatte aus Angst schon an das Weltende gedacht. Nach der Konfrontation zwischen der Sonne und den Wolken beruhigten sich die Wolken und die Sonne konnte ruhig untergehen und es wurde plötzlich dunkel. Der Präsident an der Macht wurde unter Arrest gestellt und der Krieg war damit zu Ende. Die Oppositionsparteien kamen an die Macht und regierten. Ich rief sofort Bernadette an. Sie sagte mir, dass sie vom Kriegsende erfahren habe und deswegen in die Elfenbeinküste zurückkehre. Darauf freute ich mich sehr. Wir kehrten auch zu unserem Wohnort zurück.

Es waren die Wiederbegegnungen. Die Normalität kam nach und nach in die Elfenbeinküste. Eine deutliche Wiederaufnahme der Aktivitäten war zu bemerken. Die Märkte und Läden hatten wieder geöffnet. Ich konnte Bernadette wiedertreffen. Ich hatte mich sehr darauf gefreut, sie wiederzusehen. Sie erzählte mir, wie sie den Krieg erlebt hatte, und von den Schwierigkeiten, mit denen sie konfrontiert gewesen war. Hauptsache, wir waren noch am Leben. Wir wollten jede Sekunde genießen. Mein Pflegevater war weniger cholerisch und streng geworden. Er hörte langsam damit auf, sich ins Privatleben aller Bewohner unter seinem Dach einzumischen. Der Krieg hatte sich therapeutischerweise positiv auf sein Verhalten ausgewirkt. Es gab zu Hause fast keinen Streit mehr. Meine Tante fasste ins Auge, ihr Kabarett zuzumachen und sich für ein anderes Geschäft zu interessieren. Sie nahm nun das christliche Leben sehr ernst und ging regelmäßig zum Gebet. Bernadette durfte mich zu Hause besuchen. Sie wusch mit der Hand meine Schmutzkleider und war immer bei mir. Wir küssten uns und kuschelten auf dem Balkon der von meinem Pflegevater gemieteten Wohnung. Das war ein Wunder. Ich fühlte mich mit 25 Jahren volljährig und konnte die Liebe und den Frieden, vor allem die Freiheit entdecken. Ich brauchte mich nicht mehr vor meinem Pflegevater zu verstecken. Ich redete mit Bernadette darüber, dass wir das machen müssten, was wir hätten machen müssen. Sie verstand, was ich damit meinte. Sie war völlig einverstanden und wollte das Leben genießen. Wir waren die Überlebenden der Nachwahlkrise. Meine Kleider waren dank Bernadette immer schön gebügelt und sauber. Ich zog mich schick an und Bernadette war genauso wie bei unserer ersten Verabredung angezogen. Wir nahmen ein Zimmer im Hotel. Ich durfte zum ersten Mal Sex haben. Ich stand unter Angst und Stress. Ich war Neuling und hatte keine Ahnung, was guten Sex ausmachte. Bernadette war erfahren und kannte sich besser als ich aus. In dem Vorspiel war ich gekommen und ich war deswegen nicht mehr in der Erektion. Ich musste vor der nächsten Erektion pausieren. Bernadette war enttäuscht und hatte mehr als das von mir erwartet. Sie war wütend und ging aus dem Hotel. Ich schämte mich. Ich erklärte ihr meine Lage und bat sie, mich zu verstehen. Sie wollte nichts davon wissen und drohte sogar mich zu verlassen, wenn das so weitergehen sollte. Ich fing an, erotische Zeitungen und Zeitschriften zu lesen. Ich musste auch lernen, wie man seine Partnerin sexuell befriedigen konnte. Ich schaute regelmäßig Pornofilme. Ich wollte wie die Schauspieler sein. Wie schafften sie es, ihr Kommen so lange zurückzuhalten? Ich redete mit meinem Halbgroßbruder darüber, der mir ein paar Tipps gab und auch von seinen Erfahrungen erzählte. Ich redete mit einem Arzt darüber, der mir sagte, es könne eine anormale Ejakulation sein. Er empfahl mir, regelmäßig Sport zu treiben, Obst und Gemüse zu essen. Ich solle nicht viel arbeiten und mich ausruhen. Ich fing an, in dem Kabarett meiner Tante alkoholisierte Getränke zu konsumieren, genauso wie es mir der älteste Sohn meiner Tante empfohlen hatte, denn Alkohol sei belebend und ein Muntermacher. Das war dann für mich eine Rechtfertigung, wieder Alkohol zu trinken. Da Bernadette es nicht mochte, dass ich vor dem Sex nach Alkohol roch, ließ ich diese Empfehlung fallen und konzentrierte mich auf die Tipps von dem Arzt. Sie war immer bei mir zu Hause und kontrollierte, was ich in meinem Alltag machte, denn sie war sehr eifersüchtig. Ich bekam mit ihr Ärger, wenn ich mit einem anderen Mädchen sprach. Ich liebte Bernadette und musste mein Bestes geben, um sie glücklich zu machen. Bei dem nächsten Termin mit Bernadette im Hotelzimmer hatte ich während des Vorspiels durchgehalten und wir hatten Sex, aber nur ganz kurz. Bernadette war trotzdem zufrieden und hatte mit mir Geduld. Ich verbesserte mich im Laufe der Zeit und wir hatten mindestens einmal Sex in der Woche. Wir waren das Lieblingspaar von dem Viertel und die Mädchen und Jungs waren oft auf uns neidisch. Da ich im Laufe der Zeit Erfahrungen sammelte und sehr gut im Bett wurde, ging Bernadette sonntags mit mir statt in die Kirche zum Hotelzimmer. Die Idee, einen Taufkurs zu besuchen und Mitglied der katholischen Kirche zu werden, geriet in Vergessenheit. Wir genossen einfach unser Leben. Wir liebten einander sehr und planten zu heiraten. Ich sprach mit meiner Tante darüber, dass ich mich mit Bernadette verloben wollte. Sie akzeptierte und versprach, mit Bernadettes großem Bruder darüber zu sprechen. Meine Tante ging zu ihm. Er warf sie raus und meinte, seine Schwester sei nicht in der Elfenbeinküste, um einen armen Studenten zu heiraten, sondern sich auf ihre Ausbildung als Schneiderin zu konzentrieren.

Meine Tante versuchte vergeblich ihn zu überzeugen. Der große Bruder von Bernadette fing an, sie stark zu kontrollieren. Bernadette versteckte sich, um mich zu sehen. Er verbot ihr manchmal auszugehen. Er erzählte meiner Tante sogar, dass Bernadette keinen Ivorer, sondern einen Togolesen heiraten werde. Das Problem war Xenophobie und nicht, dass Bernadette sich auf ihre Ausbildung konzentrieren sollte. Meine Tante erzählte meinem Pflegevater darüber. Der meinte, er kenne ihn und er habe sich einmal mit ihm gestritten. Er wolle sich vielleicht rächen. Mein Pflegevater hatte einmal Möbel bei dem großen Bruder von Bernadette bestellt, da er vom Beruf Tischler war. Das war vor meiner Begegnung mit Bernadette passiert. Da er die Möbel nicht rechtzeitig erstellt hatte, wurde mein Pflegevater wütend und beschimpfte ihn, indem er ihn als Ausländer behandelte. Mein Pflegevater bedrohte ihn sogar damit, gegen ihn eine Klage einzureichen, wenn er seine Möbel nicht erstellen würde. Er fertigte die Möbel an, aber hegte gegen ihn Groll. Das war genau die beste Gelegenheit für eine Revanche.

Der Großbruder von Bernadette war katholischer Christ, aber betete daneben Fetische an, indem er einer geheimen Bruderschaft angehörte. Ich schlief kaum und hatte Albträume, in denen ich ihn mit Amulett auf seinem nackten Körper erblicken konnte. Ich erzählte meiner Tante davon und betete gleichzeitig wegen dieses Problems. Ich rief im Gebet den Namen Jesu Christi. Seitdem erschien er mir nie wieder im Traum. Er hörte damit auf, sich um die finanziellen Bedürfnisse von Bernadette zu kümmern. Ich musste hart arbeiten, um meine Verantwortung für Bernadette zu erfüllen. Bei Bernadette spielte ich eine väterliche Rolle. Wenn sie krank war, brachte ich sie zum Krankenhaus und bezahlte die Gebühren. Wenn sie Taschengeld oder irgendwas brauchte, war ich immer für sie da. Ich schwor ihr, sie nie zu verlassen. Wenn ich sogar dafür mein Leben opfern sollte, würde ich trotz Sturm und Not bei ihr bleiben. Ich war in sie verliebt und wollte bis zum Ende ausharren. Ein paar Bekannte rieten mir, loszulassen.

Die meisten Mädchen meines Viertels besuchten mich, wenn sie eine Schulaufgabe zu erledigen hatten. Bernadette hingegen war für mich da, wenn ich mich einsam fühlte. Ich fand keine andere Freundin, die ihre Stelle einnehmen konnte.

Ich war fast von allen Wunden der Vergangenheit geheilt. Sowohl in freudigen als auch in traurigen Momenten war Bernadette da. Obwohl ihr großer Bruder für sie finanziell nichts tat, wollte er bei ihr immer seine Spielregeln durchsetzen. Aus diesem Grunde fing Bernadette an, mich selten zu besuchen. Bernadette wurde in dieser Atmosphäre von mir schwanger. Sie entschied, abtreiben zu lassen. Ich verbot ihr umgehend eine Abtreibung zu machen.

Ich bekam einen Anruf auf meinem Handy. Das war eine lange Telefonnummer, die mir unbekannt war. Ich nahm ab. David war am Telefon. Er rief mich von Deutschland an. Er bat mich um Entschuldigung, dass er mir nicht Bescheid gesagt hatte, denn seine Reise nach Deutschland fürs Weiterstudium war spontan organisiert worden. Er erzählte mir vom Wetter und von der Lebensatmosphäre, die auf jeden Fall besser als in der Heimat sei. Ich berichtete ihm, dass Bernadette schwanger war. Er gratulierte mir und sagte, ich werde Vater sein. Ich war genauso glücklich wie er. Ich besuchte die Mutter von David, mit der ich die Nachricht teilte. Sie war zufrieden und sagte mir, das sei eine sehr gute Nachricht. Ich erzählte es meiner Tante, die versprach, sich um das Baby zu kümmern, da Bernadette ihre Ausbildung nach der Geburt des Kindes fortsetzten sollte. Mein Pflegevater war darüber nicht informiert. Ich wollte ihm erst einmal nicht davon erzählen. Erstaunlicherweise weinte Bernadette die ganze Zeit. Sie hatte Angst vor der Reaktion ihres großen Bruders. Ich versicherte ihr, dass es ihr an nichts mangeln würde. Ich würde mich um sie und das Baby kümmern. Ich versprach ihr, falls sie das Baby bewahrte und nicht abtreibe, eine Eigentumswohnung zu mieten und ihr regelmäßig Taschengeld zu geben. Bernadette weinte trotzdem und wurde Tag und Tag magerer. Die Kellnerin von dem Kabarett meiner Mutter sah Bernadette in Tränen. Ich saß auf der Bank in dem Kabarett, trank ein Glas Wasser und war nachdenklich, als Bernadette mich suchte und in dem Kabarett fand. Die Kellnerin fragte Bernadette, was los sei. Da sie weiter weinte, erzählte ich der Kellnerin von der Situation. Sie bat Bernadette darum, nicht abzutreiben. Sie ging dafür sogar auf ihre Knie. Zum ersten Mal fand ich heraus, dass die Kellnerin meiner Tante mich liebte und mir nicht davon erzählt hatte. Sie gestand mir, sie würde das Baby behalten, wenn sie meine Freundin wäre. Ich war schon mit Bernadette zusammen und ein treuer Mann. Es kam für mich nie infrage, Bernadette für sie zu verlassen. Ich gab Bernadette mehr Taschengeld als vorher, damit sie es akzeptierte, das Baby zu behalten. Sie hatte trotzdem immer noch Angst vor der Reaktion ihres großen Bruders und weinte bitterlich dabei. Das Baby war nicht in meinem Bauch, sondern in dem von Bernadette. Ich konnte nur weiter versuchen, sie davon zu überzeugen, nicht abtreiben zu lassen. Da ich nicht auf die Idee der Abtreibung von Bernadette reagierte, nahm sie selbst ein paar Tabletten ein, um die Abtreibung zu provozieren. Sie hatte deswegen sehr starke Bauchschmerzen. Ich brachte sie schnell zu einem allgemeinen Arzt, der uns nach einer sorgfältigen Untersuchung aufforderte, umgehend eine Ultraschalluntersuchung[4] durchführen zu lassen. Auf dem Bildschirm konnte der Arzt leider nichts diagnostizieren. Er gab uns einen zweiten Termin. Ich begleitete Bernadette bei dem zweiten Termin wieder zum Arzt. Es gab eine Schlange von Frauen, die auf ihre Runde warteten.

Wir setzten uns auf die Bank. Eine von den Frauen erblickte mich. Ich hatte eine Schultertasche, in der sich die Unterrichtsmaterialien meiner Schüler befanden. Sie sagte mir:»Unsere Männer sind auf der Arbeit. Du aber lässt deine Arbeit und begleitest deine Frau zum Arzt. Das kann sie doch allein schaffen.« Ich lächelte ihr zu und ich sagte kein Wort. Ich war so nachdenklich, dass ich jetzt keine Zeit zum Plaudern hatte. Zum Glück sah der Arzt auf dem Bildschirm ein Ei. Das war aber leider ein leeres Ei, das wir umgehend entsorgen mussten. Ansonsten könnte sie von Bauchschmerzen sterben oder sie könnte, falls sie überleben würde, ihr ganzes Leben unfruchtbar sein. Ich fragte ihn, ob wir sie operieren lassen sollten. Das verneinte er und er empfahl uns einen anderen Arzt, der dafür einen geeigneten Apparat hatte und das leere Ei aussaugen würde. Aber es kostete viel Geld und die Medikamente, um die inneren Wunden zu heilen, kosteten genauso viel Geld. Ich hatte bei einer kleinen Bank »Money Express« ein bisschen Geld gespart. Ich räumte mein Bankkonto leer, um das Leben von Bernadette zu retten. Meine Tante und ich begleiteten Bernadette zum Arzt. Er schaffte es, alles ordentlich zu machen. Das leere Ei wurde durch seinen Apparat ausgesaugt. Das Leben von Bernadette war außer Gefahr. Die Medikamente kosteten mich viel Geld. Als Bernadette wieder komplett gesund war, machte ich mit ihr Schluss. Sie war schuldig. Sie hatte die Abtreibung provoziert. Sie kam nach einigen Wochen mit ihren Arbeitskolleginnen zu mir. Ich saß an diesem Tag vor unserem Gebäude und dachte über mein Leben nach. Bernadette und ihre Arbeitskolleginnen verbeugten sich vor mir, gingen auf ihre Knie und baten um Vergebung. Mit Tränen in Augen dachte ich daran, dass wir, egal, was geschah, unseren Nächsten vergeben sollten. Ich vergab Bernadette und umarmte sie. Ich hatte mich mit ihr wieder versöhnt und wir versuchten, gemeinsam in die Zukunft zu schauen.

---

4 Es handelt sich dabei um ein bildgebendes Verfahren, mit dem der Arzt verschiedene Körperregionen und Organe untersuchen kann

An der Universität hatte ich ein Mädchen namens Viviane kennengelernt. Sie war genauso wie ich an der Deutschabteilung im gleichen Studienjahrgang. Wir lernten oft gemeinsam und ich besuchte sie bei ihr zu Hause. Das war eine Zwei-Zimmer-Wohnung, die ihr Vater, der in Frankreich als Taxifahrer arbeitete, für sie gemietet hatte. Bevor ihr Vater nach Frankreich flog, hatte er ihre Mutter kennengelernt. Dann war sie zur Welt gekommen. Nachdem er zum Zwecke einer besseren Lebenssituation nach Frankreich gereist war, trennte er sich von ihrer Mutter. Ihre Mutter hatte sich die ganze Zeit allein um sie gekümmert, bis sie volljährig wurde. Dann hatte ihr Vater angefangen, ihr Geld zu schicken, um sie finanziell zu unterstützen. Ich half ihr oft, ihrem Vater im Internetcafe E-Mails zu schicken, da sie sich nicht so gut im Internet auskannte. Sie lud Bilder von ihr hoch und schickte sie ihrem Vater, der sich freute. Wir kamen einander näher. Ich besuchte sie oft mit Freunden. Sie empfing uns mit leckeren Mahlzeiten, die sie selbst zubereitete. Sie lebte in der Wohnung allein und bekam monatlich Besuch von ihrer Mutter, die im Dorf lebte. Am Anfang war ich an ihr sehr interessiert.

Sie besuchte mich einmal zu Hause und bekam von meiner Tante Komplimente. Sie meinte, sie sei eine nette junge Dame und so eine Frau solle ich suchen. Wir waren leider nicht zusammen, weil sie schon einen Freund hatte, den sie liebte. Zu diesem Zeitpunkt hatte ich noch nicht Bernadette kennengelernt. Ich war einsam, aber ihre freundschaftliche Beziehung zu mir hatte mir geholfen. Als sie nicht mehr mit ihrem Freund liiert war, war ich mit Bernadette zusammen. Trotz aller schwierigen Momente mit Bernadette war ich in sie verliebt. Ich erzählte Viviane von meiner Beziehung mit Bernadette. Sie ermutigte mich, weiter zu versuchen, die Beziehung zu retten. Wenn es überhaupt nicht gehen würde, dann könnte ich immer noch eine radikale Entscheidung treffen, nämlich mit ihr Schluss zu machen. Viviane war trotzdem zu mir sehr nett und vor allem empathisch. An der Universität hatten wir einige Wochen Ferien. Viviane entschied, die Ferien bei ihrer Mutter im Dorf zu verbringen. Sie hatte mir für diesen Zeitraum ihr brandneues Handy anvertraut. Ich durfte das Handy nutzen, bis sie von ihrer Reise zurückkam. Sie hatte zwei Handys und würde nicht die beiden Handys im Dorf brauchen. Ich behielt für sie das Handy.

Ich hatte über eine Vermittlungsagentur in Marcory, einem Viertel von Abidjan, das von mir weit weg lag, zwei Schüler in einer Familie bekommen, die im Wohlstand lebten, deren Vater allgemeiner Arzt war und deren Mutter als Sekretärin für eine große Firma arbeitete. Ich musste ihnen Nachhilfestunden in Mathe, Physik und Englisch geben. Ich fuhr zweimal in der Woche mit dem

Bus nach Marcory. Es gab im Lande das Problem von »commandos invisibles« oder übersetzt »unsichtbaren Kommandotruppen«. Es ging um rebellierende Soldaten aus einer Kommandotruppe, die in der Verborgenheit an der Destabilisierung des Regimes arbeitete. Sie brachten mit Handgranaten und Raketen die Regierungssoldaten auf, die an strategischen Orten die Wache hielten. Oft kam es zu Schusswechseln zwischen »commandos invisibles« und den Regierungssoldaten. Einmal war ich im Unterricht in Marcory bei meinen Schülern und Viviane rief mich an, dass sie von ihrer Reise zurückgekommen sei. Ich versprach bei ihr am Abend vorbeizukommen, um ihr Handy zurückzugeben. Sie hatte außerdem ein paar Souvenirs vom Dorf mitgebracht, die sie mir schenken wollte. Ich freute mich darauf. Nach dem Unterricht gegen fünf Uhr machte ich auf mich den Weg nach Abobo, meinem Wohnviertel, in einem öffentlichen Verkehrsmittel namens »Gbaka«. Das ist ein Minibus von normalerweise neun Sitzplätzen, zu denen man neun weitere Sitzplätze in den Gängen, wo man aussteigen kann, hinzugebaut hat, weil die Busse abends während der Werktage immer voll sind. An diesem Tag gab es keinen Bus nach Abobo, weil sie alle besetzt waren. Deswegen musste ich mit einem »Gbaka« nach Abobo fahren. Ich wollte erst bei Viviane vorbei, die auch in Abobo wohnte, dann zu Fuß nach Hause gehen. Unterwegs nach Abobo rief mich Viviane an und sagte, ich solle nicht nach Abobo, sondern woandershin fahren und dort übernachten, weil es gerade Schusswechsel zwischen den »commandos invisibles« und den Regierungssoldaten gebe. Es war zu spät. Wir kamen mit dem Gbaka bei einer der Barrikaden an, die die »commandos invisibles« errichtet hatten. Wir mussten alle mit erhobenen Händen aussteigen. Sie schauten aber nur, ob wir keine Waffen und gefährliche Gegenstände hatten. Sie ließen uns nach der Untersuchung gehen. Wir mussten alle den Rest des Wegs zu Fuß zurücklegen. Ich konnte nicht mehr bei Viviane vorbei, sondern musste direkt nach Hause gehen. Unterwegs konnte ich die Regierungssoldaten beobachten, die sich mit Kriegswaffen unter den Tischen, Sandsäcken und Bänken versteckten.

Nachdem ich bei diesen Soldaten vorbeigegangen war, fing wieder ein Schusswechsel an. Von Panik ergriffen liefen Leute in alle Richtungen. In diesem Kontext ergriff ich auch die Flucht, denn die Kugeln flogen über unseren Köpfen. Ich war gut angezogen, hatte eine Handtasche, das Handy von Viviane in meiner Hosentasche und Geld dabei. Zwei Jugendliche versperrten mir den Weg und raubten mich aus. Da ich versuchte, ihnen Widerstand zu leisten, gaben sie mir Schläge ins Gesicht und auf den Kopf. Zwei andere Jugendliche kamen zur Verstärkung. Sie waren nun vier Leute gegen mich. Es gelang ihnen, das Handy von

Viviane wegzunehmen, als ich es schaffte, loszurennen. Sie liefen mir hinterher, aber ich war schneller. Meine Unterwäsche war von meinem Blut nass geworden. Die linke Seite meiner Stirn war geschwollen. Da der Weg nach Hause länger war, rannte ich zu meiner Großhalbschwester, die mit ihrem Freund in der Nähe wohnte. Sie gab mir Schmerztabletten und ich übernachtete bei ihr. Am darauffolgenden Tag ging es mir viel besser, ohne dass ich eine ärztliche Untersuchung gebraucht hätte. Nach einigen Tagen waren alle Wunden geheilt. Ich erzählte Viviane davon und wollte ihr das Geld für ihr Handy zurückerstatten. Sie lehnte ab und dies beeinträchtigte unsere freundschaftliche Beziehung auf keine Weise. Sie kaufte sich später ein neues Handy.

Mein Pflegevater wurde schwer krank. Er war Opfer von dem Hass und Neid seines Dorfes. Es gab in seinem Dorf viel Hexerei. Leute sagten, dass er böse sei, und hatten sich deswegen bereits entschlossen, es mit ihm anders zu kriegen. Er war bei einem Arzt, was leider nichts brachte. In der Zeit war eine der Töchter meines Pflegevaters, die er mit seiner zweiten Frau bekommen hatte, bei uns eingezogen. Sie war zu Hause. Davor hatte sie im Dorf gelebt. Da mein Pflegevater sich weiterhin gesundheitlich nicht gut fühlte, ging er zu einem Propheten, der offenbarte, dass seine Tochter zu Hause in die Hexerei involviert sei. Sie wurde geschickt, um ihn auszuspionieren und somit das Übel gegen ihn zu ermöglichen. Nach dem Gebet des Propheten war er wieder gesund und nahm das Gotteswort ernst. Er entschied, sich zu verändern und ein seriöses christliches Leben zu führen. Ich glaubte trotzdem nicht daran, dass die Tochter meines Pflegevaters eine Hexe sei. Einmal stritt sie sich mit meiner Tante. Ich griff ein und machte ihr strenge Vorwürfe. Ich erinnerte sie an das Ältestenrecht. Die älteren Leute müssen respektiert werden. So ist es in unserer Kultur. Weil ich ihr das gesagt hatte, bedrohte sie mich und sagte mir: »In den nächsten Tagen wirst du sehen, was ich kann.« Ich nahm ihre Bedrohung nicht ernst und machte mir nichts daraus. Am folgenden Tag war mein linker Arm komplett geschwollen und von gelber Farbe. Ich konnte damit keine Objekte anfassen. Ja, dieses Mädchen war doch eine echte Hexe. Nun glaubte ich daran. In der Schule fragten mich meine Schüler, was mit meinem linken Arm passiert sei. Ich erzählte ihnen, dass ich gestürzt war. Ich wusste, was los war, aber wollte das geheim halten. Eines Abends kam ich von der Schule zurück und informierte meine Halbgeschwister darüber, dass wir ein Familiengebet führen sollten und ich das Gebet anleiten würde. Ich nahm die Bibel und las die folgende Passage:
»Kommt her zu mir alle, die ihr mühselig und beladen seid; ich will euch er-

quicken.« Ich rief den Namen Jesu Christi und zerbrach alle spirituellen Ketten und Belastungen. Wir beteten eine Stunde lang. Die Tochter meines Pflegevaters kam am folgenden Tag in der Früh zu mir und sagte:

»Ich will auch deinen Gott anbeten. Der ist so machtvoll.« Daraufhin sagte ich ihr: »Jesus hat die Vollmacht.« Mein Arm wurde nach und nach auf wundersame Weise wieder ganz normal. Mein linker Arm war gerettet. Gleich danach fing ich an, eine evangelische Kirche zu besuchen, mit der Bezeichnung »Johannes 3 v 16«. Ich nutzte die Gelegenheit, die Tochter meines Pflegevaters einzuladen. Sie kam jeden Sonntag mit mir in die Kirche. Ich wurde nach dem Pfarrer der zweite Kirchenführer. Wir waren sechs Mitglieder und hatten vor, eine Evangelisation zu organisieren, um neue Mitglieder zu bekommen. Mein kleiner Halbbruder Romaric war auch mit dabei. Ich stand oft mit Romaric zusammen an der Kreuzung und hielt die Bibel in der Hand, wo wir vielen Leuten begegnen konnten, und wir predigten das Evangelium. Wir riefen Leute dazu auf, zu Jesus zu kommen, denn er ist der gute Hirte. Ich stellte meinem Pfarrer Bernadette vor und sagte, sie sei meine Freundin und wir würden in der Zukunft heiraten. Der Pfarrer guckte sie kurz an und sagte, Bernadette sei nicht meine Frau. Ich müsse Geduld haben. Gott werde mir die Frau zeigen, die ich heiraten werde. Auf diese Worte hin wurde ich ein bisschen skeptisch. Ich liebte Bernadette und wollte sie nicht verlassen.

Es war der Silvestertag. Ich wollte diesen Tag besonders mit Bernadette feiern. Ich gab ihr Geld, um einkaufen zu gehen. Genau an diesem Tag hatte der Pfarrer eine Gebetsnacht organisiert. Keiner von uns ging zur Gebetsnacht. Ich war ganz im Gegenteil mit Bernadette zusammen. Der Pfarrer musste leider die Gebetsnacht annullieren. Am folgenden Tag gingen wir aber in die Kirche. Der Pfarrer predigte über unser Verhalten am Silvestertag und sagte, wir seien ungehorsam. Er entlastete uns von unserer Berufung bis auf Weiteres. Damit verließ erst mein Romaric die Kirche. Gott selbst hatte mit seinen Kindern Geduld, aber der Pfarrer wollte alles so schnell wie möglich bekommen, was leider zum Konflikt führte.

Mein Halbbruder Romaric wurde Mitglied von einer anderen Kirche und ließ sich taufen. Eines Tages traf er unterwegs nach Hause zwei Personen, die in Schwarz-weiß gekleidet waren. Sie hatten weiße Hemden und schwarze Hosen an. Sie stellten sich ihm als Missionare der Kirche Jesu Christi vor. Der Hauptsitz der Kirche befand sich in den Vereinigten Staaten von Amerika. In der Elfenbeinküste war die Kirche schon überall verbreitet. Es gab in Abobo bereits viele Gemeinden und einen Pfahl. Die Missionare sprachen ihm von der Bibel und gaben ihm ein weiteres Buch, nämlich das Buch von Mormon. Sie sagten ihm, dass er beten und Gott fragen solle, ob alles, was in dem Buch geschrieben stand, von ihm stamme. Daraufhin sprach Romaric ein Gebet und spürte die Gegenwart Gottes. Danach ließ er sich in der Kirche taufen und wurde ein frommes Mitglied.

Romaric brachte einige Monate nach seiner Taufe zwei Missionare nach Hause, die uns allen das Evangelium verkündeten. Sie erzählten uns von ihren Zeugnissen. Sie erzählten auch von dem Zeugnis der Kirche, nämlich wie die Kirche begründet worden war. Die erste Kirche war durch Joseph, einen Amerikaner, gegründet worden. Da seine Eltern verschiedenen Kirchen angehörten, ging er einmal im Garten neben ihrer Wohnung auf seine Knie und las eine Bibelpassage vor, nämlich: »Wenn es jemandem von euch an Weisheit mangelt zu entscheiden, was in einer bestimmten Angelegenheit zu tun ist, soll er Gott darum bitten, und Gott wird sie ihm geben. Ihr wisst doch, dass er niemandem sein Unvermögen vorwirft und dass er jeden reich beschenkt.« Im Garten fragte er Gott, welcher Kirche er angehören sollte. Plötzlich wurde alles dunkel. Er verlor an Kräften und betete trotzdem weiter zu Gott. Plötzlich wurde es hell und er konnte Gott, den Vater, und den Sohn erblicken. Er sprach mit beiden, die ihm sagten, dass eine Kirche durch ihn auf der Erde gegründet werden solle. Er musste allen das Evangelium predigen und sagen, was er gesehen hatte, wie die Engel ihm später erschienen und die gute Botschaft ankündigten. Keiner wollte daran glauben, was er erzählte. Leute hielten ihn für verrückt und anormal. Die Engel zeigten ihm später, dass auf dem Berg Cumorah goldene Platten begraben worden waren. Auf diesen goldenen Platten standen die alten Schriften des Volkes Israels. Er sammelte vier Jahre später die Platten, die er aus dem Hebräischen ins Englische übersetzen sollte. Das war das erste Buch Mormon. Danach wurde das Buch in mehrere Sprachen übersetzt. Die Bezeichnung Mormon wurde von den Verfolgern der Kirche erfunden, die meinten, sie seien Betrüger und Gotteslästerer, genauso wie Jesus auch verfolgt wurde. Die Kirche behielt aber den Namen Mormon und verkündete das Evangelium dadurch.

Joseph selbst wurde später von den Kirchenverfolgern erschossen, obwohl er Wunder getan hatte und damals viele Leute von unheilbaren Krankheiten geheilt hatte. Danach führte jemand anderes die Kirche weiter, bis sie in die ganze Welt verbreitet worden war. Ich wurde von der Geschichte der Kirche tief berührt. So einen Glauben erlebte ich zum ersten Mal. Sie schenkten mir ein Buch Mormon, das ich erst mal ins Regal räumte. Eines Nachmittags nahm ich das Buch in die Hand und las die Einführung, in der am Schluss geschrieben stand, dass ich auch beten konnte, um Gott darum zu bitten, zu erfahren, ob das Buch wahr war. Ich betete und spürte etwas Schönes und Positives. Da die Kirche heilige Verordnungen für Gestorbene im Tempel machte, fragte ich die Missionare bei ihrem nächsten Besuch, ob die gestorbenen Leute irgendwo in der geistigen Welt noch am Leben seien. Dafür zitierte mir einer einige Bibelpassagen und sagte, ich dürfe wieder Gott im Gebet fragen. Am Abend vor dem Schlafen fragte ich Gott in meinem Gebet. In einem Traum befand ich mich in einer anderen Welt. Dort lebten die Leute ganz normal wie im jetzigen Leben. Ich konnte meine Oma seitens meiner Mutter sehen. Ich begrüßte sie und fing an, mich mit ihr zu unterhalten. Zwei Einwohner von dem Viertel, wo sie wohnte, kamen zu mir und sagten, ich müsse sofort diesen Ort verlassen, denn ich sei nicht tot. Darüber staunte ich sehr. Ich hatte gar keine Ahnung, dass ich auf einem Bett lag und schlief. Ich fing an, nach irgendwohin zu gehen, ohne ein bestimmtes Ziel. Plötzlich kam mir die Idee, mich auf den Boden hinzusetzen. Ich erwachte plötzlich, schweißgebadet. Mein ganzer Körper zitterte. Das war ein brauchbares Bild von dem Tod. Ich hatte gar keine Fragen mehr an die Missionare und musste nur noch wegen der Taufe überlegen. Nach einem Monat ließ ich mich zum ersten Mal in der Kirche Jesu Christi taufen. Ich war freudig, neu geboren zu sein. Elder Bonna aus Gongo und Elder Zipi aus Ghana, die Missionare, die mich bis zur Taufe betreut hatten, freuten sich auch. Ich wurde nach einigen Monaten Mitgliedschaft zum Gemeindemissionar berufen. Ich begleitete die Missionare von Tür zur Tür und verkündete das Evangelium. Leute glaubten an Christus und ließen sich taufen. Danach aber kam mir die Idee, eine internationale Mission für die Kirche zu zu beginnen. Leider gab es eine Altersgrenze dafür. Ich blieb weiterhin Gemeindemissionar und Präsident der Sektion für die Heimbesuche. Somit konnte ich wieder viele inaktive Mitglieder der Kirche motivieren, in die Kirche zu kommen. Ich erzählte Bernadette davon und sie war eher zurückhaltend. Ich sprach ihr von dem Evangelium und der Geschichte der Kirche. Ich sagte ihr, dass ich nun neu geboren war und mit allen sexuellen Kontakten vor der Ehe aufhören sollte. Daraufhin sagte mir Bernadette:

»Ach, Eric, du spinnst ja.« Sie nahm diese Entscheidung ernst, als sie selbst merkte, dass ich anders geworden war. Ich sprach ihr immer vom Evangelium statt davon, in welchem Hotelzimmer wir uns treffen sollten. Auf diese Weise wurde Bernadette Mitglied der Kirche und ließ sich taufen.

Ich erfuhr durch einen Freund, dass der Staat Freiwillige gegen Taschengeld rekrutierte. Daran nahm ich teil, indem ich meine Bewerbung schickte. Die Rekrutierten konnten die Chance haben, später Staatsbeamte zu werden. Ich war sehr motiviert und glaubte daran, dass ich eine Stelle als Deutschlehrer auf dem Gymnasium bekommen konnte. Eine Woche später wurde die Liste der rekrutierten Personen veröffentlicht. Darauf stand leider mein Name nicht geschrieben. Ich fragte einen Freund von mir, der rekrutiert worden war, wie er es geschafft hatte. Er fragte mich:

»Weißt du nicht?« Ich staunte und antwortete: »Was, ich verstehe dich nicht.« Er setzte aber fort und sagte: »Du musst aufwachen, du weißt, wie es hier in diesem Land funktioniert. Ich habe einem der Rekrutierer Geld gegeben, dann hat er meinen Namen auf die Liste eingetragen.« Ja, die Korruption war wieder auf meinem Weg. Ich war sehr enttäuscht. Alles musste durch Bestechungsgeld durchgeführt werden. Ich hatte außerdem oft Träume, in denen ich in einem europäischen Land lebte. Ich sagte mir: »Wäre dieser Traum eine Offenbarung, wie würde das dann geschehen?«, denn ich plante zu diesem Zeitpunkt keine Reise ins Ausland und wusste gar nicht, wie das passieren könnte. Ich sagte mir, das sei ein einfacher Traum. Daran glaubte ich nicht und ich konzentrierte mich auf mein Leben in der Elfenbeinküste.

Eines Abends kam Bernadette weinend zu mir. Sie hatte ein paar Wechselkleider in einen Lendenschurz gewickelt, da sie keinen Koffer besaß. Ihre Haare waren zerzaust und locker. Sie hatte Schmutzkleider und Sandalen an. Sie sah nicht schön aus. Ich wusste umgehend, dass etwas nicht in Ordnung war. Sie hatte sich mit ihrem großen Bruder gestritten und entschieden, das Haus zu verlassen. Sie hatte ihrem Bruder davon erzählt, dass sie nach Togo zu ihrer Mutter zu Besuch reisen wollte, was er abgelehnt hatte, weil er keine Lust darauf hatte, ihr die Reisekosten zu bezahlen. Ich konnte sie bei uns zu Hause nicht unterbringen, weil das Haus voll war. Ich machte außer dem Unterrichten in Privatschulen und den Nachhilfeunterrichten eine Dienstmädchenplatzierung. Ich arbeitete zusammen mit einer Frau, die viele Bekannte in den reichen Vierteln von Abidjan hatte und nach Hausmädchen suchte. Ich hatte durch sie schon zwei Mädchen als Hausmädchen platziert, ohne einen Prozentsatz von ihren Gehältern abzuziehen, obwohl ich darauf ein Recht hatte. Für mich brauchten sie diesen Job und ich wollte ihnen das Leben nicht komplizierter machen. Das heißt, ich machte den Job aus Mitleid und Empathie. Ich wollte einfach diesen Mädchen helfen, die sich oft prostituierten, um Geld zu verdienen. Die meisten hatten mit verantwortungslosen Männern Kinder bekommen, die sie später im Stich gelassen hatten. Sie waren dann alleinstehende Mütter. Ich bereute diese wohltätige Aktion gar nicht. Infolgedessen platzierte ich Bernadette als Hausmädchen im Viertel Angre bei einer reichen Frau. Da Bernadette sich über das strenge Verhalten dieser Frau beschwerte, versprach ich ihr eine andere Stelle zu finden. Ich rief Daniel an, um ihn zu begrüßen. Er nutzte die Gelegenheit, um mir davon zu erzählen, dass seine Mutter dringend ein Hausmädchen brauchte. Ich platzierte Bernadette bei der Mutter von Daniel, die sehr nett war und sie wie ihre leibliche Tochter behandelte. Sie gab Bernadette oft Lohnzuschüsse und viele Geschenke. Ich hatte aber die Mutter von Daniel angelogen. Ich stellte ihr Bernadette nicht als meine Freundin, sondern als meine Schwester vor, weil ich im Rahmen einer guten Behandlung fürsorglich war. Zudem war Bernadette mit ihrem großen Bruder im Konflikt. Da die Mutter von Daniel vor der Anstellung die Eltern von Bernadette kennenlernen wollte, stellte ich mich als ihr Bruder vor, um die Stelle zu sichern. Das war ein Risiko. Bernadette stand seitdem unter meiner kompletten Verantwortung. Ich überzeugte die Mutter von Daniel davon, dass sie Bernadette sonntags freigeben sollte, damit sie in die Kirche gehen konnte. Nicht weit vom Arbeitsort von Bernadette war eine Gemeinde der Kirche Jesu Christi. Ich kam bei ihr sonntags früh vorbei und wir gingen gemeinsam zum Gottesdienst. Damit hatte Bernadette viel gespart und konnte langsam ihre Reise nach Togo zu ihrer Mutter vorbereiten. Ich bekam während der Schulferien kein Gehalt und erfuhr durch einen Freund, dass eine Deutsche namens Kämpfe dringend nach einem Übersetzer suchte. Sie hatte einen unbefristeten Aufenthaltstitel im Rahmen des Exports und Imports in der Elfenbeinküste bekommen. Dank der Übersetzung erhielt ich etwas Geld und konnte für meine Bedürfnisse aufkommen. Nach den Schulferien fing ich mit meinen Aktivitäten wieder an und kaufte Bernadette ein brandneues Handy. Ich kaufte ihr Kleider, Schuhe und einen großen Reisekoffer. Das Geld, das sie gespart hatte, konnte sie als Taschengeld nutzen. Ich gab ihr sogar zusätzlich Geld, damit sie mehr Taschengeld dabei haben konnte.

Eines Tages vibrierte mein Handy in meiner Hosentasche. Ein Anruf ging ein. Das war die Mutter von Daniel. Sie erzählte mir, dass Bernadette im Badezimmer zusammengebrochen war und ich dringend so schnell wie möglich vorbeikommen musste. Da die Mutter von Daniel eine fromme Christin war, betete sie für Bernadette, die wieder aufstand. Ihr ging es Gott sei Dank gut. Daniels Mutter bekam die Offenbarung, gemäß der Bernadette sich mit jemandem gestritten hatte und derjenige gar nicht mit ihr zufrieden war. Dieser Offenbarung gegenüber konnte ich sie nicht mehr weiter anlügen. Ich erzählte ihr die Wahrheit. Sie verstand mich und war auf mich gar nicht böse. Sie sagte mir: »Warum gehst du so ein Risiko ein, im Namen der Liebe? Du musst dieses Mädchen zu ihren Eltern bringen. Ansonsten bist du daran schuld, wenn was passiert.« Ich bat die

Mutter von Daniel um Verzeihung. Ich bedankte mich ganz herzlich bei ihr, denn dank ihr hatte Bernadette Geld verdient und viele Geschenke bekommen. Da ich im Kontakt mit einem Cousin von Bernadette war, der neben dem Zoo wohnte, erzählte ich ihm von der Situation. Er akzeptierte, dass Bernadette bei ihm unterkommen durfte. Bernadette wohnte nun bei ihrem Cousin, der mit ihrem großen Bruder nicht zurechtkam, aber eine Lösung zu finden versprach, damit die Situation nicht eskalierte, denn der große Bruder von Bernadette war auf sie sehr böse.

Bernadette konnte nun zu ihrer Mutter nach Togo reisen. Ich bestellte eines Morgens früh ein Taxi. In den Kofferraum packte Bernadette ihren Koffer und ein paar Souvenirs für ihre Mutter. Ich stieg mit ihr in das Taxi ein und wir fuhren zum Reisebusbahnhof. Sie konnte es kaum aushalten, sich von mir für ein paar Wochen zu trennen. Weinend umarmte sie mich. Sie küsste und drückte mich fest. Ich musste ihr sagen, dass der Bus zum Losfahren bereit war. Sie winkte mir und ich konnte ihre Handfläche durch das Busfenster beobachten. Die Liebe kann oft sehr schmerzvoll sein. Auf dem Weg gibt es viele Dornen. Alles, was die Liebe betrifft, ist ein Risiko. Entweder du gewinnst oder du lernst. Ich war von Problemen müde, aber harrte im Glauben aus.

Zu Hause war der älteste Sohn meines Pflegevaters schwer krank. Er litt an einer Niereninsuffizienz. Trotz aller möglichen Behandlungen verschlimmerte sich sein Gesundheitszustand. Er probierte die traditionelle Medizin aus, was keine befriedigenden Ergebnisse hervorbrachte. Er litt und schlief kaum. Mein Pflegevater brachte ihn zu dem Propheten, der für ihn gebetet hatte, als er selbst schwer gewesen krank. Er hatte für meinen Pflegevater gebetet, nachdem er einiges über sein Leben offenbart hatte. Seine Krankheit stammte von seinen Feinden, die ihn spirituell verzaubert hatten. Die Hexerei herrschte in der Familie meines Pflegevaters viel. Mein Pflegevater war nach seinem Gebet wieder völlig gesund. Er konnte auch das Gleiche für meinen Großhalbbruder machen. Der Prophet forderte für die spirituelle Untersuchung meines Großhalbbruders eine Flasche Olivenöl und Geld. Er empfahl ihm, für ein paar Tage in seinem Gebetslager zu bleiben, um zu fasten und zu beten. Nach einigen Tagen im Gebetslager wurde sein Gesundheitszustand viel besser. Er gab ihm eine spirituelle Verschreibung. Er sollte oft die Bibel lesen und die Gebetszeiten respektieren. Mein Halbgroßbruder ging jedoch nicht mehr zu dem Propheten und respektierte die Gebetszeiten nicht, als er wieder gesund war. Er blieb stattdessen zu Hause und wollte sich nicht taufen lassen. Ich hatte das bemerkt und ihn daran erinnert, dass er nicht mehr in die Kirche ging und die Gebetszeiten nicht respektierte. Er fand immer eine Rechtfertigung. Damit öffnete er wieder die Tür für den Teufel. Er wurde erneut schwer krank. Die Niereninsuffizienz war nun schlimmer als vorher. Er wurde blind und schien in einer anderen Welt zu sein. Er erzählte oft, dass er Leute sah, die ihn umbringen wollten. Wir staunten alle, denn wir sahen niemanden in seiner Nähe. Oft sagte er: »Achtung! Sie sind hier, ihr sollt nicht auf ihre Füße treten. Sie holen mich ab. Ich will aber nicht mitgehen. Sie sagen, dass meine Zeit gekommen ist.« Dann musste ich laut schreien: »Hör jetzt auf, Pacome. Du halluzinierst. Es ist niemand hier. Wir haben jetzt alle Angst.« Er redete trotzdem weiter: »Sie sind da. Sie singen Lieder. Sie sagen, dass ich es geschafft hätte. Sie holen mich wie ein König ab. Ich will ihnen aber nicht folgen.« Das alles sah wie eine Komödie aus, aber es stimmte ja nachdenklich. Er konnte uns nicht sehen, doch er konnte andere Leute sehen, die unserer Welt nicht angehörten. Es gebe ein Leben nach dem Tod. Der Tod sei nur ein Weg dahin. Eines Abends sagte er uns, er wolle Kaffee trinken. Wir brachten ihm warmen Kaffee. Er trank den Kaffee auf einmal, ohne zu warten, dass er abkühlte. Er hatte seinen Geschmackssinn verloren. Danach fing er damit an, uns Ratschläge zu geben: »Liebt einander. Papa, hör damit auf, dich mit Mama zu streiten. Helft einander. Gebt, dann wird euch auch gegeben. Ich muss jetzt gehen.« Auf diese Worte senkte er seinen Kopf. Die älteste Tochter meines Pflegevaters war an diesem Tag bei uns zu Besuch und mit dabei. Sie eilte zu Pacome und hob schnell seinen Kopf. Aus seinen Ohren und seinem Mund kam Schaum heraus. Sie legte ihn auf den Boden im Glauben, dass er im Koma lag.

Weinend goss sie Wasser auf ihn und versuchte damit, ihn wieder zu beleben. Verwirrt und nicht wissend, was wir tun sollten, wickelten wir ihn in eine große Decke und brachten ihn eilig mit dem Auto zum Krankenhaus. Der Arzt verkündete uns, dass er gestorben war. Ich war verblüfft und glaubte es einfach nicht. Ich konnte einige Tage nicht schlafen. Seine Leiche wurde zum Leichenschauhaus gebracht. Eine Woche später wurde er beerdigt.

Bernadette war schon seit zwei Wochen bei ihrer Mutter im Togo. Wir riefen uns an. Ich hatte sogar mit ihrer Mutter gesprochen, die nur Togolesisch sprechen konnte. Bernadette übersetzte dann unser Gespräch. Ich sagte ihr, ich sei in ihre Tochter verliebt und ich würde sie heiraten. Sie erzählte mir von den Etappen der Verlobung und versprach, dass Bernadette alles auf einem Blatt für mich verfassen würde. Bernadette kam aus dem Togo nach einer Woche zurück und brachte mir als Souvenir »Gari«, ein typisches Nahrungsmittel aus Togo. Ich konnte aber eine deutliche Veränderung in ihrem Verhalten merken. Sie war nun zu mir unhöflich und respektlos geworden. Ich konnte bemerken, dass jemand anderer außer mir in ihrem Leben präsent war. Ich besprach diese Situation nicht mit ihr und wollte erst die Beweise haben. Sie gab mir trotzdem das Blatt, auf dem die Etappen der Verlobung geschrieben standen. Ich erzählte meiner Tante davon, die mir sagte, dass ich sie erst kennenlernen solle, um nicht in die Fehler der Vergangenheit zu geraten. Ich nahm ihren Ratschlag ernst und hatte zunächst Geduld. Ich entdeckte endlich mit unterstützenden Beweisen, dass Bernadette jemand anderen hatte, der ein Togolese war. Ja, ich hatte wieder Pech, nach vielen Enttäuschungen. Wenn ich versuchte, mit ihr darüber zu sprechen, sagte sie mir, dass sie noch jung sei und das Leben vor sich habe. Ich erinnerte mich daran, dass sie mir einmal von einem Traum erzählt hatte. In ihrem Traum fuhr ich ein Motorrad und sie saß hinter mir. Banditen stoppten uns und entführten sie. Das war jetzt die Zeit dafür. Ich konnte deutlich verstehen, dass die Feinde hinter uns her waren. Sie wollten uns trennen, obwohl wir uns sehr liebten.

Bernadette durfte keinen Ivorer heiraten, sondern musste einen Togolesen ehelichen, nach ihrer Tradition. Ihre Mutter hatte mir trotzdem die Mitgiftliste gegeben, wohl wissend, dass ihre Tochter reserviert war. Wollte sie mich für dumm verkaufen? Das musste ich herausfinden. Ich hatte mit Bernadette Geduld und versuchte mit ihr ins Gespräch zu kommen. Bernadette ging nicht mehr in die Kirche. Wenn ich sie fragte, fand sie eine Rechtfertigung oder log mich einfach an.

In der Kirche hatte ich eine höhere Berufung bekommen. Ich war nun Finanzsekretär der Kirche. Für meine neue Berufung segnete mich der Pfahlpräsident durch Handlegung. Ich nahm meine Beziehung mit Gott ernster und war immer in der Kirche.

Das Verhalten von Bernadette wurde aufregender, aber ich beruhigte mich und hatte immer noch mit ihr Geduld. Sie gab mir bekannt, dass sie wieder nach Togo zur Beerdigungsfeier ihrer Großmutter reisen sollte und sie Geld für die Fahrkosten brauchte. Ich sprach ihr mein tiefes Beileid aus, riet ihr zu bleiben, ihrer Mutter einen Geldtransfer zu schicken und sich für ihre Abwesenheit zu entschuldigen, denn die Fahrkosten nach Togo waren nicht so günstig und wir mussten sparen.

Sie lehnte trotz allem Flehen meinen Ratschlag ab. Ich hatte sogar versprochen, ihr eine brand- neue Nähmaschine zu kaufen für den Fall, dass sie auf ihre Reise nach Togo verzichtete. Es war ein Zeitverlust, sie zu überzeugen zu versuchen, denn sie hatte alles schon sehr gut geplant. Bernadette reiste nach Togo mit ihrem neuen Freund, der ihr nach einer näheren Untersuchung sogar die Fahrkosten bezahlt hatte. Es war klar. Sie hatte jemand anderen und versuchte, mit mir Schluss zu machen. Ich war schockiert, fasste trotzdem Mut und hatte noch Geduld. Einmal in Togo nahm sie die Sim-Karten aus den beiden Handys, die ich ihr gekauft hatte. Damit war sie telefonisch unerreichbar. Ich rief ihre Mutter an, die mit mir Togolesisch sprach. Bernadette war für die Übersetzung nicht da. Da wir uns nicht verstanden, legte sie auf. Als sie aus dem Togo zurückkam, war sie eine völlig andere Person. Sie setzte jetzt falsche Wimpern und Nägel auf. Ich konnte sie nicht mehr wiedererkennen. Sie kam mich besuchen und bat mich um Entschuldigung, nachdem sie mir gestanden hatte, dass sie fremdgegangen war. Ich konnte merken, sie bereute ihr Verhalten gar nicht. Sie machte sich nichts daraus. Ich entschuldigte sie trotzdem unter einer Bedingung, nämlich dass sie auf eine eineinhalbjährige kirchliche Mission ging, da ihr Alter passend war. Sie konnte außerdem dadurch lernen, das christliche Leben ernster zu nehmen. Die Mission war eine Gelegenheit für Bernadette, Gott näherzukommen und gemeinsam unsere Feinde zu besiegen. Ich entschied, sie finanziell zu unterstützen und ihr zu helfen, alle administrativen Dokumente zu erstellen. Sie lehnte meine Bedingung ab und nahm vor mir einen Telefonanruf an. Sie redete mit jemandem, der sie fragte, was sie heute Abend essen würden. Das war wahrscheinlich ihr neuer Freund und die beiden würden sogar zusammen leben. Danach ging sie weg, ohne sich zu verabschieden. Sie wollte einfach ihr Leben genießen. Ich aber blieb Idealist und blickte in die Zukunft.

In der Kirche war ich mit einigen Problemen konfrontiert. Es gab viele Beschwerden über mich, ich sei nämlich zu streng in Geldsachen, ich benähme mich so, als ob das Geld für mich wäre. Das Geld komme aus Amerika und es müsse ausgegeben werden. Solche Worte von den Mitgliedern der Gemeinde überwältigten mich. Mir ging es moralisch nicht gut und ich versuchte oft ihnen zu erklären, warum das Geld da war. Das Geld war budgetiert und musste in besonderen Fällen ausgegeben werden. Diese besonderen Fälle waren die Personen, die nicht in der Lage waren, ihre Miete zu zahlen, die Personen, die an einer Krankheit litten und finanziell nicht in der Lage waren, ihre Medikamente zu kaufen, die Personen, die ein Hochzeitsprojekt hatten und es finanziell nicht schafften, die Anmeldegebühren am Rathaus zu zahlen, die Personen, die eine kirchliche Mission machen wollten und es selbst nicht finanziell organisieren konnten, arme Leute und Waisenkinder, die Personen, die eine Verantwortung in der Kirche hatten und eine Aktivität im Rahmen des Evangeliums organisieren wollten, und die Personen, die zum heiligen Tempel gehen wollten und kein Geld für die Fahrkosten hatten. Abgesehen von diesen Personengruppen hatte ich selbst keine Macht, nach meinen Gedanken und Bedürfnissen zu agieren, denn ich wurde selbst oft von Wirtschaftsprüfern kontrolliert. Also musste ich nicht für etwas gehasst werden, was mir nicht gehörte. Ich selbst arbeitete und zahlte regelmäßig meinen Zehnten.

Ich war immer noch am Goethe-Institut im Rahmen der Beförderung der deutschen Sprache engagiert. Ich organisierte oft Ausflüge mit meinen Schülern zum Goethe-Institut. Ich war nun Generalsekretär des Deutschclubs und Robert war der neue Vorsitzende. Nach Daniel kam Joel, der ein Stipendium für ein Weiterstudium in Deutschland bekommen hatte. Danach kam Robert. Ernest war ein aktives Mitglied des Deutschclubs und hatte viel in der Zeitungskommission mitgewirkt. Wir hatten vieles gemeinsam unternommen, nämlich den Versuch, eine Vermittlungsagentur für Nachhilfelehrer auf die Beine zu stellen. Wir fanden eine Bezeichnung zu dieser Vermittlungsagentur, nämlich »Pedatop« oder die Pädagogik des höheren Niveaus. Wir wollten diese Agentur in Cocody, einem der reichsten Viertel von Abidjan, gründen. Wir gingen von Tür zu Tür, klingelten, aber keiner außer ein paar Leuten machte uns die Tür auf. Wir wollten damit unsere Werbeflyer verteilen. Da keiner sich dafür interessierte, verzichteten wir auf die Idee. Ernest bekam endlich ein Stipendium vom DAAD, dem Deutschen Akademischen Austauschdienst, und reiste auch nach Deutschland für das Weiterstudium. Roland war nicht nur ein Freund vom Deutschclub, sondern ein Kollege, weil er genauso wie ich Deutsch in einer Privatschule unterrichtete. Er reiste auch nach Deutschland, im Rahmen eines Bundesfreiwilligendienstes. Damit war mir nun klar, es war möglich, einen Bundesfreiwilligendienst in Deutschland zu leisten. Ich erinnerte mich daran, dass ich einen Traum gehabt hatte, in dem ich mich in einem europäischen Land befand. Der freiwillige Dienst war für mich der beste Weg, weil ich mich dadurch leichter integrieren konnte. Ich ergriff sofort die Gelegenheit, schrieb David eine E-Mail und fragte nach den Links der verschiedenen Träger. Er schickte mir erst den Link von den Freunden der Erziehungskunst. Ich schrieb ihnen eine E-Mail, die sie sofort beantworteten. Er brauchte mir keine weiteren Links zu schicken. Ich schickte ihnen eine Bewerbung und sie boten mir einen Termin fürs Vorstellungsgespräch an. Nach dem Onlinevorstellungsgespräch schickten sie mir per Postweg alle nötigen Dokumente und den Arbeitsvertrag im Rahmen des Visumsantrags. Ich folgte dem Visumsverfahren bei der Botschaft, die mir später telefonisch mitteilte, dass ich ein Arbeitsvisum für eine Reise nach Deutschland bekommen hatte. Mir fehlten die Worte, um mich bei Gott zu bedanken, der auch das erlaubt hatte. Ich freute mich und hielt erstmal die Nachricht geheim, außer gegenüber Daniel, ein paar Freunden, die mir näher waren, und Romaric, meinem kleinen Halbbruder, mit denen ich die Nachricht teilte. Daniel half mir, eine Flugticketreservierung bei einem seiner Bekannten vorzunehmen, der ein Pfarrer einer evangelischen Kirche war und eine Reiseagentur besaß.

Trotzdem dachte ich immer noch an Bernadette und war ein bisschen traurig. Ich liebte sie immer noch, aber sie hatte sich für jemand anderen entschieden. Mir war es sehr schwierig, dies so zu akzeptieren, nachdem ich so viel für sie getan hatte. Eines Nachmittags machte ich ein Mittagsschläfchen auf dem mittigen Bett eines Etagenbetts, auf dem mein kleiner Halbbruder üblicherweise schlief, und weinte, weil Bernadette fremdgegangen war. Plötzlich schlief ich ein und befand mich auf einem verlassenen Feld mit einem auf dem Boden liegenden Baumstamm und daneben stand ein anderer Baum. Auf dem Baumstamm saß eine sehr schöne blonde Frau, deren Haare auf ihren Rücken fielen. Sie sah nachdenklich aus und schien auf jemanden zu warten. Ich stand auf und guckte mich um. Das war ein Traum. Ich legte mich wieder hin und suchte nach einer Interpretation von diesem Traum. Vielleicht wollte Gott mir sagen, dass er für mich mehr tun konnte, wenn ich ihm nur vertraute und losließ, was mich nicht nach vorne bringen konnte, denn Bernadette war schon gegangen. Ich musste mich auf etwas anderes konzentrieren, vor allem das Wesentliche, und der Rest würde mir zum richtigen Zeitpunkt zufallen.

Ich gab weiter Aushilfsunterricht und wartete geduldig auf mein Reisedatum nach Deutschland. Ich ging zu meiner besten Schülerin im Rahmen des Aushilfsunterrichts. Ich gab ihr seit sechs Jahren Aushilfsunterricht und sie war immer die beste Schülerin ihrer Klasse und dafür von ihrer Schule ausgezeichnet worden. Ich war sehr stolz auf sie. Weil sie gehorsam, höflich und gut erzogen war, zeigte ich ihr alle Geheimnisse im Rahmen des Lernens, wie sie zum Beispiel immer die Beste ihrer Klasse bleiben konnte. Sie war außerdem sehr fleißig und intelligent. Eines der Geheimnisse bestand darin, bei ihr die Willensanstrengung aufzuwecken. Bei meiner Ankunft zu Hause sah ich ihre Mutter in Tränen. Ihr Ehemann war nicht mehr. Ich hatte ihn doch letzte Woche gesehen und er sah ganz fit aus. Seine Frau erzählte mir, dass er nie gekränkelt hatte und immer gesund gewesen war. Er war Ingenieur für mechanische Instandhaltung. Er war sehr beschäftigt und hatte sich kaum ausgeruht. Sein Arzt hatte ihm gesagt, dass er zu viel arbeite. Seine Arbeit war anspruchsvoll gewesen. Er war Tag und Nacht beschäftigt gewesen, da die Ingenieure im Rahmen der Mechanik in der Elfenbeinküste selten waren. Er hatte sehr wenig Zeit für seine Familie gehabt. Er war plötzlich gestorben und ließ seine Frau und zwei schöne Kinder zurück. Er war ein ehrlicher und treuer Mann gewesen. Ich unterrichtete auch seinen Sohn, der eines der besten Gymnasien der Elfenbeinküste besucht hatte, nämlich das Lycée classique d'Abidjan, und das Abitur mit sehr guten Noten bestanden hatte. Er hatte mir sogar versprochen, mir eine feste Arbeitsstelle in seinem Unternehmen zu finden, falls seine Kinder weiterhin sehr gute Noten haben würden. Er hatte dem Staat treu bis zum Tod gedient. Er hatte sich nie bei seiner beruflichen Pflicht geweigert. Er war immer überbeschäftigt und hatte sich nie darüber beschwert. Mann hatte den Eindruck, dass alles im grünen Bereich war, obwohl er sogar in seinen Urlaubstagen gearbeitet hatte. Clother war jemand, der mich durch sein gutes Verhalten beeindruckt hatte. Am Tage des Todes von Clother weinte sein Pfarrer bitterlich. Er hatte eine evangelische Kirche besucht, der er viel Geld gespendet hatte. Der größte Teil der Kirche war durch seine Spenden gebaut worden. Die Jugendlichen und Erwachsenen des Viertels, in dem er wohnte, hatten geweint, weil er jedem geholfen hatte, der in Not gewesen war. Er war ein Vorbild gewesen sowohl für die Heiden als auch die Christen. Er war ein Licht gewesen, wo er sich befunden hatte und wohin er gegangen war. Er hatte Leute dazu gebracht, Christen werden zu wollen. Für mich war er ein perfekter Mensch gewesen. Allerdings sagt uns die Bibel, dass die guten Menschen lange leben und mit Tagen auf der Erde gesättigt werden. Als er starb, waren seine Häuser noch im Bau, seine Kinder waren noch jung und er hatte mehrere unerfüllte Projekte. Ich stellte mir die Frage, ob die Bibel falsch liege oder die Menschen, die das Wort Gottes predigten. Die Unzüchtigen und Ehebrecher in der Kirche waren noch am Leben und gesund. Die betrügerischen Pfarrer waren noch am Leben und harrten auf ihrem Weg aus. Die Übeltäter und Bösen genossen noch ihr Leben. Aber dieser demütige Mensch, der von allen geliebt und gelobt worden war, war zu früh fortgegangen. Vielleicht war er zum Himmel gegangen. Sogar sein Pfarrer war wortlos und konnte seine Tränen nicht behalten. Gehörte den Bösen die Erde und den Sanftmütigen eine andere Erde? Diese Frage blieb bisher ein Rätsel. Die Bibel selbst ist umfangreich und voller Gleichnisse und Rätsel, die man nicht nur lesen musste, sondern zu verstehen versuchen musste. Ich suspendierte die Unterrichte mit Lois und Eli, den Kindern von Clother, eine Zeit lang, damit sie sich von dem Tod ihres Vaters erholen konnten. Ich war traurig.

Meine Tante lebte schon seit circa sechzehn Jahren mit meinem Pflegevater zusammen. Sie wollte heiraten, aber mein Pflegevater war damit nicht einverstanden. Diese Situation überwältigte sie. Sie nahm Kontakt mit einer ihrer Freundinnen auf, die sie zu einem Gebetsprogramm von 21 Tagen einlud. Nach dem Programm unterhielt sie sich mit dem Pfarrer, der dieses Programm organisiert hatte. Sie sprach von ihrem Wunsch, meinen Pflegevater heiraten zu können. Der Pfarrer hielt ihren Wunsch im Gebet und belehrte sie, Gott zu vertrauen. Einige Monate später entschied mein Pflegevater ohne Druck, sie zu heiraten. Er wollte endlich ihr Ehemann sein. Die beiden waren nicht einmal verlobt. Sie waren Freunde. Sie hatten die beste Entscheidung getroffen, nämlich ihr Zusammenleben durch die Ehe zu zertifizieren. Wir freuten uns auch alle, dass die beiden endlich heiraten würden.

Meine Tante lud uns zu dem nächsten Gebetsprogramm ein. Ich lehnte erst ab, weil ich schon Mitglied einer Kirche war und kein Amalgam machen wollte. Nachdem sie darauf bestanden hatte, ging ich trotzdem hin, blieb aber nur drei Tage. Danach hörte ich auf, dem Rest des Programms zu folgen, weil ich mich auf meine Reise nach Deutschland konzentrieren wollte.

Der Bischof empfahl mir, mich darauf vorzubereiten, auf den heiligen Tempel zu gehen, was ich sinnvoll fand, und nachdem ich lange damit gezögert hatte, entschied ich mich, mich mit dem Pfahlpräsidenten im Rahmen eines Tempelscheins zu verabreden. Da ich die Bedingungen erfüllte, bekam ich von ihm den Tempelschein. Man musste ein würdiges Leben führen und vor allem sich bemühen, die Gebote Gottes einzuhalten. Man musste die heiligen Schriften lesen und und sich entsprechend verhalten. Ich war nicht perfekt, aber bemühte mich darum. Der Pfahl hatte dafür ein Budget zur Verfügung gestellt. Die Organisatoren mieteten zwei sehr alte Busse, deren Motoren kaum hielten. Ich wusste sofort, dass diese Reise ein Albtraum sein würde. Sie steckten einfach den Rest des Geldes in ihre Hosentaschen. Unterwegs nach Ghana, wo sich der heilige Tempel etwa sechs Stunden von Abidjan entfernt befand, erfüllte Rauch einen von den Bussen und der andere Bus war plötzlich wegen einer Panne stehen geblieben. Der Busfahrer hielt an und holte von den Bewohnern eines Dorfes daneben etwas Wasser, um den Motor abzukühlen. Der andere Bus hatte ein Problem mit der Bremse. Sie konnten weiterfahren, nachdem die Bremsen repariert worden waren. Wir setzten die Reise fort und plötzlich hörten wir eine heftige Explosion. Ein Reifen war geplatzt. Der Busfahrer wäre fast vom Weg abgekommen. Der Reifen wurde gewechselt. Wir kamen in der Hauptstadt von Ghana spät am Abend nach etwa zehn Stunden an. Wir wurden sehr gut empfangen und schliefen in der Tempelherberge. Wir blieben ein paar Tage und erfüllten mit Freude die heiligen Verordnungen. Auf dem Rückweg blieb gegen Mitternacht unser Bus mitten im Gebüsch stehen und der Motor war komplett aus. Trotz aller Bemühungen, die Panne zu beheben, blieb der Bus liegen, ohne

Warnblinklicht in der Dunkelheit. Wir schliefen im Bus unter den Stichen der Mücken, die uns nicht schlafen ließen. Ich blieb die ganze Nacht wach und hatte keine Lust mehr zu beten, denn es war nicht Gottes Wille, dass wir in so eine Situation gerieten, sondern des Menschen Fehler.

Oft prüft uns Gott, um zu sehen, wie stark unser Glaube ist. Oft sind wir Opfer von der Bosheit des Menschen. In der Früh beschlossen wir, per Anhalter nach der Elfenbeinküste zu fahren. Keiner hielt an. Wir mussten mit Nahverkehrsmitteln bis zur Grenze zwischen der Elfenbeinküste und Ghana fahren. Dort fuhren wir alle in dem anderen Bus weiter, der augenscheinlich noch im guten Zustand war, dessen Reifen jedoch wegen des Übergewichts niedrigen Luftdruck hatten. Der brandneue Koffer, den ich in Ghana für meine Reise nach Deutschland gekauft hatte, war kaputt. Wir fuhren mit dem Bus wegen des Motors, der kaum das Übergewicht aushielt, nicht lange und fuhren mit dem öffentlichen Nahverkehr bis nach der Elfenbeinküste weiter. Wir kamen erschöpft in der Elfenbeinküste an.

Bernadette hörte nicht damit auf, mich anzurufen. Ich nahm ihre Anrufe nicht ab. Da sie mich weiter anrief, entschied ich eines Tages doch, den Anruf abzunehmen. Sie bat um Entschuldigung. Ich sagte ihr, dass sie zu weit gegangen war. Trotzdem bat sie mich darum, mich zu treffen. Wir trafen uns auf der Terrasse eines Eisverkaufsladens. Ich kaufte ihr ein Becherglas und bestellte nichts für mich selbst, weil ich an diesem Tag fastete. Sie wollte mir nur erklären, dass sie nicht auf Mission gehen konnte. Ich verstand alles. Sie wollte einfach bei ihrem neuen Freund bleiben. Für mich war es ganz klar. Entweder sie ging auf Mission und wir konnten zusammenbleiben oder wir vergaßen diese Beziehung für immer. Ich erzählte ihr indirekt, dass ich mir nicht sicher war, ob ich weiter in der Elfenbeinküste bleiben würde. Ich sagte ihr aber nicht, wie, warum und wohin ich reisen sollte. Ich wollte, dass das alles geheim blieb. Sie bekam einen Anruf und war am Telefon, als ich die Rechnung bezahlte. Danach verabschiedeten wir uns.

Am Vortag meiner Reise nach Deutschland erzählte ich meinen Pflegeeltern davon. Meine Tante brach in Tränen aus. Mein Pflegevater war überrascht und traurig. Sie standen alle wortlos da. Sie gratulierten mir und entschieden, für mich die Fahrkosten bis zum Flughafen zu zahlen. Diese Geste war symbolisch. Ich hatte bisher alles allein erledigt und konnte die Fahrkosten bis zum Flughafen übernehmen, aber ich ließ sie es wegen des Respekts vor ihnen tun. Ich musste zwei Stunden vor dem Flug am Flughafen sein. Mein Flug war um 00:45 Uhr mit Royal Air Maroc geplant. In der Nacht träumte ich davon, dass unser Flugzeug Probleme bei der Landung hatte. Erschrocken stand ich auf und verrichtete ein kurzes Gebet und schlief wieder ein. Der lang ersehnte Tag war gekommen. Ich stieg mit einem Koffer von circa 25 Kilo in das Taxi ein, von meiner Tante, meinem Pflegevater und meinem kleinen Halbbruder begleitet. Wir kamen am Flughafen etwa drei Stunden vor dem Flug an. Ich ließ meinen Koffer wiegen. Ich hatte das empfohlene Gewicht überschritten. Ich musste für das überschrittene Gewicht bezahlen. Ich hatte in meinem Koffer ein Päckchen von Ernest. Ich rief ihn an und erklärte ihm die Situation. Ich wollte bezahlen, aber dann müsste er mir das Geld zurückzahlen, wenn ich in Deutschland ankam. Er sagte mir, es lohne die Mühe nicht, und ich solle das Päckchen seinem Bruder geben. Ich gab es meinen Eltern, sie sollten es dem Bruder von Ernest geben. Zwei Stunden vor dem Flug bereitete ich mich vor, zum Flughafencheckpoint zu gehen, als der Pfarrer, der sich um meine Ticketreservierung gekümmert hatte, mich anrief. Er verbot mir, zum Checkpoint zu gehen, denn das Ticket sei gefälscht. Die Mitarbeiter der Fluggesellschaft Royal Air Maroc hatten dies bemerkt und die Reise schon storniert. Das bedeutete, der Pfarrer hatte mein Geld zum Zwecke von etwas anderem benutzt und mir ein gefälschtes Ticket beschafft. Er erzählte mir, dass ich ihm vergeben solle. Er hatte mein Geld benutzt, um seine Frau, die schwer krank war, eilig zum Krankenhaus zu bringen. Deswegen hatte er mir dieses falsche Flugticket organisiert. Ich hatte in meiner Hosentasche 26.000 fcfa oder 40 Euro. Ich musste ein anderes Flugticket besorgen, aber wie? Das war die Frage. Der Pfarrer sagte mir, er habe gar keine andere Alternative für mich. Seine Frau war wieder gesund, nachdem er mich zum Opfer gemacht hatte. Ich verbrachte die ganze Nacht am Flughafen mit meinen Pflegeeltern. Ich betete im Herzen und bat Gott darum, mir zur Hilfe zu kommen. Ich hatte nicht schlafen können. Ich rief Daniel an, der mir sagte, dass ich mich beruhigen solle, er werde sich darum kümmern. Er konnte endlich für mich einen anderen Flug über Ethiopian Airline reservieren. Der Flug war um 9 Uhr geplant. Ich war endlich erleichtert, aber musste bis zum Abflug noch stundenlang warten. Ich bedankte mich ganz herzlich bei Daniel, der nie damit aufhörte, mir zu sagen, mein Engagement im Deutschclub habe sich gelohnt. Er entschied außerdem den Kontakt mit dem Pfarrer abzubrechen und gegen ihn eine Klage einzureichen. Damit verlor er mehr als die Hälfte seiner Kunden, denn fast alle Mitarbeiter am Goethe-Institut buchten bei ihm ihre Tickets, und er riskierte auch seine Reiseagentur zu verlieren. Ich machte Fotos mit meinen Pflegeeltern und stieg in den Airbus der äthiopischen Fluggesellschaft ein. Ich hatte Angst, denn ich hatte in der Zeitung über einen Flugabsturz von dieser

Fluggesellschaft gelesen, der sich vor Kurzem ereignet hatte. Der Flug verlief aber sehr gut. In Addis Abeba hatte ich circa zwei Stunden Umstiegszeit und flog mit Lufthansa nach Deutschland weiter.

Lufthansa ist eine komfortable Luftlinie aus Deutschland. Das Flugzeug war halb voll. Wir sollten am Flughafen von Istanbul landen, der vom Meer begrenzt war, um einige Passagiere aussteigen zu lassen, die ihr Ziel schon erreicht hatten. Es war dunkel und das Wetter war regnerisch. Der Pilot hatte Schwierigkeiten damit, die Landebahn zu sehen. Er machte trotzdem eine sehr gute Landung. Ich lernte im Flugzeug eine sympathische junge deutsche Dame von circa 22 Jahren kennen. Wir tauschten die Telefonnummer und versprachen, uns wieder in Deutschland zu begegnen. Nach etwa einer Stunde in Istanbul flogen wir nach Deutschland weiter. Wir kamen am Flughafen von Frankfurt am Main am 07.09.2014 um 7 Uhr an.